狩猎现场

HUNTING SITE

于雷 著

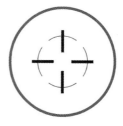

北京联合出版公司
Beijing United Publishing Co.,Ltd.

图书在版编目（CIP）数据

狩猎现场 / 于雷著 . —北京：北京联合出版公司，
2021.8

ISBN 978-7-5596-5418-2

Ⅰ.①狩… Ⅱ.①于… Ⅲ.①推理小说—中国—当代
Ⅳ.① I247.5

中国版本图书馆 CIP 数据核字（2021）第 134987 号

狩猎现场

作　　者：于　雷
出 品 人：赵红仕
选题策划：雁北堂（北京）文化传媒有限公司
责任编辑：夏应鹏
特约策划：陈　桦
特约编辑：李　萌
封面设计：八牛·设计 34506448@QQ.com 霏霏DESIGN
版式设计：冉冉工作室

北京联合出版公司出版
（北京市西城区德外大街 83 号楼 9 层　100088）
河北文盛印刷有限公司印刷　新华书店经销
字数 218 千字　880 毫米 × 1230 毫米　1/32　9.5 印张
2021 年 8 月第 1 版　2021 年 8 月第 1 次印刷
ISBN 978-7-5596-5418-2
定价：42.00 元

CONTENTS
目录

180 cm

170 cm

160 cm

150 cm

140 cm

130 cm

120 cm

110 cm

100 cm

90 cm

80 cm

70 cm

60 cm

50 cm

40 cm

30 cm

第一章

意外

许多年以后，郭建国想起十年前胡秀芳失踪的那个夜晚，依旧不寒而栗。

那是一个六月末，夏天就像一个冒着热气的锅炉，仿佛要把炉子里的人都煮熟了才肯罢休。

郭建国打着赤膊，穿着一条大红内裤，好像海绵一样的肚子上下起伏，汗水一刻不停地从身上溢出来。他一手抱着孩子，一手拿着空调遥控器，把空调的温度又下调了几度。

他怀里的孩子正哇哇大哭，拼命挣扎，似乎要把整个屋顶都掀翻。

郭建国嘴里哼着儿歌，虽然这已经不是他第一次做爸爸，但时隔多年，再次照顾婴儿，对他来说还是个难题。

估计孩子是哭累了，声音渐渐微弱，眼睛也闭上了，终于在郭建国的怀里慢慢睡去。

郭建国小心翼翼把孩子放进摇篮，随手拿起自己脱下的T恤擦了擦身上的汗。

老婆胡秀芳刚好这时从浴室里出来，看了眼摇篮里的孩子，不由长舒了一口气。

"小祖宗，可算睡着了。"胡秀芳坐到梳妆台前，"你去看看大儿子的暑假作业，最近他都玩疯了。"

"不急，还早，待会儿再去。"郭建国讨好地走到胡秀芳身后，抱住她，"老婆，这都大半年了，今晚我们亲热亲热？"

胡秀芳推开郭建国，一脸不情愿的表情。

"我身体还是不舒服，再过段时间。"

郭建国脸上有些不高兴，但这事也不能勉强胡秀芳，他叹了口气，走出了卧室。他来到大儿子郭泽羽的房间，一眼就看见儿子躺在床上玩手机，不由勃然大怒。

郭泽羽今年十岁，已经准备上小学五年级了，他看到爸爸突然推门进来，吓了一跳，连忙把手机往枕头里塞。

"又在玩！你看看你期末考试成绩，像什么样？倒数第十名了！"

"放暑假也不能玩一下吗？"

"不行！把手机拿来。"郭建国掀开枕头，拿出手机，"把作业卷子写一张，然后去练琴。"

郭泽羽心不甘情不愿地从床上爬起来，坐到书桌前，开始漫不经心地写作业。

郭建国又想斥责，不过想了想，还是忍住了，转身出去，关上房门。

胡秀芳此时已经打扮好，一身红色吊带长裙，高跟鞋，皮肤白皙，身材丰满，看起来不像是生过两个小孩的女人。

郭建国皱起眉头，小声质问道："又要出去？"

"没办法，重要客户，不去不行。"

"孩子醒过来要吃奶怎么办？"

"你个大活人，冲点奶粉不行吗？"

郭建国有些不高兴，为了把老婆留下来随口胡扯道："我晚上约了老周谈事……"

"谈个鬼，几个月了也没见你往家拿钱！"胡秀芳生气地说道。

"我又不是按月领工资的，去年不是进账了一百多万嘛……"郭建国涨红了脸。

"一百万能吃一辈子啊？不和你说了，我赶时间。"胡秀芳甩门而去。

郭建国干瞪眼，却无话可说，最近公司生意不好，虽然家里有些存款，但他也明白坐吃山空的道理。他抬头看看挂钟，指针指向八点零七分。

他坐到客厅沙发上，开了电视却没心思看，站起来走到窗边，看到胡秀芳上了一辆黑色轿车。郭建国想看清车牌，但是光线太暗，隔得又远，根本看不见。

车子绝尘而去，他叹口气，又坐回沙发。

九点十五分，老二郭天逸醒了，郭建国冲了奶粉将孩子哄睡过去。

十点三十分，老大郭泽羽写完作业，练了钢琴，也睡着了。

郭建国又去窗口张望，外面一片漆黑，只有远处亮着几盏路灯。他们住的莲花小区位于新开发的地段，原本是一片荒废的工业基地，通往市中心的路都还没有完全修好。小区入住率不高，一栋楼里只有四五户家里有人，一到晚上，四周静悄悄的，宛如鬼城。不过这里的房价跟市中心比起来，简直就是半卖半送，而且当时开发商许诺，这里几年后会通地铁，也正是因为这点，郭建国当时才买下了这套房子。可是这都过了好几年了，别说地铁，就是公交车也屈指可数，一到六点就停运。到了夜里，如果没有私家车，根本别想出门。

郭建国又看看挂钟，已经十点四十五了，可是胡秀芳还没回来，他有些不放心，纠结再三，还是拿出手机，拨通了妻子的电话号码。手机一直没接通，这让郭建国不由得开始疑神疑鬼。

即使二人已经有了两个孩子，郭建国还是忍不住猜忌对方，甚至梦见过妻子出轨。对于这种心态，他称之为关心则乱。不过真正的原因郭建国心里也明白，这一年来他几乎都闲在家里无所事事，事业的挫败让他对婚姻更感焦虑。为了缓解这份不安定的情绪，他甚至悄悄在妻子的手机里安装了定位软件，以便随时掌握她的行踪。挂断电话后，他就打开了定位软件，屏幕上很快出现了地图和标示手机所在位置的图标。

郭建国一看吓一跳，软件上显示胡秀芳的手机就在小区旁边不远的地方。

"这是回来了？"郭建国看着屏幕自言自语道。可他在窗边张望半天，却始终不见胡秀芳，而且更奇怪的是软件显示的手机所在位置始终没有变化。

郭建国感觉有些不对劲，在进屋确认两个孩子已经熟睡后，他穿上衣服，拿着手机和钥匙，打算出去找胡秀芳。

小区门口的保安是一位四十多岁的中年男人，一脸红斑，一口黄牙，显得贼眉鼠眼的。他站在保安亭边上看着郭建国走来，朝郭建国露出一脸不怀好意的笑容。

郭建国被看得头皮发麻，只得快步走出大门，径直跑过马路，直奔目的地。

定位软件显示胡秀芳的手机在小区对面一片建筑工地里，那边的开发商建了片半搭子楼，也不知是资金断裂还是什么原因已经荒废一年，如今这片区域成了流浪猫和流浪狗的乐园。

郭建国打着手电筒，走在坑坑洼洼的工地上，不时有几声猫叫传来，更显得周围荒凉。他来到手机定位的地点，这是一栋建了一半的楼房，部分钢筋还裸露在外，风吹雨淋，墙体斑驳，在黑夜中，宛如一只沉睡的怪兽。

"秀芳，你在吗？"郭建国扯着嗓子喊，可楼内并没有人回应。

郭建国又拨打了胡秀芳的电话，手机铃声响了起来。

郭建国循着铃声走进楼里，地面满是泥巴与石头，看来开发商连水泥都还没来得及铺上就跑路了，踩上去发出"嘎嘎"的声音，尤为刺耳。

手机铃声有些闷，仿佛被什么东西捂住了。郭建国听得到铃声，但并没有看到手机闪屏的灯光，这让他疑惑万分。

忽然一只黑猫从房顶横梁上跳下来，郭建国吓了一跳，连退几步，险些摔倒。黑猫丝毫不怕人，一双绿色的眼睛在黑夜里犹如夜明珠，发出淡淡的光，摄人心魄。

"滚开！"郭建国顺手捡起身边的石子扔向黑猫。黑猫"喵"一声，蹿上窗沿，跳出了楼。

郭建国喘了口气，他这时才发现自己满脸都是汗，浑身上下也早已湿透。但他却没顾上擦汗，因为自己全部的注意力都被刚才扔出去的石子吸引住了，那颗石子正被地下的东西带动着轻微地颤抖。

郭建国只感觉浑身的汗毛都立了起来，他小跑过去，蹲在地上，扒开松软的泥土和碎石。很快，他就看到了振动闪光的手机，正是胡秀芳的那部。

郭建国拿起手机，挂掉电话，惊慌失措。

"老婆……老婆……"他一边喊，一边急忙往地下挖，手指都磨破了皮，指尖渗出了血。不过值得庆幸的是，郭建国所担心的事情并没有发生，地下并没有埋着胡秀芳。

可是老婆的手机怎么会出现在这片废弃楼房，而且被人埋在土里？郭建国百思不得其解，他在犹豫要不要报警。

郭建国拿着找到的手机跑回家，胡秀芳还是没有回来，他看了看挂钟，已经晚上十二点零九分。胡秀芳平日里也会有些应酬，但很少这个点儿还没回来，即使偶尔有一两次，她也会打电话跟郭建国说一声。

郭建国越想越不对，他决定尽快报警，但感觉这事电话里肯定说不清，需要亲自去趟派出所。他给妹妹郭茜茜打了个电话，让她开车过来帮忙照顾一下孩子。

听说嫂子失踪了，郭茜茜不到一小时就赶到了。郭建国简单交代一番，安排妥当后，拿着车钥匙就往外走。

出门时，他回头看了一眼家里的挂钟，一点零三分。

郭建国的车是一辆老款福特，已经用了十几年，各方面都有些老化，开起来也并不省心，虽然被胡秀芳抱怨过很多次，但是他却一直舍不得换。郭建国打了几次火才点着车，发动机发出沉闷的运转声。

车辆驶出小区门口的时候，郭建国看见保安亭里那个奇怪的保安已经不在了，不过好在闸口是自动识别车牌，栏杆慢慢抬起。

从郭建国住的莲花小区到最近的派出所也有二十分钟车程，只有一条坑坑洼洼的道路通往市区，沿路都是荒山和树林。

胡秀芳曾经开玩笑说："到这里住简直就跟在孤岛没什么区别。"

"放心，过几年这里通了地铁，咱们的'岛'可就值钱了！"

"开发商的话你也信？"

"我问过规划局的同学，市政府确实有计划……"

可人算不如天算，原本规划中的地铁线竟然取消了，看形势不妙的开发商都跑路了，只剩下一堆没有建完的荒楼，而莲花小区也成了名副其实的孤岛。

通往市区的路并没有限速和监控，但因路况不好，所以平日里郭建国并不会开得太快。但今天他心急如焚，不由深踩油门，汽车颠簸着加速向前驶去。

老旧的福特车在高速驾驶的情况下整个车身都不住地晃动，但郭建国丝毫没有减速的意思。除了对胡秀芳去向的担忧之外，还来自他对自己开车技术的自信。从十八岁拿到驾照到现在，自己从未出过一次事故。

但俗话说"淹死的都是会游泳的"，偏巧在这个夜晚，来事儿了。在摇晃的车灯下，一个人影突然出现在郭建国的视线里，他急忙刹车，但还是"砰"的一声撞上了。人被撞飞出去，重重落在地上，扬起一阵灰尘。

郭建国只感觉大脑一片空白，他喘着气，透过车前挡风玻璃，直愣愣地看着远处躺在地上一动不动的人。雨刮开关也不知怎么就开了，在干燥的车窗上发出"吱呀吱呀"的摩擦声。被撞倒的应该是个女人，穿着红色的长裙和高跟鞋。

郭建国浑身一激灵，回过神来，想起胡秀芳正是穿着这一身出门的。他慌忙打开车门，连滚带爬地奔向被撞倒的人。

"秀……秀芳……"郭建国一把抱起地上的人，却发现那根本就不是个真正的人，而是一个商场橱窗里再常见不过的塑料假人。

郭建国长舒一口气，庆幸自己不是真的撞到了人，可很快他就发现模特身上的衣服鞋子和自己老婆的不仅仅是像，这根本就是她出门时所穿的那一身。

那条红裙子后面的系带上有个银质的蝴蝶吊坠，是胡秀芳觉得好看，自己亲手系上去的，这一点郭建国绝不会记错。

郭建国抹了把额头的汗，放下塑料假人，径直走到车尾，打开后备厢，取出一根铁棍。这根铁棍是他打算用来固定阳台上花架的，还没得及装，现在倒是派上了用场。

"是谁在搞鬼？给我滚出来！"郭建国怒极而勇，很明显，这个假人是有人故意在自己开车经过的时候，扔到路中间的。更让他担忧的是胡秀芳此时的安危，如果这身衣服真是有人从她身上扒下来的，那么……他的身体不由自主地打了个寒战，不敢继续往下想。

郭建国一手举着电筒，一手拿着铁棍，径直走进树林。这片树林杂草丛生，夏天里更是蚊虫肆虐，一股泥土腐烂的气息萦绕四周。

郭建国犹如无头苍蝇，在树林里横冲直撞，可他连鬼影也没看见一个。别说现在伸手不见五指，就算是白天，要在林子里找人也不是容易的事情。

郭建国无功而返，他气喘吁吁地打开车门，回到车上，正想擦把汗，却赫然发现刚才还躺在不远处的塑料假人，此时不知道怎么坐在了副驾驶的位置！那黑洞洞的眼睛，正看着郭建国，就像一个活人，令人胆战心惊。

郭建国受到惊吓，一把抓起假人丢出车外。他的手抖得厉害，越是着急，越是找不到钥匙孔。一阵慌乱后，他终于打着了车，一踩油门，车冲了出去。

郭建国感觉车从那具塑料假人身上碾过，但他并没有减速，如今他只有一个想法，就是尽快赶到派出所。

一路狂飙，郭建国终于来到目的地。

派出所里灯火通明，值班的民警正在处理一起夜间群殴的事件，所以大厅里挤满了人。郭建国看到穿着制服的警察，顿时有了安全感。

"警官，我要报警！"郭建国刚走到门口，正好看到一个女警走出来，急忙说道。

女警叫赵暮云，三十多岁，是市局刑侦大队的队长。按理说刑侦队长不会出现在辖区下属的派出所里，但她正好在附近调查一起紧急的案件，深夜来取资料。

赵暮云看了眼狼狈不堪的郭建国，只见他一身划伤，脸上手上都沾着脏污，不由愣了一下。同时，她注意到他是开着一辆牌照50CL8的银色福特小轿车来派出所，而那辆车的车头有着明显碰撞的痕迹。

赵暮云指着大厅里面，说道："报案去窗口。"

郭建国小跑到窗口，一位约莫二十多岁的年轻警官正在窗口值班。

"领导，我老婆失踪了……"郭建国急迫地说道。

年轻警官拿出纸笔，问："失踪多久了？"

郭建国看看公安局大厅的挂钟，现在是凌晨两点："六个小时了，她晚上八点出的门，可现在还没回家……"

"吵架了？"年轻警官闻言摇摇头，合上笔记本，放下笔。

"不……不是，你误会了，她平常绝对不会……"

郭建国想继续解释，但是负责登记的民警又打断了他："我建议你先回去休息，或者试试联系你老婆的亲人朋友，如果明天……"

"不能等了！"郭建国大吼一声，拍桌子站了起来。巨大的声响使得整个大厅的人都看了过来。

年轻民警显然没想到这个模样狼狈的中年男人会有这么大的反应，一时也愣住了。

"我老婆的手机、衣服和鞋子都……都……都……"郭建国一着急，不知道怎么才能把这事能说清楚。

"同志，别激动。"这时候，听到叫喊声的赵暮云走过来，拍了拍郭建国的肩膀。

"赵队长，他……"年轻民警看到赵暮云，连忙站起来。

"没事，让我来处理。"赵暮云抬抬手，然后再把目光转向郭建国，说道，"跟我进来，到问询室里面说。"

郭建国感激地看了眼赵暮云，跟她走进一间单独的房间。赵暮云帮郭建国倒了杯水，然后语气缓和地说道："别着急，慢慢说。"

郭建国一口气喝完杯子里的水，终于冷静下来，然后完整地把他刚才遇到的事情说了出来。

赵暮云安静地听完，郭建国所说的情节虽然过于匪夷所思，但身为刑警的她还是决定派人过去先勘验一下现场。

"这样，我先安排巡逻车去你所说的树林看看，你也联系一下你妻子的同事或者单位领导，看看她今晚有没有去参加公司的酒局。"赵暮云说完，当场就联系了此时在外巡逻的警员，让他们去事发现场转一圈。

郭建国一想也对，自己刚才太慌张，倒是忘了这件事，他急忙拨通了胡秀芳公司领导崔国强的电话。反复拨了三次电话，崔国强才接听。

"喂，哪位？"崔国强的语气里透着烦躁和疲惫。

"崔总，不好意思，我是胡秀芳的爱人郭建国。"

"啊，小郭啊？这么晚了，有什么事？"

"打搅您休息了，秀芳今晚说公司有应酬，八点多出门到现在都没有回来……"

"公司应酬？没有啊！"

"没有应酬？"

"你们夫妻间是不是有什么误会？"

"崔总，如果您有秀芳的消息，麻烦您一定联系我。"

"行吧。"

挂掉电话，郭建国眉头深锁，脸色铁青。赵暮云在一旁听得清楚，大致也明白了是怎么一回事，看来胡秀芳对郭建国说了谎话。

"你去休息、整理一下，巡逻车那边很快就会有消息，根据调查的情况，我们会做进一步的处理。"

"谢谢！"郭建国一时间有些恍惚，他这才注意到自己浑身上下狼狈不堪，掌心也不知被哪里划破，渗着血丝。

郭建国从问询室出来，径直走进洗手间，打开水龙头，把自己整个头几乎都塞进了池子里。

冰冷的水让他渐渐冷静下来，他开始琢磨今晚发生的事情。首先，胡秀芳究竟是和谁出去的？她为什么要对自己撒谎？那辆黑色轿车或许是唯一的线索。发现胡秀芳手机的地方和撞到塑料假人的地方至少距离十公里，如果步行要两个小时，肯定来不及，所以背后搞鬼的要么不止一个人，要么就是有车……

郭建国的思路逐渐清晰，无论发生了什么，他只希望胡秀芳现在还平安。他懊悔地用手抓了抓自己湿漉漉的头发，如果当时坚持不让老婆出去，就不会有这么多事儿了。

他擦干脸，神情沮丧地回到报案大厅，找了个无人的角落坐下来，等着警方的调查结果。

大约过了一个小时，墙上的挂钟显示三点零九分，大厅里此时已经变得十分安静。

郭建国的眼皮有些打架，头摇摇晃晃，因为小儿子每天晚上要起好几次夜，所以他这段时间都没有好好睡过觉，这时有些撑不住了。

"郭建国……"一个声音在他耳边响起，他惊醒般猛地站起来，看到赵暮云站在他面前。

"赵队长，找到我老婆了吗？"

赵暮云神情严肃，看着郭建国，眼神里透着一丝凌厉："我们在你所说的地方找过了，没有发现你说的塑料假人。"

"不可能啊！"郭建国闻言一愣，"我明明把那个假人丢在了路边……"

"好了，不用说了！"赵暮云不耐烦地挥挥手，她遇到过不少夫妻闹矛盾玩失踪的案子，大多数用不了几天都会回家，"按规定，你这种情况我们是不能立案处理的。这样，我们先登记你妻子失踪的信息……如果你妻子回来，你记得来销案，没什么别的事情的话你就回家吧。"说完，赵暮云径直走了出去，刑侦大队手头上还有好几个案子要调查。

郭建国虽然着急，但也知道等在这里没多大用处，他打算自己去找线索。他突然想起小区门口执勤的保安，或许那个人看到过那辆黑色轿车的车牌。

郭建国急忙跑出去，开车直奔小区。

路过刚才撞上假人的地方，郭建国减慢了车速，然后慢慢停下来，他不由心跳加速，额头冒出汗来，不仅是假人，甚至连自己刹车的痕迹也消失了。郭建国深吸一口气，把车靠边停，然后抽出放在副驾驶下面的铁棍，走下车。

路边有一个房地产的广告牌，内容是一家三口幸福甜美地生活在时尚便捷的都市圈中，如今广告牌已经破败不堪，相对如今的现状实在是极大的讽刺。

整条路上就这一块广告牌，所以郭建国确认自己没有记错位置。他沿着两边的路走了一圈，没有看到假人，只有自己当时走进树林时踩断的灌木痕迹证明自己不是在做梦。夏天的风，宛如热浪，让他大汗淋漓。

郭建国回到莲花小区，停好车后，径直走到保安亭。

保安李文建是附近的村民，单说外貌确实有些贼眉鼠眼。按理说一般小区招聘保安会尽量挑选长相老实的，这样会让住户有安全感。但莲花小区地理位置偏僻，工资也不高，物业极度缺乏人手，所以基本上只要有人愿意来干活，物业公司是来者不拒。

李文建看见郭建国，咧嘴一笑，那样子在夜里昏暗的灯光下，不免给人一种不怀好意的感觉。

"师傅，问您个事。"郭建国忍住反感，强迫自己挤出笑容，客客气气地说道。

"什么事，你说。"李文建说话的时候，半边脸会不自觉地抽动。

"大概八点的时候，小区门口停了一辆黑色轿车，您有没有印象？"

"黑色轿车？开进来没有？"

"没进小区，就在那边停着。"郭建国伸出手指着小区外黑色轿车曾经停靠的位置。

李文建想了会，摇摇头："没留意。"

"那这儿有监控摄像头吗？"

"没有吧，小区外面好像没监控，你明早可以去物管处问问。"

郭建国有些失望，他早就四处看过，小区外面确实没有安装监控摄像头。

"师傅，今天晚上小区附近有没有什么可疑的人出现？"

"你家里是丢东西还是怎么了？"

"没……没有。"郭建国迟疑了片刻，还是把手机拿出来，然后打开了胡秀芳的照片，"师傅，这个是我老婆，晚上你有没有看到她在这附近出现？"

李文建看到照片咧嘴一笑："真是个大美女！"

郭建国皱皱眉头，收起手机，他对这个保安着实没有好感，转身准备离开。

"这么一看，我倒是想起来了……"李文建忽然提高声音说道。

郭建国闻言止步，慌忙转过身，一脸关切地看着保安。

李文建不急不忙地说道："大概十点多的时候吧，我上完厕所回来的时候，瞟了眼外面，看见有个女人在路边来回走，长得很像你老婆。你们两口子是不是吵架了？"

郭建国一把抓住保安的肩膀，他这时忽然注意到保安胸前的牌子，知道了他的名字叫李文建。

"李师傅，你看到的那个女人穿什么衣服？"

"好像是红色吊带裙。"李文建被郭建国的反应吓了一跳。

"就是她！那你后来看到她去哪里了？"郭建国瞪着眼睛，双手几乎是掐着李文建的肩膀了。

李文建感觉到疼痛，想要挣脱，眼睛里不由露出凶光。

郭建国一愣，李文建看起来一副瘦小的身板，但是力气却十分大，一个甩肩就挣脱了他的双手。

"对不起，我有些着急。"郭建国觉得自己刚才有些失礼，连忙道歉。

"我看见她走到对面去了，就没再注意。"李文建的口气已经有些不太友好了，指了指小区对面的荒地。

郭建国顺着李文建蜡黄的手，看向对面一片漆黑的工地，胡秀芳的手机正是在那里找到的，难道是秀芳自己把手机埋在地里的？这是为什么？郭建国想到这里，不由打了个寒战。

郭建国恍恍惚惚地走出保安亭，朝着家里走去，走到楼梯口，他忍不住回头看，仿佛看到保安亭里的保安李文建正咧着嘴，朝自己笑。

郭茜茜守着两个孩子，翻来覆去一夜没怎么睡，听到门口有动静，立刻从床上爬起来。

"哥，你回来了，大嫂呢？"郭茜茜看到郭建国回来，立刻问道。

郭建国有些沮丧地摇摇头："没找着。"

"报警了吗？"

"报了，孩子们怎么样？"郭建国有些疲惫，在桌上倒了一杯水。

"天逸刚才闹了会儿，喝完奶又睡了。"郭茜茜甩甩手臂。

"辛苦你了。"

"跟我还客气什么,大嫂也是,做事儿完全没交代……"郭茜茜抱怨道。

"茜茜,这几天我让泽羽和天逸去你那儿住几天,你看行吗?"郭建国没想和妹妹解释这件事,因为实在太过诡异,而且只要妹妹知道的事情,爸妈肯定也会知道,他不希望更多人担心。

"没问题,我和爸妈说一下,让他们帮忙来照顾一下。"郭茜茜可不敢自己一个人照顾两个孩子,况且还有一个没断奶的,这一晚已经把她折腾得够呛。

郭建国点点头,他虽然不希望这些事惊动老人,但现在也没办法了,他必须腾出时间去找胡秀芳。他不由抬头看看家里的挂钟,已经是凌晨五点半,再过一会儿,天就快亮了。

"我先去睡会儿。"郭建国说完,拖着疲惫的身子走进卧室。

小儿子郭天逸睡得正熟,红扑扑的小脸蛋,嘟着圆圆的嘴,让人忍不住想要亲一口。郭建国看着儿子的睡颜露出淡淡的笑容,他轻手轻脚地给孩子搭了搭被子,怕他感冒。

孩子不能没了娘,天逸还这么小,他最黏胡秀芳,看不见妈妈,他不知道要哭多久。想到这里,郭建国叹口气。他慢慢躺到一边的床上,困意一阵阵袭来,终于睡了过去。

胡秀芳光着脚,浑身是血,在荒地里奔跑。李文建手持一把大砍刀在后面追赶,脸上露出狰狞的笑容。郭建国追在李文建后面,拼命想要拦住李文建,可无论他怎么跑,却总是追不上他们。李文建扑倒胡秀芳,骑在她的身上,把刀一下下插进胡秀芳的胸口。郭建国急得大喊。

"不要……"郭建国从床上弹起来，一身冷汗。卧室里十分安静，只有十分轻微的空调运行的声音。

郭建国长嘘一口气，想把刚才那个可怕的噩梦赶出脑海。他看了眼婴儿床，发现小儿子并不在里面。他急忙跑到客厅，却发现客厅也不见一个人。他抬头一看钟，已经中午十一点多了。

"茜茜……泽羽……"郭建国喊了几声后在茶几上看到妹妹留下的字条，说她带着两个孩子回去了，看郭建国睡得香就没叫醒他。

郭建国连忙又打了个电话给郭茜茜，确认他们早已平安到家，他的父母也都去了郭茜茜那边，帮着带孩子。郭建国稍微安心下来，他匆忙洗漱后，换了件衣服，就出了门。

郭建国径直去了物业管理处，昨晚李文建的言行举止都让他深感不安，他想去查看一下小区内的监控录像，或许能有所发现。

物业管理处在小区有一栋单独的办公楼，相比四周十几层高的住宅楼，这栋二层小楼显得十分瞩目。

物业的前台是一位中年妇女，身形消瘦，面色蜡黄，戴着眼镜，看起来像是一个营养不良的病人。

郭建国早已想好怎样说既不用说明妻子失踪的事情，还能让物业将监控录像给他，那就是——家里的猫丢了。

"猫不见了？"前台用尖锐的声音质疑道。

这种说话的方式让郭建国十分反感，其实对于自家小区的物业服务水平，他一直不满意，但是小区入住率低，收上来的物业费也就不足以聘请什么优秀的物业公司，他也只能被迫接受现在这种不专业的工作人员。

"是的，我想看看监控录像。"郭建国说话的声音提高了几分。

前台不耐烦地递出一张表，然后看也不看郭建国，说道："先填表。"

郭建国看到这张烦琐的表格，差点忍不住就要发火，这简直比他去政务窗口办事还拖沓。不过他还是决定忍，现在不是惹事的时候，多一事不如少一事。郭建国老老实实地填写了表格，递还给前台。

前台瞟了一眼，老大不愿意地站起身来，拿着表格走出去请示领导。

郭建国只能耐心等待，现在整个办公室里只剩下他一个人，他忽然想起李文建，对这个保安他总有种说不出的感觉，昨晚的梦境也历历在目，他忍不住想知道更多关于李文建的信息。

郭建国一看四下无人，便走到前台的办公桌上，随手翻看起桌上各种文档。很快，他就在办公桌上找到一本保安人员名册，在上面找到了李文建的名字，以及住址、手机号码和简历信息。他迅速拿出手机，把这一页拍了下来。

恰好这时，前台拿着申请表走了进来，郭建国装作若无其事的样子，在办公桌前晃荡。

"领导同意了，你跟我来。"前台扶了扶眼镜，依旧一脸狐疑地看着郭建国，脸上没有半点笑容。

郭建国跟着上了二楼机房。前台打开机房门，一股冷气扑面而来。房间里有些杂乱，各种线缆和设备混在一起，一张桌子上摆着一台电脑，屏幕上显示着监控画面。

"自己看吧，看完了把门带上。"前台不耐烦地丢下一句话，就大咧咧地下了楼，留下郭建国一个人。

郭建国一愣，这物业人员的做事方式未免也太随心所欲了，不过自己一个人也好，可以仔细查看监控视频。

监控软件比较人性化，全中文的界面，使用起来并没有难度，他很快就找到观看录像回放的方法。小区内的监控摄像头数量简直屈指可数，看来物业真是能省则省。

好在小区门口有个摄像头对着大门口外，勉强可以看到小区外部分路面和那周围有限的空间。

郭建国把时间调到昨晚七点半，然后开始观看回放，在七点五十五分的时候，那辆黑色轿车出现在监控摄像头下，但由于角度原因，看不到轿车的车牌。轿车的车窗都是深色玻璃，郭建国根本看不到车里坐了什么人。唯一从外观可以确认这辆黑色轿车是一辆大众迈腾。这种常见的车型，在本市恐怕有十几万辆，对于寻找线索基本毫无帮助。

八点零七分的时候，胡秀芳出现在监控摄像头里，她径直走向黑色轿车，拉开了后座的门，上了车。

郭建国昨晚在自家窗口也曾看到这一幕，只是监控摄像头离得近一些，画面更清楚。看着妻子面带笑容地走上车，郭建国心里一阵绞痛。

胡秀芳上车后大约三四秒，车就开走了。

不过也就在这段画面里，郭建国有了惊人的发现。在八点零五分至八分这三分钟的监控画面里，画面左边的角落里站着一个人，虽然看不清脸，但结合身高、体形以及那身明显的保安制服，无疑就是李文建。

李文建所在的位置，离黑色轿车不过三四米的距离，而且从监控画面上看，他留意到胡秀芳以及那辆车，所以他应该看到了车牌。但是昨晚他为什么说没有看到过这辆车？

郭建国又想起昨晚的梦境，不由自主打了个冷战，一股寒气掠过全身。

第二章

开幕

红村的位置偏僻，交通不便，年轻力壮的村民大多去城里打工了，条件好一点的把孩子也都接走了，留下的大部分是老弱病残，所以整个村子虽不说十室九空，但也确实半数以上的房屋被空置着。

李文建是村里的独户，父母早已过世，他也没有娶妻生子。因为长相不周正，所以在外一直找不到合适的工作，直到去年应聘了莲花小区的保安。

郭建国提着一个黑色袋子，里面放了两条香烟，他打算先礼后兵。

村子里的路年久失修，坑坑洼洼，满是泥巴。有几个老人靠着墙边坐着，对于突然闯进村子的外来人，眼神里都充满了警惕。郭建国被他们盯着发忧，于是露出善意而尴尬的笑容，但对方依旧回以冷漠。

"老大爷，我想问问，李文建家在哪里？"郭建国看着荒芜的村子，根本看不到门牌号码，所以只好找一位看起来还算和蔼的大爷问道。

老大爷皮肤黑黝黝的，脸上的褶子犹如裂纹，一双眼睛却是炯炯有神。他抬头看了一眼郭建国，然后敲了敲手里的烟杆，指了指斜对面的一栋破败的房屋。

郭建国还来不及说谢谢，老大爷就转身进了屋子，把门紧紧关上。

郭建国丈二和尚摸不着头脑，这红村里的人实在有种说不出的诡异。

老大爷指的房子实际是一个小院，外面有篱笆和一扇木门。郭建国走过去，用力敲了敲门。门没锁，被郭建国这么一拍，"吱呀"一声就开了。

院子里脏乱不堪，堆砌着许多杂物，在墙角有一个粗矮的木桩，木桩上血迹斑斑，四周散落着干瘪的鸡头、鸭头以及一些看不出明目的动物骨头，看着令人不寒而栗。

一股腐败腥臭的味道传来，绿头苍蝇四处乱飞，"嗡嗡"作响，郭建国只感觉阵阵作呕。如果不是为了寻找妻子胡秀芳的下落，他恨不得拔腿就跑。

郭建国强压着阵阵恶心，踏进院子，快步走到一幢平房前。平房是青色石砖搭建，看起来有些年代，墙上长着绿色的苔藓和枯藤，怎么看都不像是有人住的房子。

郭建国伸出手敲了敲门："李师傅，李师傅，在吗？"

片刻后，屋里传来沉重、拖沓的脚步声，一种难以言喻的压迫感迎面而来。郭建国咽了咽口水，想起李文建的那张脸，不禁心有余悸。

"哐"一声，门打开了，李文建穿着已经看不出底色的汗衫和白短裤，睡眼蒙眬地出现在郭建国的面前。

"李师傅……"郭建国堆起笑脸。

"怎么又是你？"李文建翻个白眼。

"麻烦了，还有点事想问问。"郭建国一边说，一边把手里的袋子塞进李文建怀里。

李文建低头一看，是两条高档香烟，少说也值七八百。此时，他的脸色总算缓和了一些。

"有什么就问吧。"李文建把两条烟接过来。

"那辆黑色轿车，就是昨晚八点左右停在小区门口的黑色大众，我想知道那辆车的车牌号。"郭建国急切地问道。

李文建看看手里的烟，摆出一副沉思回忆的样子，然后点点头，说道："仔细想想，好像是有一辆车……"

"那车……车牌是多少？"郭建国闻言有些激动。

李文建却摇摇头，说道："没注意，谁会去注意车牌？"

"李师傅，你再想想，这很重要！"郭建国心头一紧。

李文建有些不耐烦，摇摇头，就准备关门。这时候，从屋里传来"哎"一声，听起来像是个女人。

"屋里有人？"

"关你什么事！"李文建眼角抽动，急忙关上门。

郭建国又想起昨晚的梦，看着李文建闪烁的眼神，再也忍不住，一把推开门，撞开李文建就往房间里冲。

"秀芳，秀芳，是你吗……"郭建国直奔声音传来的房间，不过他没有看见胡秀芳，而是见到一个四十多岁的中年妇女，她衣衫不整地坐在床上，一脸惊恐地看着闯进来的郭建国。

"对……对不起……"郭建国急忙转身退出去。

此时，李文建冲上来，揪住郭建国的衣领，抬手就是两拳。

郭建国顿时头晕目眩，紧接着，他被李文建拽出屋子，一脚踢倒在地。郭建国也被激怒了，整个人彻底爆发，这一日来积压在胸中的怒火喷薄而出，他爬起来回击了李文建一拳。李文建和郭建国扭打到一起，两个人你一拳我一拳，拳拳到肉。时间一长，郭建国毕竟年纪大些，体力跟不上，被李文建打倒在地。

"神经病，疯子，你再敢来，我就剁了你！"李文建顺手抄起院里的柴刀，在郭建国面前挥舞着骂道。

郭建国看着锋利的柴刀，心生畏惧，连滚带爬地站起来，急忙后退。不过李文建并没有冲上来继续施暴，他也大口喘着粗气，一阵斯打过后，他的体力消耗也不小，李文建狠狠地瞪了郭建国一眼，走进屋子，把门重重地关上。

郭建国只觉得嘴角发甜，用手一摸，全是血，痛得他直咬牙。李文建竟然把他的牙都打掉了一颗，脸上火辣辣的，已经瘀肿起来。郭建国知道在这里不可能问出什么了，刚才一时冲动，实在有些莽撞。可是李文建说话反复无常，他究竟是没有看清车牌，还是不愿意说？

郭建国拍拍身上的尘土，回头看着荒芜的村庄，一时间感觉到难以言喻的绝望。

郭建国回到家，给警方打了电话，但是警方还是礼貌地劝说他耐心等待，警方会去调查，一旦有消息会第一时间通知他。

沮丧地挂了电话后，郭建国发现自己除了等待，竟然毫无办法。他倒在沙发上，身上一阵阵酸痛袭来，刚才被李文建打了一顿，现在都没缓过气来。那家伙看起来弱不禁风，力气竟然大得吓人。还有他房间里那个女人，皮肤白得根本不像是村里的人，怎么会和李文建混在一起？还有她看自己的眼神，是惊恐？还是求助？想到这里，郭建国不由一哆嗦，然后长长吸了一口气，摇摇头，现在可不是自己多管闲事的时候。

这时郭建国忽然看到茶几上胡秀芳的手机闪了闪，竟是来了条短信。他忽然灵机一动，老婆的手机里或许会有线索呢。昨晚他实在太慌张，竟然没有想到去查看老婆的手机，这时他急忙拿起桌上的手机，想查看通话记录和信息，输入了密码却发现打不开。前几天，他还看过胡秀芳的手机，她怎么会忽然改手机密码呢？他又尝试了其他几个家里的常用密码，都无法打开。

因为密码输入错误次数过多，手机暂时被系统锁住了，郭建国只能作罢，不过只要手机还在，总能找到这方面的专家来破解密码。

郭建国抬头看看钟，时间还早，他打算拿着手机去市区找家维修手机的店铺试试看。

正打算出门，他自己的手机响了起来。电话是郭建国的好兄弟兼生意伙伴周揆打过来的。

"喂，胖子……"

"老郭，物业来催租金，我手头不宽裕，有没有钱拿来先顶住？"周揆在电话里直言不讳地问道。

"胖子，我家里出了点事，你嫂子失踪了……"郭建国叹口气。

"失踪？这么刺激！你报警没有？"周揆向来说话都是口无遮拦。

"报了，警方还在调查……对了，我记得你说你认识一个非常厉害的黑客，能破解手机吗？"郭建国突然想起周揆曾经跟他吹过的牛。

"应该可以吧，要不我带你去看看？"

"也好，我们在公司碰头。"郭建国这个时候确实需要朋友帮一把，即使只是图个心理安慰。

最近刑侦大队手头上堆了几个大案，整队人忙得不可开交，赵暮云作为队长自然也是忙得整天脚不沾地，队里人手严重不足，一些不是特别急迫的案子只能暂时往后挪。

赵暮云又一次跟局长抱怨人手不足时，局长终于发了善心，给她队里补充了一个新人。不过当赵暮云看到来人时，不由得心想，这是找了个帮手还是给自己找麻烦啊？

乔风歌是公安大学应届毕业生，长相清秀斯文，虽然身形有些单薄，但是眼睛特别有神采，带有年轻人的朝气。队里单身的男同志对于这位新同事的到来，简直是欢欣雀跃，但凡有点机会就大献殷勤。

赵暮云身为队长，看到这种情况简直哭笑不得，她原本是想补充人手办案，如今反而要负责带新人，局长这不是给她忙里添乱吗？

原本赵暮云想安排乔风歌一些文书工作，打打字，写写材料，可谁知这丫头就不是安分的主儿，整日恨不能马上冲锋陷阵，生擒罪犯！只要让她知道有什么重大案件，她就会到赵暮云这里来主动请缨。

"赵队，您交代的文件我已经处理好了，还有什么事吗？"乔风歌一双大眼睛流露出对工作的热切和期待。

赵暮云想着也不能一直让人家处理文案工作，总要给些案子练练手，于是她随手就把胡秀芳失踪案的文档丢给了乔风歌。按理说成年人失踪不足 48 小时是不足以立案的，但昨晚赵暮云和郭建国谈话的时候觉得整件事实在是过于匪夷所思，因此之后还是通知派出所将这件案子递交给了刑侦大队。但是目前并没有进一步的证据证明胡秀芳发生了危险，因此赵暮云一时间没有将过多的警力放到这起案件上来。

"你来这里也有一个月了，这里有个失踪案，交给你来负责，写份报告回来。"赵暮云尤其加强了"写份报告"这四个字的语气。

乔风歌接过两页纸的轻薄案卷，心里一阵激动，这毕竟是她入职以来负责的第一个案件。

"赵队放心，保证完成任务！"乔风歌敬个礼，转身回到自己的办公桌，开始研究案件。

赵暮云看着对待工作热情饱满的乔风歌，不自禁地笑了笑，自己当年不也是她这样嘛。

乔风歌很快就看完了案卷，失踪人胡秀芳是一名三十七岁的女性，六月二十八日凌晨她的丈夫郭建国来到派出所报警，到现在为止失踪尚不足二十四个小时。初看之下很像是一个"乌龙"案件，这种误报的失踪案多半都会随着失踪者的主动出现而销案。唯一让人不能理解的是报案者的口述，整个过程实在是有些荒诞不经，看起来更像是恐怖小说或者电影里的桥段。

报警者，也就是失踪人胡秀芳的丈夫郭建国，声称在自家小区对面的工地里找到了妻子的手机，他开车到派出所报案的途中，撞倒一个塑料假人，假人身上穿着的衣服是胡秀芳出门时所穿。不过关于这一点，在接到报案后，警方的巡逻车已经前去核查过了，在郭建国所说的位置，并没有发现假人以及他所说的衣物。

乔风歌不由自主地捏了捏耳垂，她遇到想不明白的事，就会下意识地做这个动作。她沉思了一会儿，用手机把郭建国的地址和电话照了下来。她在警校学会的第一件事就是分辨谎言，而搞清这一点需要和郭建国认真地谈一谈。

郭建国开车赶到公司，一眼就看到物业在公司大门口贴着的催款通知，前几天他已经撕过一回了，如今他没心思再理会这些，径直走进公司。

郭建国的公司叫作海途星家装设计，主要业务是室内装修，其实就是四处找客户，然后再找施工队的皮包公司。早几年还行，能挣到一些钱，如今竞争激烈，他们又没自己的专业队伍，生意每况愈下，几乎是难以维持。公司里的员工早已走光了，就剩下他和周揆两个人死撑着。

如今周揆一脸沮丧地坐在办公桌前抽烟，看着匆匆忙忙走进来的郭建国，把手上的烟掐灭了。

"老郭，咋闹出这事来了？该不是嫂子和你吵架了吧？"

郭建国长长叹口气，才说道："说出来你都不信，简直就像是闹鬼！"

"这么邪乎？"周揆一愣，他知道郭建国不是习惯开玩笑的人。

"你先带我去见人，我们边走边说。"郭建国焦急地说道。

郭建国在车上把昨晚的事情原原本本告诉了周揆，虽然说得有些混乱，但是也足以让周揆吓出一身冷汗。

"为什么啊？想不通。"周揆摸摸他大大的脑袋，惊讶之后便是一脸迷惑的表情，"老郭，你别生气啊，我说句实话。"

"死胖子，有什么就说，跟我还用来虚的？"

"不合理啊！你说要是坏人绑架了嫂子，应该来找你要赎金，如果是……是歹人，那也应该尽量低调，怎么会搞出这些幺蛾子？"

"我也想不明白，所以才着急，或许你嫂子的手机里能有线索！"郭建国一边说，一边深踩油门，车即刻飞奔出去。

"慢点，慢点，前面右转。"周揆系上安全带，右手拉住车窗上的扶手，紧张地看着前面叫道。

车来到一片老住宅区，郭建国好不容易才找到一个停车位。这里街道纵横交错，天上各种线缆犹如蜘蛛网一般。

两人下了车，郭建国看了看周围，感觉心里有些没底，按照他的想象，那些计算机专家应该在高楼大厦里才对。

周揆走在前面，他带着郭建国穿街走巷，来到一栋陈旧的公寓楼。公寓楼外贴了不少小广告，还有一些乱七八糟的标语和涂鸦，灰色的水泥墙面和斑驳的外墙，足以看出这栋楼的年代久远。

周揆和郭建国一口气爬上九楼，敲响了901的门。

"波仔，波仔！"

"谁？"门内传来一个警惕的声音。

"我，胖子。"

"吱呀"一声，门打开了，一个脸色苍白、身体瘦弱的年轻人出现在眼前，他就是周揆所说的黑客任波。

"这是老郭，我兄弟，刚才电话里给你说过。"周揆介绍道。

"你好。"郭建国伸出手。

任波瞟了一眼郭建国，不过他双手都插在裤子口袋里，没有握手的意思。

"进来吧。"任波转身进屋。

郭建国有些尴尬地收回手，跟着周揆一起走进房间。屋子里空调温度开得很低，郭建国从外面走进来，不由得一哆嗦。空气里弥漫着的久积不散的烟味儿，倒是和电脑桌上已经满出来的烟灰缸相得益彰。

一室一厅的房子，面积不大，但是堆满了各种电子设备，光是电脑就有五台，让从未接触过黑客的郭建国叹为观止。

"什么手机，先拿来看看。"任波看着郭建国说道。

郭建国把手伸进口袋，用力握了握手机，迟疑了片刻，终于掏了出来。

任波拿过手机，看了一眼，说道："这是苹果手机，破解起来不容易，多半还有双重验证。"

郭建国也不懂任波所说的这些话，只是听明白了"不容易"三个字："任老师，您帮想想办法，人命关天。"郭建国急忙恳求道。

"看在胖子的面子上，收你两千五。"任波拿着胡秀芳的手机，在手上前后翻了翻。

"我的面子？我的脸这么大，你看清楚没有？怎么也能多值一点，一千五！"周揆鼓着脸，瞪着眼，双手抓住任波瘦弱的肩膀。

任波被他抓得一痛，急忙从他手里滑出来。

"最少两千，不能再少了！"任波斩钉截铁地说道。

"你小子！"周揆发狠了，不过郭建国打断了他。

"好，两千，你马上帮我弄！"

"最少也要三天，先给五百定金，弄好我给胖子电话，取机器的时候付尾款。"

"能再快点吗？"郭建国觉得三天时间实在太长，胡秀芳的安危让他寝食难安。

"我尽力。"任波耸耸肩膀。

郭建国和周揆走出来的时候，郭建国几乎是几步一回头，明眼人一看就知道他不放心任波这个年轻小伙子。

"你放心，这小子别的不说，技术那是杠杠的。"周揆给郭建国打着"强心针"，随口胡说道。

郭建国苦笑，他知道周揆肯定是在吹牛，但是如今这种情况，也只能死马当活马医。

这个时候，郭建国的电话响起来，"喂，你好，哪位？"郭建国一看手机，是个陌生号码。

"你好，请问是郭建国先生吗？"

"我是……"

"我是刑侦队的警员乔风歌，负责调查你妻子胡秀芳失踪的案件。"

"是有我妻子的下落了吗？"郭建国声音有些颤抖。

"暂时没有，不过有些情况我需要核实一下。你在家吗？我大概五点半左右到。"

"在，在，好的，我等你过来。"郭建国看看时间，现在是四点十五分，还有一个多小时，他还来得及赶回家。

乔风歌在去往郭建国家的路上，特意在他所说撞倒假人的地方停了下来，她一眼就看见郭建国在口供里所说的广告牌。

现在是白天，视线要比晚上好许多，而且这条路上荒无人烟，几乎看不到一辆车，如果郭建国说的是真话，那么或许这里会留下些什么。

乔风歌低着头，仔细地在道路两旁寻找可能的线索和痕迹。她在四周找了一圈，甚至在附近的树林里也看了看，并没有发现什么假人，正当她准备开车离开的时候，却在路边的灌木丛里发现了一小块红色碎布，像是被树枝钩住扯下来的。

郭建国的口供里曾经说过胡秀芳出门时穿着一件红色吊带裙，这块布会不会是胡秀芳衣服上的呢？乔风歌小心翼翼地用夹子夹起小碎布，放进随身携带的证物袋里包好，她打算拿回去化验。

乔风歌把车开到了莲花小区，停好车后，并没有直接上楼，而是先在小区溜达了一圈。

小区至少有几百户住宅，但是一栋楼里看不到有几家在阳台上挂着衣服，可见入住率十分低。

乔风歌也特别留意了附近的监控摄像头，只有小区里几个少得可怜的监控探头，小区外则完全没有。

"孤岛。"乔风歌摇摇头，说出这两个字。这个小区确实犹如一个孤岛，远离城市，周边完全没有任何配套设施。

郭建国的家在三号楼一单元七楼，乔风歌找到单元门，径直上了楼。

郭建国早就在家等着警察上门，不过他一开门，看到的却是一个年轻斯文的女警官，而且只有一个人，这让他未免有些失望。

"郭先生，你好，队里安排我来对胡秀芳失踪的案子做个初步调查，感谢你的配合。"乔风歌穿着警服，所以并没有掏出自己的证件。

"你好，乔警官，请进。"郭建国连忙招呼乔风歌进屋坐。

乔风歌走进去，环顾房间，屋子的客厅十分宽敞，大落地窗两边挂着紫色碎花的窗帘，窗帘上系着的绳结系法十分少见，绳子像是麦穗，配上窗帘的花纹，衬得整个屋子大方且不失精致。会在这样小的细节上下功夫的人应该是十分热爱生活。客厅地上铺满了柔软的爬行垫，四处散落着婴童的玩具，餐厅墙上挂着合照，胡秀芳笑容甜蜜，看起来是非常幸福的一家四口。

"家里乱得很，乔警官，您坐。"郭建国慌忙把椅子上孩子乱丢的衣服拿开。

"孩子们不在吗？"乔风歌问道。

郭建国叹口气，说道："出了这样的事，孩子都送去亲戚家了。"

乔风歌点点头，慢慢走到窗边，摸着绳结问道："这个绳结很有意思，是怎么打的？"

郭建国摸摸头，没想到乔风歌会突然问这么个问题，想也没想就说道："这是我老婆弄的，我可弄不来。"

"你们夫妻感情应该挺好吧？"乔风歌放下绳结，又继续问道。

郭建国愣了一下，马上说道："挺好的。"

"笔录我已经看过了，这次来主要是还有一些细节想跟你确认一下。"乔风歌问完闲话，开始言归正传。

"乔警官，我今天去了物业监控室，昨晚执勤的保安可能看到秀芳出去时坐的那辆车了，而且我觉得那个保安有点问题。"郭建国结结巴巴地说道。

"有什么问题？"

"我也说不上来，但他说话总是吞吞吐吐的。"郭建国下意识地摸了摸下巴，瘀肿还在，隐隐作痛。

"你脸上的伤是怎么回事？"

"没事儿，不小心摔了一跤。"郭建国没说实话，他不希望自己的莽撞行为影响警方的调查。

"关于保安的事情，警方会跟进的。"乔风歌停顿了一下，又继续开始追问，"你有没有和胡秀芳的家人和朋友联系？"

"能打的电话我全打了，没人知道秀芳去哪儿了。"郭建国有些沮丧。

"你和老婆的感情怎么样？坦率地讲，大多数类似的失踪案都是因为夫妻感情不和。"乔风歌直言不讳地问道。

"小吵小闹肯定有，但绝不至于让她离家出走！"郭建国斩钉截铁地回道，"而且昨晚我遇到的事情……乔警官，你要相信我，是真的，昨晚我真的撞倒了一个塑料假人，那假人身上的衣服就是我老婆的，秀芳现在肯定有危险！"

"你先别激动，来的路上我去了你所说的撞到假人的地方，发现了一小块碎布，你看看，是不是胡秀芳衣服上的？"说着，乔风歌拿出证物袋，递给郭建国。

郭建国接过来，仔细端详，无论是颜色，还是质地，都与妻子那件红色吊带裙十分相似，但这么小一块碎布，他也不敢完全肯定。

"应该是的，颜色和质地看起来都特别像。"

"那件裙子的牌子，什么时候买，在哪儿买的，你知道吗？"

"知道，裙子是上个星期我陪秀芳一起买的。"郭建国连忙说道。

"好的，麻烦你写下来给我。"

郭建国闻言立刻找来一张纸，把裙子的品牌以及购买的时间、地点写下来交给了乔风歌。

乔风歌看了眼，收好字条。她只要去这家店找到同款裙子，通过化验比对就知道这块碎布是不是来自胡秀芳的裙子，如果是，那么郭建国所说的就是实话，而这起失踪案也就不是现在看上去那么简单了。

"这是我的电话，如果有任何消息和线索，你可以随时联系我。"乔风歌给郭建国留下自己的手机号码。

"嗯。"郭建国用力点点头，警方开始调查妻子的失踪，让他心里稍稍有些安慰。

乔风歌离开郭建国家，去物业调看了监控录像，正如郭建国所言，胡秀芳离开时是乘坐一辆黑色大众，而录像中，确实有一个保安在车后面出现过。

乔风歌从物业那里拿到保安的信息，并通过电话对李文建进行了询问。

李文建依旧还是坚称没看到车牌，因为轿车并没有进入小区，所以他未做记录。

乔风歌挂掉电话，虽然心里有些疑虑，但是李文建的解释合情合理，并没有值得怀疑的地方。

如今要弄清楚胡秀芳的去向，唯一的线索就是那辆接走她的车。但是要找一辆不知道牌照的车，简直就是大海捞针。

乔风歌出了莲花小区，透过车的前挡风板望着这条通往市区的荒路，皱了皱眉头。

郭建国见完乔风歌，就赶去了妹妹郭茜茜家看孩子。郭建国的父母也都在，他们知道了儿媳失踪的事情，围着郭建国一阵连珠炮似的追问。郭建国不想让老人太担心，只说和胡秀芳吵架了，她回了娘家。他安抚完老人，又去看孩子们。

老二在地上爬来爬去，看见郭建国，嘴里乱喊着爬过来，抱住他的腿。

郭建国百感交集地抱起小儿子，亲了又亲，正逗着他玩的时候，大儿子从外面走进来。

"爸。"

"小羽……"郭建国放下小儿子，回头看着老大。

"妈妈呢？我们为什么搬到姑姑这儿来住？"郭泽羽质问道。

"妈妈有点事，出差了，爸爸忙，所以你们暂时在这儿住几天。"郭建国对儿子撒了谎。

"可老妈答应我这个周末带我去游乐园玩，她什么时候回来？"郭泽羽抱怨道。

郭建国摸摸大儿子的头，宽慰道："你的暑假还长着呢，妈妈过几天就会回来，晚点再去也不迟……如果妈妈没空，我带你去。"

"说话算数吗？"

"臭小子，爸爸什么时候骗过你？"郭建国捏捏儿子的脸蛋，"作业写了没有？别以为在姑姑这里就可以无法无天！"

"知道了，知道了。"郭泽羽一听到"作业"两个字就溜回了房间。

"这孩子……"郭建国摇摇头。

这时候郭茜茜走进来，帮郭建国抱起老二。

"哥，孩子们都挺乖，你别操心，嫂子的事怎么样了？"她随手把房门关上。

"还没找到，警察今天来问过话了。"郭建国叹口气，"这几天辛苦你了，我还是先回家，万一秀芳回来呢。"

"跟我客气什么，老爸老妈那边……时间长了，怕是瞒不住他们。"郭茜茜压着声音说道。

"瞒一天算一天吧。"郭建国茫然地把目光投向窗外，此时已是黄昏，橘红色的日光仿佛把时空扭曲，金黄的街道透出古朴的气息。

郭建国忽然看到一个熟悉的身影在街角闪过，红色的吊带裙，波浪卷发……像极了胡秀芳。

"秀芳？"郭建国浑身一颤，他急忙冲出房门，直奔楼下。

"哥……"郭茜茜吓了一跳，她不知道郭建国怎么突然像疯了一样冲出去。

"秀芳！秀芳！"郭建国环顾大街，喊着妻子的名字。

大街上冷冷清清，只有一个收破烂的老妇人推着废品车，发出"叮叮当当"的声音走过来。郭建国一口气跑到街角，拐进巷子，却发现里面是一条死胡同，可他明明看见有个身影走了进去。

巷子里空无一人，杂乱的废弃物，四处散落的垃圾，两旁污水横流，一股阴暗腐臭的气息扑鼻而来。

大热天里，郭建国打了个冷战。

第三章

手机

　　任波只用了两个多钟头就破解了胡秀芳的手机，这个时间也在他预料之内，不过他之所以夸张地说要好几天才能破解，也是为了能多讹一些钱。

　　任波拿着手机开始把玩起来，他先点开相册，看胡秀芳的照片。

　　"美少妇啊！"任波翻看相册，里面有不少胡秀芳的自拍，甚至还有一些非常私人的照片。

　　除了相册，任波又开始翻阅手机内其他资料，通话记录、联系人、微信、微博、QQ、银行账号……一个也没放过。他甚至把整个手机里的数据内容都在自己电脑上做了备份。他只用了几个小时的时间，就通过这部手机把胡秀芳里里外外都探究了一番，现在他甚至敢说比郭建国更了解胡秀芳。

　　任波的好奇心得到了极大的满足，他开始有些迷恋这个中年妇女，对于一个几乎没有太多社交生活的宅男，胡秀芳确实能最大限度地满足他的各种想象。

　　胡秀芳看起来好似一个平淡安静的女人，或者说是一个母亲，一个妻子，但是在她的私人日记里，还有社交账号上，却处处透着对生活的不满、对平淡的不甘，以及来自内心深处的寂寞。

在社交网络里，她像所有人一样，隐姓埋名，改头换面。以放浪形骸的姿态活跃在各种帖子和评论里，网络上的她叛逆、暴躁、性感、张扬，与现实生活中的她，完全判若两人。

"失踪了？"任波想起周揆的话，自言自语地说道，"我看八成是受不了她老公，跑了。"

任波站起来，去冰箱里拿出一罐可乐，"咕噜噜"喝下一大口，然后打出一个气嗝。他看着电脑屏幕上胡秀芳美艳的照片，不禁有些神魂颠倒。他放下汽水罐，又坐到电脑桌前，决定继续翻翻手机里面的资料，看看能不能找出胡秀芳究竟去了哪里。

乔风歌回了警局，忙了大半天，也没找到有关胡秀芳失踪案的线索。她也特地查看了警方的监控系统，但离莲花小区最近的监控摄像头在十几公里外，没有太大的参考价值。

乔风歌看了眼表，已经是晚上八点，要继续做其他方面的调查也只能等明天了。她忽然想起今天约了闺密，陪她去选婚纱，眼看约的时间就要到了，今天怕是又要迟到。

乔风歌慌忙收拾了一下，就赶去了婚庆影楼。

杨莉与乔风歌在同一个福利院长大，她们还在襁褓的时候，就被亲生父母遗弃。杨莉高中毕业去了清北大学，在大学里她遇见了自己的"真命天子"，毕业才一年不到，两个人就订了婚，准备在今年九月十日结婚。男方出身书香门第，父母都是老师，且为人和善，家庭条件虽说不上大富大贵，但也衣食无忧。

乔风歌打心眼里为好友开心，对于他们这些在福利院长大的孩子来说，最需要的就是一个温暖的家。

杨莉早就到了影楼，她看到姗姗来迟的乔风歌，忍不住嘟起了嘴。

"宝贝，你可真美！"乔风歌看到穿着婚纱的杨莉，立刻上前抱住她。

"少来，别以为这样我就会放过你，约好八点，现在几点了？"杨莉抱怨道。

"今天我接到了人生中第一个案子，就原谅我一次吧。"乔风歌笑着跟闺密撒娇。

"哼，待会儿请我吃夜宵！"

"好好好，把你喂得胖胖的，看你怎么嫁人？"

乔风歌和杨莉疯闹一会儿，这才规规矩矩开始选婚纱。

"你怎么不让志伟来陪你选？"乔风歌问道。

"他个土包子，还是免了吧。"杨莉摆摆手。

"我可记得他是个摄影爱好者！"乔风歌继续调笑。

"这件怎么样？"杨莉又拿起一件婚纱问道。

"不错，试试看。"

杨莉拿着婚纱欢天喜地跑进跑出，前前后后一共试了七八件，才选定了款式。

乔风歌和杨莉从婚纱店出来，已经是晚上十点多了。

"乔警官，说吧，请我吃什么？"杨莉挽住乔风歌的手，笑问道。

"知道你最喜欢吃烧烤，老地方！"乔风歌拍拍口袋。

两个人一路说笑来到一家路边烧烤摊，找了个位置坐下来。

烤串很快就上了桌，杨莉还要了两杯扎啤。

"还记得我们初中那会儿，偷溜出来喝酒吃烧烤，回去被院长逮住了，罚站了一夜。"杨莉端起巨大的玻璃杯，喝了一大口啤酒。

"嗯，不过那次要喝酒的是我。"乔风歌想起当年自己假小子的模样，不由笑了起来。

"可惜张院长去世了，要不……"杨莉有些伤感。

"她在天上也一定会为我们骄傲！"乔风歌举起酒杯，"我们敬院长。"

"敬院长。"

"风歌，有件事……我想告诉你……"杨莉忽然变得吞吞吐吐，放下了酒杯。

"什么事让杨大小姐羞于启齿？先说好，借钱我可没有！"乔风歌调笑道。

"我……我找到我爸妈了……"杨莉的声音几乎细不可闻。

乔风歌一愣，放下手里的肉串，脸上的表情有些僵硬："那又怎么样？"乔风歌声音有些冰冷。

"我想去问问他们，当年为什么丢下我？"

"你这不是自己给自己找别扭吗？没有他们，你不是一样过得很好吗？"乔风歌带着反对的语气。

"二十多年来，这个问题没有一天不在我脑子里，它就像一根刺，每时每刻地扎在我心窝上，如果我不问清楚这个问题，我怕我永远都……"杨莉说到这里，一口气把杯子里的酒喝完了，"难道你从来没去找过你的……"

"没有，我绝不会去找！"乔风歌打断杨莉的话，面若寒霜。

杨莉没再说话，长叹了一口气。

两个人都没再说话，沉默了片刻，乔风歌才又问道："志伟知道这件事吗？"

杨莉摇摇头，说道："我没和他说这件事。"

"那你现在打算怎么办，你都要结婚了，何必节外生枝？"乔风歌劝道。

"你能不能周末休息的时候，陪我走一趟。"杨莉抬起头，一脸祈求地看着乔风歌。

"好吧。"乔风歌最受不了杨莉那种可怜巴巴的眼神，从小到大，只要杨莉用这种眼神求她，她都会答应。

两个人正喝着酒，笑着逗趣，忽然身后传来几声急促的汽车喇叭。

"啊，志伟的车，他怎么来了？"杨莉伸伸舌头，赶紧把酒杯塞到角落里。

"你现在就像老鼠见了猫，以后结婚了还了得！"乔风歌忍不住数落杨莉。

"他也是为我身体好，不让我喝酒。"杨莉红着脸说道。

"于志伟，别摁喇叭了，我们在这里！"乔风歌大声喊道，向车的方向打手招呼。

车灯熄了，一个俊朗帅气的青年男子从车上下来，正是杨莉的未婚夫——于志伟。

于志伟快步走过马路，笑着和乔风歌打招呼。

"早知道你和风歌在一起，我就不担心了。"于志伟上来就握住杨莉的手，两个人一副甜蜜的样子。

"怎么，怕别的帅哥把莉莉抢走啊，那你可要加倍对她好才行。"乔风歌说笑道。

"遵命，乔 sir ！"于志伟敬了一个滑稽的礼。

"你怎么会来这里？你今晚不是加班吗？"杨莉看着于志伟，温柔地问道。

"刚把工作做完，开车经过看到路边停着你的车，就猜你是不是在这里。"于志伟说道，他一低头看到了桌子下面的酒杯，话锋一转，问道，"杨莉，你喝酒了？"

"喝了一点点……"杨莉越说声音越小，最后还不好意思地低下了头。

"乔警官，莉莉开着车，你怎么能让她喝酒呢？"于志伟的语气里有几分责怪。

"没事，找代驾就好了，不用大惊小怪。"乔风歌不以为然地说道。

于志伟还想再说些什么，想了想还是忍住了，最后只无奈地摇摇头。

"来，坐下来陪我们一起吃点。"杨莉对于志伟撒娇道。

"你们小两口慢慢吃吧，我就不做电灯泡了，手头上的案子还没忙完，我先回局里了。"乔风歌说着挥挥手就去路边拦出租车了。

郭建国晚上回了莲花小区，看到门口的保安不是李文建，不由松了口气。

郭建国从电梯里走出来，跺了跺脚，楼道里并不敏感的声控灯亮起，他这时才发现自己家门口竟站着一个人，吓得他倒退了两步。

他冷静了一下，站定后才看清是一个中年女人，女人有些拘谨地站在那里，她皮肤白皙，体态丰满，穿着短裤和 T 恤，手里还拎着一个小包。

这个女人看起来有些面熟，但郭建国一时想不起来在哪里见过她。

"你好，有什么事吗？"郭建国开口问道。

"啊……啊……"女人张开嘴巴"啊"了好几声，说不出话来。

郭建国定睛一看，发现这女人没有舌头，原来是个哑巴。

这时，郭建国突然想起来在哪里见过这个女人了——在李文建家的床上。

"是你……"郭建国惊讶地睁大眼睛，他想不到这个女人会找到自己家门口来，"李文建呢？你们不要乱来，我已经报警了！"

郭建国四处张望，以为李文建也在附近。

女人急忙摆手，又"啊"了几声，做出写字的动作。

郭建国一愣，他犹豫了片刻，打开了房门。

"进来吧，我找纸和笔给你。"

女人跟着郭建国进了房门。

郭建国招呼她在饭桌前坐下，然后找来一张纸和一支笔。

"你叫什么，来这里找我做什么？想说什么你写出来。"

女人点点头，拿起笔，在纸上写了三个字：朱艳红。

"朱艳红？你的名字。"

朱艳红闻言点点头，又继续写：我来找李文建。

"找李文建？怎么找到我这儿来了？"郭建国一头雾水。

朱艳红脸上毫不掩饰焦急的神色，她匆忙写道：他和你出去后就没回来！

"和我出去？是早上吗？"

朱艳红又点头。

郭建国想想觉得不对，李文建打完他就转身进屋了啊，难道他还跟着自己？又或者去了其他地方？

"早上，我不小心冲进屋子，看到你，然后就被李文建拉出来了，那之后，李文建没再回去了？"郭建国手舞足蹈地比画着。

朱艳红脸上微微一红，不过还是用力点点头。

"他没和我在一起。"郭建国摇摇头，忽然想到一件事，又问道，"你怎么知道我家的？"

朱艳红从小包里掏出一张字条，字条上写着：我去一趟莲花小区，找郭建国说清楚，鸡杀好了，青菜在窑里，你先做饭。

"他来找我了？"郭建国看了看字条，心里一惊，看来这是李文建写给朱艳红的留言，"我没看到他啊。"

朱艳红闻言有些失望，又拿起笔在纸上写道：如果李文建来找你，请联系我。

朱艳红留下了自己的电话号码。

"好的。"郭建国点点头。

朱艳红站起来，正准备离开，不过她忽然又想起什么，走了几步又转身过来，在纸上写道：他是好人。

郭建国一愣，不过很快他就明白了朱艳红的意思，有些尴尬地看了她一眼。

朱艳红转身离开，郭建国送到门口。

"李文建如果要是回去了，麻烦你给我打个电话，或者让他打也行……"郭建国把自己的名片塞给朱艳红。

朱艳红接过名片，点点头。

郭建国关上门，回身看到白纸上朱艳红最后写的那四个字——他是好人。

"他是好人？那坏人到底是谁？秀芳又在哪里？"郭建国长叹一口气，坐到沙发上，看着一家四口的全家福，发起呆来。其实郭建国也明白，抛开自己的个人好恶，李文建虽然说话不清不楚，但是他没有作案的时间，从监控上来看，他最多离开岗亭五分钟。这么短的时间甚至来不及去对面的荒地埋手机，更别说去七八公里外摆弄塑料假人。

他忽然想起自己第一次和胡秀芳见面的情景，那时候他还在小县城的机关单位里混日子，胡秀芳则是当地文化馆的一名舞蹈演员。年底单位搞联欢活动，胡秀芳带队来演出。他第一眼看到舞台上翩翩起舞的胡秀芳，就被深深吸引。那之后，郭建国便对胡秀芳展开了猛烈的追求攻势。

胡秀芳一开始对郭建国并不感兴趣，但是随着时间的推移，再加上小县城里死寂一般的生活，让两个人终于走到了一起。在当时，胡秀芳并没有比郭建国更好的选择。

三年后，他们有了第一个孩子，而郭建国也决定辞职，离开家乡，去大城市闯荡。胡秀芳当时极力反对，但抵不住郭建国的雄心壮志，只能跟随着他离开故乡，来到武口市。

郭建国也曾风光过一段时间，前几年，他的生意顺风顺水，买车买房，还积攒了一笔存款。可最近一两年大环境不好，他的生意基本处于停滞状态，靠着以前的积蓄在勉强维持。

工作不顺利，赚不到钱，胡秀芳还经常抱怨他，所以两个人不时发生大大小小的争吵，不过他们为了孩子，都极力克制自己，一直维持着婚姻表面的平和。

忆起往昔，郭建国长长叹了口气，倒在沙发上，就这么昏沉沉地睡去。

原本晴好的天气，却在一早下起雨，雨水不大不小，却绵绵不绝，好似黏人的恋人，要把整个城市揽进怀里。

一个婴儿躺在精致的竹篮里，沿着河道，在瓢泼大雨中顺流而下。

婴儿发出凄厉的哭声，撕扯着人心。

乔风歌奋力追逐着竹篮，一次又一次伸手想要抓住它，可是每一次都扑空。

河道尽头是一个看不到底的瀑布，竹篮眼看着就要坠入深渊……

"不要！"乔风歌被飘进窗户的雨水惊醒，才发现自己睡前忘记关窗户了。风吹起窗帘，雨水稀稀落落地飞进来。在床边呆坐了片刻，她才起身去关上窗户。

"竟然又做噩梦了。"乔风歌长舒一口气，用手把额头上的冷汗抹去。感受到浑身被汗水湿透后的黏腻，她决定去洗个澡，换身衣服。

今天她打算去一趟胡秀芳的公司，询问一下她的领导和同事，或许能从中找到有用的线索。

她给队长赵暮云打了个电话，汇报了昨天调查的情况，并请示今天的行动目标。赵暮云同意了她的请求，并叮嘱乔风歌注意调查的方式方法。

乔风歌已经通过警务系统调出胡秀芳的个人信息，胡秀芳是皇庭大酒店公关部的经理，这样的工作一定有着广泛的社会关系，这给乔风歌增加了不少调查的工作量。

皇庭大酒店是市内一家五星级酒店，位于市中心北湖附近，依山傍水，又坐享城区便利的交通，所以虽然房价高昂，但入住率一直很高。

乔风歌虽然经常在北湖跑步，但从来没走进过皇庭大酒店，她一个月的工资恐怕只够在里面住两晚。乔风歌来到酒店富丽堂皇的大堂，找到值班的前台经理，在出示警官证后，说明了来意。在大堂经理的引领下，她来到酒店的办公区，公关部的办公室在楼道尽头。

公关部总监崔国强的办公室在大办公室的最里面，他已经接到大堂的消息，看到乔风歌进来，即刻起身问候。

"乔警官您好，请坐。"崔国强声音雄厚，笑容满面。

"崔总您好，我这次来是想了解一下公关部经理胡秀芳的情况。"乔风歌一边说，一边拿出笔记本。

"我们也为她着急，怎么就忽然失踪了呢？"崔国强叹口气。

"胡秀芳最近在单位的情况如何？"乔风歌直接进入主题。

"挺好啊，最近她的业绩不错，还得到总部的嘉奖。"

"她有没有说过最近要去哪里，或者提到家庭矛盾之类的话题？"

崔国强想了想，摇摇头，说道："我没听她提起过，你可以再去问问部门里其他同事，不过……"

"不过什么？"

"前几年胡秀芳好像在网上交了一个小男朋友，是个大学生，据说当时闹到要离婚的程度。"

"胡秀芳出轨了？"乔风歌追问道。

"也不算吧，就是在网上聊聊天嘛，具体的我也不太清楚，你可以去问问她的同事。"崔国强尴尬地笑了笑，显然跟警察分享这些办公室的小道消息让他有点不好意思。

"胡秀芳在单位里，和谁比较谈得来？"

"坦率地讲，同事间主要是沟通工作比较多，如果乔警官要找胡秀芳的朋友，还是通过其他渠道比较好。"崔强国说的是大实话，在企业里，特别是外资企业里，竞争激烈，成熟的职场人很少会和身边的人无话不谈。

乔风歌点点头，轻轻敲了敲笔，又问道："胡秀芳出门前曾经说过是去参加工作应酬……"

"没有的事，我已经和郭建国解释过了，那天公关部没有安排，不过如果是胡秀芳私人的客户，我们就不清楚了。"

"非常感谢你的配合，能带我去看看胡秀芳的办公室吗？"

"当然可以。"

严格来说，胡秀芳没有单独的办公室，但有一个相对独立的办公桌。办公桌上非常整洁，所有东西摆放得有条不紊。

乔风歌随手翻了翻桌面的文件，大多是订单和一些简报，并没有太多特别的东西，不过一件小装饰品引起了她的注意。

这个小物件是一个钥匙扣，挂在桌面下左手边最上层的抽屉。钥匙扣的造型很特别，是一个铜制的骷髅头，上面还有一把刀由下至上穿透骷髅头，看起来挺吓人。钥匙扣上还有一条红绳，红绳打了一个别致的绳结，看起来像是一个小麦穗。乔风歌在郭建国家里也见过这种打结的方式，心想胡秀芳可真算个心灵手巧的女人。

乔风歌觉得钥匙扣很特别，便拍了张照片。她看完胡秀芳的办公桌后，又和胡秀芳的其他同事聊了一会儿。

正如崔国强所言，公司同事之间并没有太多的个人交流，对于胡秀芳私人的事，同事们所知不多。

乔风歌有些失望，在胡秀芳公司里并没有发现太多的线索，她离开之时，正好看到酒店大堂上的挂钟，从郭建国报案到现在，胡秀芳已经失踪了大约四十个小时。

任波专心致志地盯着电脑屏幕，他正用电脑上自己开发的软件彻底扫描胡秀芳的手机。昨晚，他竟然在胡秀芳的手机里发现了一个隐藏目录，在这个隐藏目录里有一个来历不明的APP，这个软件没有名称，只有一个凶神恶煞的骷髅头图标。

任波启动了程序，在一阵刺耳的音乐后，屏幕上出现了一个诡异的界面，背景图片是一个美女和野兽拥抱在一起的画面，正中是登录窗口，需要用户名和密码才能进入程序。

任波试了所有他在手机找到的各种用户名和密码，但是都无法登录成功。更让他吃惊的是这个APP自带反破解程序，要想用寻常的方式破解程序，难度超乎想象。

"活见鬼！"任波骂道，他不相信这玩意是胡秀芳整出来的，至少从胡秀芳的履历里来看，她应该是那种装个电脑系统都需要别人帮忙的人。可如今她的手机里不仅有隐藏文件夹，还有来历不明的APP，单是这件事，就够让人百思不得其解了。

就在这个时候，任波的手机响了，吓他一跳，他看了一眼手机屏幕，来电的是周揆。

"波仔，手机整好了没有？"

"整好了，你让他过来拿吧，记得带钱。"任波慢悠悠地说道。

"好的，谢谢兄弟。"周揆高兴地挂了电话。

郭建国接到周揆的消息，说是任波已经破解了手机密码，他急忙赶去任波那里。

下过雨后，天气凉爽了些许，只是任波所住的单元楼外地面上的积水污浊昏黑，还弥漫着些许臭味儿。郭建国穿着凉鞋，忍着恶心，一脚脚踩下去。

他一路小跑，终于上了台阶，进了楼道。来到任波的房门口，郭建国敲敲门，门晃动了两下，郭建国发现房门竟然只是虚掩。

"任师傅，在家吗？"郭建国叫了几声，但房间里并没有人回应。

"难道出去了？怎么不锁门？"郭建国站在门口有些犹豫，不知道自己是站在这里继续等，还是进去。

他透过门缝往屋里看，房间里有昏暗的灯光，还隐约可以看到电脑屏幕和闪烁的网络设备灯。

除此之外，郭建国还能听到电脑音响里播放着乐曲，虽然声音很小，但仔细听，还是能听到，犹如恐怖电影里的配乐。

郭建国在门口大约站了五分钟，又三番两次往楼下望，但始终没有看到任波。他想起自己有任波的电话，于是打了他的电话，屋子里传来手机铃声，可没人接听。郭建国这才知道任波并没有拿手机出门，他实在忍不住了，终究还是自己推开房门，走了进去。

"小任，任波……"郭建国觉得有点奇怪，一边往里走，一边喊。

屋子不大，郭建国进去扫了一眼就知道里面确实没有人。

桌子上还放着一碗热腾腾的泡面，盖子半掩着，面条看起来是一口没动。任波似乎是有什么急事离开，来不及吃泡好的面条，甚至连门都忘关了。

郭建国继续往里面走，任波的电脑也是开着的，屏幕上是一个奇怪的登录画面，背景是一张美女和野兽的图，图画只有黑色的轮廓，线条简洁明快。

郭建国很快就看到桌面上胡秀芳的手机，他急忙拿起来打开，顺利地进入手机系统。他先查看了通话记录和几个社交软件的聊天记录，但都没有陌生人的电话，或者是约出门的信息。

郭建国有些失望地收起手机，打算回去再慢慢折腾，他见任波还没回来，便把钱放在电脑桌上，然后准备离开。

可这个时候，郭建国忽然听到卫生间有异响传来。

"吱呀……吱呀……"那声音就好像是挂在房梁上的绳子被人不断拉扯着。

郭建国停下脚步，看着卫生间的门，仔细倾听，确定自己没有听错。

"任波，你在里面吗？"郭建国对着卫生间的方向喊道。

卫生间里没有回应，依旧是"吱吱呀呀"的声音断断续续传来。

郭建国搓了搓手，犹豫了片刻，还是走向卫生间，推了推卫生间的门。

卫生间的门推不开。

郭建国又试着扭了扭把手，把手扭不动，门是反锁的。

"有人吗？"郭建国敲敲卫生间的门，里面依旧没有任何回应。

郭建国有些纳闷，门是反锁的，那么里面肯定有人才对，难道任波在里面晕倒了？

想到这里，郭建国用力撞门。

卫生间门是塑料的，锁扣也并不十分牢固，只听"砰"的一声，门应声而开。

一个男人的脖子被绳子套住，挂在卫生间的吊顶上，荡来荡去，绳子摩擦着钢梁，发出刺耳的声音。

郭建国差点在卫生间里滑倒，他一眼就认出挂在绳子上的人是李文建！

郭建国急忙冲上前，抱住李文建的腿，把他托住。但是李文建已经一动不动，完全没有反应。郭建国费尽力气，把李文建从绳子上解下来。

"李师傅……李师傅……"郭建国伸出手，探了探李文建的鼻息。

李文建脸色发蓝，眼球血丝遍布，完全没有一丝气息和心跳，浑身冰凉。郭建国倒吸了一口凉气，他慌忙掏出手机，拨通了报警电话。

赵暮云带队忙了好几天，终于把一起谋杀案的嫌犯移交检察院，她长舒一口气，如释重负。

"今晚我请大家吃火锅！"赵暮云在办公室里大声宣布，打算慰劳近来辛苦的同事。

"队长大气！"

"队长，我们要吃最贵的那家！"

一帮刑侦队的队员起哄道。

"没问题！"赵暮云笑道，"这段时间……"

赵暮云话还没说完，她办公桌上的电话就"叮叮当当"地响了起来。

"你好，刑侦大队。"赵暮云接起电话，"嗯，好的……好的，局长您放心，我们会尽快破案。"

办公室里顿时安静下来，所有人目光都投向赵暮云。

"看来吃火锅要推迟了，湖庭公寓发生一起命案，局长让我们刑侦大队立刻接手。"赵暮云叹口气说道，"于德正、黄兴才，你们跟我走一趟。"

"队……队长，还有我……"一旁的乔风歌举起手，想跟队长一起去，可话还没说完，就被赵暮云打断了。

"你继续跟进失踪案，别分心。"赵暮云摆摆手，委婉拒绝了乔风歌的请求。

湖庭公寓此时已经被警方封锁，周围停放了好几辆警车，警员们拉起了警戒线，除了验明身份的住户可以进出外，其他人一律禁止入内。

赵暮云挤过围观的人群，来到警戒线旁边，负责看守的警员立刻上来敬礼。她点点头，穿过警戒线，带着队员直接上了九楼。

在901房的门口，赵暮云一眼就看到了还在瑟瑟发抖的郭建国，先到达的警员正在对他进行简单的询问。

赵暮云走上前，看到是郭建国十分惊讶，问道："你就是报案人？"

郭建国也还记得赵暮云，他点点头，回道："赵队长，是我报的案。"

"这里我来吧。"赵暮云向正在做询问的警员说道。

"是。"询问的民警敬礼后离开。

"你和死者什么关系？"赵暮云问郭建国。

"没关系，他……他是我们小区的保安。"郭建国结结巴巴地解释道，因为李建国在任波的公寓里上吊，这是他做梦都想不到的事情。

"你住这儿？"

"不是，不是。"郭建国连忙摇头。

"那你怎么会来这儿？"

"我是来找任波的，这是他的屋子……我之前将秀芳的手机交给任波帮我破解，他刚才通知我来取手机。可我来的时候没看到任波，却发现李文建在他厕所里上吊了。"郭建国急得像热锅上的蚂蚁，不知道怎么才能把事情的经过说清楚，他自己都觉得实在太离奇。

"胡秀芳的手机呢？"

"在我这儿。"郭建国从口袋里掏出胡秀芳的手机。

"先交给我。"赵暮云叫来正在采集物证的鉴证科人员将胡秀芳的手机装起来，然后转过身对身边的于德正说道，"你先带他回队里，做份详细的笔录。"

说完，赵暮云戴好鞋套和手套，走进了案发现场。

郭建国看着转身而去的赵暮云，不由唉声叹气，也不知道自己最近撞了什么邪，这几天没一刻消停过。

市局的法医和鉴证科的人已经在房间里展开工作，一位负责现场的民警立刻走过来，向赵暮云汇报情况。

"赵队，死者名叫李文建，四十三岁，莲花小区保安。根据报案人郭建国的描述，死者被发现时被绳子勒颈悬吊在卫生间的房梁上，初步推测是窒息而亡，被发现时卫生间房门呈反锁状态，墙壁上有死者的鞋印，有自杀的嫌疑。警员到达时尸体已经被挪动过位置，现场遭到破坏。不过就目前搜证的结果来看，现场和郭建国所交代的情况基本一致，进一步的结果，需要等待法医和物证科的化验。另外，此屋的住户任波目前下落不明。"负责现场的民警把目前掌握的情况向赵暮云做了汇报。

"辛苦了，市局下令这里交由刑侦队负责，我让小黄和你做下交接。"赵暮云说完，就来到卫生间。

李文建的尸体还在卫生间的地上，法医卓航正在尸体旁做初步检验。

卓航看到赵暮云过来，语气冷漠地打了声招呼："来了啊。"

赵暮云"嗯"了一声算是回应。

赵暮云和卓航其实算是老相识了，两人这些年一起联手破过不少大案，但也不知为什么，在外人看来两个人始终"不熟"，除了工作之外也基本没有私交。

赵暮云如今离了婚，一个人带着孩子，市局坊间曾有过传闻说卓航曾经追求过赵暮云，但是被拒绝，所以两个人的关系有些复杂。不过两人对于这个传闻从未回应过，久而久之也就没多少人再提起了。

"死亡时间不超过四个小时，死因是窒息，作案工具目前未知，但绝对不是现在这根将他吊起来的麻绳。"卓航指了指已经被放进证物袋的麻绳，就是它之前缠绕在李文建脖子上。

"作案工具？你是说这起案件是他杀？"赵暮云抓住了卓航语句里的重点。

"是，你看死者颈部的勒痕，很明显有一轻一重两条，重的那一条成平直环绕，明显偏细且边缘平滑。而轻的那一条则是向上倾的，勒痕和这根麻绳完全一致。"跟着卓航的描述，赵暮云的目光落在了李文建的脖子上，果然有两条勒痕。

"如果一个人是上吊自杀的话，他的颈部只会留有一条向上的勒痕，而且痕迹会比现在重得多。死者致死的真正原因是被人用暂未可知的绳状物在背后勒颈而死，死后用这根麻绳伪装成自杀的效果。"卓航冷静地下着判断，"当然，这只是我的初步推测，最后的判断还是要等我回局里进一步解剖来确定。"

"好，谢谢你。"

"还有，除了脖子上的勒痕，死者身上还有其他伤痕，生前应该与人有过打斗，不过根据伤痕的发展状态，应该是死前一至两天造成的，距离死亡时间较远。"

"所以造成死者身上伤痕的和杀害他的应该不是同一个人？"赵

暮云表示质疑。

"你说的事情不在我的工作职责内。"卓航开始收拾工具，准备离开。

赵暮云一时语塞，不过她也习惯了卓航的工作方式。

"搜证结束后，我会安排人把尸体送去你那儿。"

卓航点点头，此时他已收拾好，径直走了出去。

"真是记仇的人。"赵暮云轻笑着摇了摇头。

虽然手底下的人正在对现场进行勘查，但赵暮云还是习惯自己亲自做一遍，以防遗漏了什么线索。尸体在刚刚现场尸检结束后已经被人搬离，准备送回尸检中心。现在最重要的就是确定死者究竟是自缢还是谋杀，虽然卓航已经依靠丰富的经验得出了最初的结论，但是这仍然需要完成尸检才能确定。

赵暮云再次进入卫生间的时候，注意力已经放在了房间的整体结构上。卫生间面积并不大，一眼扫过就一览无余。高度在两米五左右，死者被人勒死后再吊上去，需要借助工具才行，但现场唯一可以满足要求的就是洗手台，而洗手台旁边的墙壁上正有一个新鲜的鞋印，经过对比，该鞋印来自李文建死时所穿的那双鞋。如果真是谋杀，那凶手为了伪造自杀现场用了不少心思。

现在最让赵暮云疑惑的就是死者出现在任波家中的原因。在进行更深层次的人际关系调查之前，无法确定任波和死者李文建之间的关系。死者是主动来到这间公寓后被杀害的，还是被杀后转移至此？至于报案人郭建国，他的老婆前不久离奇失踪，现在他本人又出现在另一起命案现场，未免让人觉得过于巧合。

赵暮云本来没认为胡秀芳的失踪案有什么特别，但是如今她隐约感觉这起命案和失踪案之间是有联系的，当然现在还没有任何证据来证明自己的推测，但身为刑警的直觉往往会对案件的侦破起到意想不到的作用。

大胆推测，小心求证，这是赵暮云办案的原则。她忽然想起昨天乔风歌给她汇报工作的时候，曾经提到过死者李文建这个人，只是当时她没怎么在意。赵暮云拿出手机，拨通了乔风歌的电话。

"小乔，马上过来湖庭公寓。"

"是，队长！"

乔风歌挂了电话，兴奋地跳了一下。

旁边的同事无不斜睨摇头，一个小姑娘竟然天天想着参与凶杀案的侦查，实在是够野的。

乔风歌风驰电掣地赶到了现场，在901室的门口撞见了队长赵暮云。

"队长，我来了……"乔风歌喘着气，她嫌等电梯太慢，直接一口气跑到九楼。

"现场的规矩都懂吗？"赵暮云一脸严肃地问道。

乔风歌用力点点头。

"跟我来。"赵暮云一边走，一边说道，"死者是莲花小区保安李文建，报案人是郭建国……"

"不会吧？"乔风歌瞪大了眼睛，停下脚步，一脸吃惊地看着队长赵暮云，她立刻就明白队长为什么会叫她来了。

"是不是觉得太巧了？"赵暮云也停下来。

"郭建国说李文建是最后看到他妻子的人，我跟李文建通过电话，询问他是否看见了胡秀芳坐的那辆车的车牌，但是他说他没看到……

没想到……"乔风歌思考了一下反应过来，"队长，你是不是觉得胡秀芳的失踪和这起命案有关联？"

赵暮云对于乔风歌的表现有些刮目相看，一般新人到了命案现场，多半都会有些不适，但是乔风歌却可以很快就整理出自己的想法。

"过于巧合的事情都值得怀疑。"赵暮云点点头。

被简单地介绍了案子的情况后，乔风歌迅速地理清了案子的关键。

"胡秀芳的手机呢？"作为将失踪案和此案串联起来的关键物证，胡秀芳的手机对于案件侦破来说无疑是重中之重，里面很有可能有着关键性的证据。

"我从郭建国那里拿过来了。"赵暮云向鉴证科的同事要来了已经作为证物处理的手机，并递给了乔风歌，"你先看一下里面有没有失踪案的线索，但一会儿回了局里要交给信息科的同事。"

乔风歌接过手机，扫了一眼，可以进入系统，通话、短信和微信都能正常查看。她先把电话收好，打算勘查完现场再仔细查看。

乔风歌戴好手套，小心翼翼地走进卫生间。

卫生间是一个狭小的空间，凶手想要不留下痕迹是非常困难的，但也并不绝对。有许多罪犯虽然没有系统地学过痕迹学，可他们都知道一个成语——毁尸灭迹。

一个精心设计的谋杀，从某种意义上而言就是没有痕迹的谋杀。不留下痕迹，也就意味着不留下线索，没有线索，警方的侦破难度就会成倍增加。

当然，灭迹并不算是完美的谋杀，真正完美的谋杀是制造虚假的痕迹，把警方的调查引向错误的方向。

这些论述和观点是乔风歌汇集了理论书籍和经典案例后自己总

结出来的，到目前为止，她并没有太多机会去实践自己在课堂上的所学，不过眼下，第一次机会就这么来了。

鉴证科的同事已经标识了卫生间内的物品，乔风歌再一次逐件检查，从物品的完整度来看，这里没有搏斗的痕迹。她反复看了看洗手台，洗手台边缘有脚印的痕迹，证实曾有人踩上去，脚印和李文建的鞋底花纹基本吻合。

乔风歌爬上刚才搜证人员准备的梯子，去查看挂绳子的钢管。管子上有绳子摩擦的痕迹，自杀者会本能挣扎，这些痕迹也从侧面印证了死者自杀的可能性。

从洗手台下来，乔风歌的目光落在了李文建的鞋子上，准确来说是鞋带。李文建穿的是一双黑色皮鞋，鞋带也是黑色，只是有些奇怪的地方是两只鞋系鞋带的方式并不一样，左脚鞋系的双花，有两个圈，而右边鞋系的单花式，只有一个圈。

"有什么发现？"赵暮云布置完工作，走过来问道。

乔风歌脸一红，说道："我觉得李文建不像是自杀……更像是被人伪装成自杀。"

"哦？"赵暮云点点头，"说说你判断的理由。"

"洗手台上有鞋印，但太浅，整个身体压上去留下的鞋印会更深一些。还有他的鞋子，两只鞋的鞋带系法不一样，可能有人脱下他的鞋，制造了这个鞋印。"

"不错，仅仅是通过现场的物证就能推断出这么多，刚刚卓航已经从死者的尸体上检查出伪装自杀的证据。"赵暮云赞赏地看着这个新人，她刚刚介绍情况的时候特意隐去了法医的判断，想要看看乔风歌凭自己的观察能收获多少信息。

第四章

迷雾

郭建国坐在警局的询问室里，心里七上八下，满脑子都是李文建被吊在卫生间里的样子。他喝了一大杯水，想让自己冷静下来，不过周围安静的环境还是让他的脑子里冒出无数问题。

李文建怎么会去任波那里？朱艳红不是说他是来找自己的吗？还有任波去了哪里？警察找到他了吗？李文建的死会不会和自己妻子的失踪有关系？

这些问题让他焦虑不堪，即使坐在空调房里，额头还是冒出了汗。但他仍然想搞清楚真相，只有这样，他才能找到妻子。

"警察同志，你们找到任波了吗？"郭建国看着帮他做笔录的警官，忍不住问道。

"你哪来那么多问题？现在是我问你。"

"是，是……"郭建国连忙点头。

郭建国把自己前前后后怎么找到任波，又做了些什么，然后怎么在任波家里发现李文建尸体的事情详细地说了一遍。在叙述怎么找上任波的时候，他只说是从网上认识的，并没有将周揍介绍的事情说出来，一是他觉得无关痛痒，二是不想连累兄弟被警察盘问。

警员做完笔录，让他看一遍，然后签字。

"同志，我能走了吗？"郭建国签完字，小心翼翼地问道。

"可以了，警方有需要，会再联系你。"

"好的，好的……对了，我老婆……胡秀芳的手机能还给我吗？"郭建国想起来老婆的手机，他心里感觉手机里一定有什么线索是自己没发现的。

"警方作为物证要暂时扣留，稍后会给你一张单据，等案子结束后手机会返还给你。"

郭建国"哦"了一声，眉头紧锁，眼角仿佛又多了几道皱纹。他签完字，走出公安局，此时已经华灯初上。

夜幕下，灯影流离，郭建国置身其中，看着人来人往，一时竟不知道自己该去哪里？他深吸一口气，摸摸口袋，想抽支烟，但口袋里的烟盒早已空了，不过却顺带手摸出一张字条。

字条是朱艳红留下来的，上面写着她的电话号码，不知道自己什么时候鬼使神差把这张字条塞进口袋了。

郭建国拿出手机想给朱艳红打电话，可转而一想，给她打电话也无法沟通，遂决定还是发短信。当他打好"李文建出事了"这几个字，却又觉得不合适，赶忙把短信删掉。

郭建国定定神，想起最应该给周揆打电话，毕竟任波是他介绍的啊！

"胖子，出事了！"

"咋了？"周揆的声音略显疲惫。

"你知道任波去哪儿了吗？"

"我咋知道，你打他电话呗。"

"他没带手机！我去了任波家，结果发现李文建死在他家了。"郭建国急着一口气说道。

"李文建？老郭，你说什么啊，我一句没听懂。"周揆一头雾水。

"我们在 POPBAR 见面，当面聊，说得清楚些。"郭建国也明白这件事实在太过匪夷所思，在电话里一时半会儿说不清楚。

"嗯，你等我一下，我马上到。"周揆一边说话，一边从床上爬起来。

POPBAR 是郭建国和周揆经常去的酒吧，这里音乐声不大不小，最适合谈话。周揆到的时候，郭建国已经喝了好几瓶啤酒。

郭建国喝过酒后，脑子反而顺畅了，借着酒劲，他把之前和李文建的事情以及今天在任波家看到的画面，原原本本告诉了周揆。

"这也太邪乎了！"周揆听完后，瞪大了眼睛，猛喝了一口酒，"这事会不会和大嫂的失踪有关？"

"我要找到任波才能确定！"郭建国总算找到了调查目标，他就像一头发怒的斗牛看见了红色的斗篷，"你对任波了解多少？你们怎么认识的？"

周揆闻言抓抓头，有些不好意思地说："其实我跟他也不是很熟……"

"不熟你介绍他来帮我！"郭建国怒道。

"但我知道他的技术绝对厉害……我是在网上认识他的，以前也找他帮过忙，所以……"周揆支支吾吾地说道，他对于任波的背景确实知之甚少。

"网上？"郭建国瞪大了眼睛。

"就是微博上，早几年我的 QQ 账号被人黑了，所以我在网上发了求助帖，任波帮我把 QQ 找回来了，我们就认识了。后来我时不时电脑手机有什么问题，都找他帮忙。"周揆继续解释道。

"那你知不知道他会去哪里？"郭建国追问道。

"据我所知，他是个十足的宅男，非不得已，绝不出门！"

"非不得已？什么事能让他夺门而逃？李文建和任波有什么关系？"郭建国自言自语般地问道。

"兄弟，别想这些了，让警察去调查吧，你可还有两个娃，光是听你说，我都感觉浑身发寒。"周揆看见郭建国痴痴呆呆的样子，连忙劝阻道。

"我就是为了孩子！"郭建国把杯里的酒干了，他忽然记起这已经不是第一次说这句话了。

自己是什么时候开始变得对秀芳疑神疑鬼的？应该就是上次说这句话的时候。

那时还没老二，郭建国的生意也还风生水起，他在外应酬多，极少能顾上家。胡秀芳或许是因为寂寞，竟和网上认识的一个大学生网恋了。

那天郭建国恰巧回家，胡秀芳正在浴室洗澡，手机放在茶几上，他无意中看到了男孩发来的微信消息，知道了这件事。

郭建国和胡秀芳大吵了一架，胡秀芳说她只是在网上玩玩，和男孩甚至没有见过面。

郭建国却不相信，他穷尽一切办法，只为让胡秀芳承认和男孩发生了些什么。因为只有这样，他才能安心，这种自虐的心理，让他近乎疯狂。但是无论郭建国怎么说怎么做，胡秀芳都否认与这个男孩有进一步的接触。两个人吵闹了好些日子，甚至一度提出了离婚。

"我就是为了孩子！"在一次激烈的争吵中，郭建国脱口而出说道。

胡秀芳瞪着他，冷冷地说道："不用拿孩子做借口，我受够了，离婚吧！"

说完，胡秀芳夺门而出……

"老郭，发什么愣，我说的话，你听见没有？"周揆拍了拍郭建国的肩膀，把他从回忆里拖出来。

"不说了，喝酒！"郭建国想大醉一场。

赵暮云回到警局，召开了案情通报会，她已经从法医那里得知李文建确认是他杀，刑侦队立即启动命案的调查程序，会上具体安排了案件的调查工作。虽然是报案人，但郭建国并不是毫无嫌疑，因此乔风歌被安排对郭建国进行初步调查，并对他妻子胡秀芳失踪一案跟进。

会后，乔风歌找到赵暮云："赵队，有些事我想向你汇报。"

"有事就说。"赵暮云一边说，一边把手里需要调查的资料分发给同事们。

"我在郭建国所说的地方，找到了一块衣物碎片，检验科已经出了结果，碎片属于胡秀芳失踪时所穿衣服的同款，但究竟是不是胡秀芳所穿的那件，还无法证实。"乔风歌拿出检验报告和碎片样本。

赵暮云闻言一愣，放下其他工作，接过乔风歌递过来的检验报告和碎片样本。

"如果郭建国所说的话是真的，那么胡秀芳的失踪就不是简单的离家出走。"乔风歌继续说道。

赵暮云皱皱眉头，除了乔风歌新发现的线索，还有李文建的死亡，都让事情的真相变得扑朔迷离。

"我会把两起案件并案处理，抽调更多警力调查。"赵暮云沉吟片刻后说道，"明早你再去找郭建国谈谈。"

"是，队长。"乔风歌转身准备离开。

"小乔……"赵暮云又喊住她。

"队长，还有事吗？"

"你做得很好，继续努力！"赵暮云对乔风歌点点头，虽然依旧是一脸严肃，但言语间透出赞赏。

获得肯定的乔风歌信心倍增，回到座位，便开始对胡秀芳的手机进行清查。她早就从电信公司拿到了胡秀芳近期的通话记录，通过对比，电信公司的记录单和手机上的通信记录完全吻合。换而言之，胡秀芳或者其他接触到手机的人并没有删除通信记录。而且这些电话的对象主要是亲人、朋友、同事和客户，乔风歌挑选出需要调查的对象，分发给队里的同事，按照队长赵暮云的要求，协同工作。

乔风歌又看了一些胡秀芳手机里的信息，并没有太多特别的地方，至于胡秀芳平日里使用的网络社交平台需要密码，她无法登录查看，这个需要后续由技术部门跟进，不过她还是在手机里发现了一些不同寻常的地方。

胡秀芳这部手机有128G的存储容量，但查看存储器上的空间分配情况，实际只占用了92G的存储空间，可通过统计软件，手机里可见的软件、图片、音乐等内容只有60多G，还有30G的空间被隐藏。

乔风歌想到有些人会在手机上安装秘密软件，因此她试图找到隐藏文件夹，但却发现自己往常使用的那些技巧毫无作用。

"看来只能去找信息科的同事帮忙了。"乔风歌无奈地想。

清晨的微光迫不及待地刺破黑夜。

郭建国酒醒后头痛欲裂，浑身就像被人抽空了血，走路都飘飘忽忽，身体的不适让他产生强烈的负疚感。老婆下落不明，两个儿子还寄养在妹妹家，自己却喝得烂醉如泥。他感觉口渴得厉害，喝了一大杯温开水，然后去洗了个澡，整个人才算缓过神来。

郭建国坐立不安，他有些犹豫，自己该不该继续调查，还是等着警方的消息。就在这个时候，他的手机响了起来，竟然是朱艳红发来的短信。

"郭老板，你好，我是朱艳红。"

"你好。"郭建国一愣，没想到朱艳红会发短信给他。

"不好意思，郭老板，打扰你了，这几天你有李文建的消息吗？"

郭建国有些犹豫要不要把李文建自杀的消息告诉朱艳红。

"警察没找你吗？"

"警察？文建是出什么事了吗？"

"你现在在哪里？我们见面聊吧。"郭建国知道朱艳红是哑巴，就算见面也是用文字聊，但是他觉得朱艳红是李文建的女朋友，那么她应该对李文建的情况十分了解，从她那里也许能得到什么线索。

"我在回红村的路上，不如你来红村吧。"朱艳红很快发来回复信息。

"好的，我们在什么地方见面？"

"来我家吧，就在文建家对面。"

正在自己毫无头绪的时候，又出现了新的方向，这让郭建国下了决心，继续查下去，直到找到胡秀芳为止。

红村离莲花小区并不远，郭建国开车十分钟就到了。他虽然只是第二次来红村，但走进村子，总是能感觉到一种莫名的压抑。这种压抑，来自整个村落的死气沉沉，缺乏生气和活力，犹如一根被人扔在路边的腐烂木头。

今天烈日如火，村子里的人脸色阴沉地看着"闯"进来的郭建国。郭建国健步如飞，似乎只有这样才能避开那些村民异样的目光。李文建的房子孤零零地立在小山坡上，还是那般荒芜杂乱。

郭建国抹抹额头的汗，他在李文建家对面，隔着泥泞的村路，看到有一栋小平房。小平房前没有院子，靠着路边，看起来十分破旧。

郭建国径直走到平房前，敲敲木门。屋里传来朱艳红的脚步声。

门"吱呀"一声打开，朱艳红脸上挂着泪痕，眼睛红肿，看起来像是刚刚大哭一场。郭建国站在门口，看着朱艳红伤心的样子，有些不知所措。

朱艳红抹抹眼泪，将郭建国请进屋子里来。坐在客厅的沙发上，她习惯性地用手语，不过又突然想起郭建国并不懂这些，于是拿出纸笔。

"文建死了。"朱艳红用笔写道。

"原来你已经知道了。"郭建国叹口气。

朱艳红擦干眼泪，点点头。

"我一进村，王婶就告诉了我这件事，警察都来村里好几次了。"朱艳红继续写。

"节哀。"郭建国劝慰道。

"郭老板，你怎么知道文建出事了？"朱艳红写完，抬头看了一眼郭建国。

"我……有个朋友是公安的。"郭建国微微一顿，他没有说实话，这事实在不好解释，"本来我想过来当面告诉你的，没想到……"郭建国轻咳了一声，然后直言道，"这次来除了想告诉你李文建遭遇意外，还想要问你一些关于李文建的信息，我觉得他的死或许和我老婆的失踪有关。"

朱艳红坐在郭建国侧面，隔着茶几，闻言不由侧过头来，一脸疑惑。

郭建国把妻子失踪的事情简明扼要地说了出来。朱艳红说不出话来，却听得清楚。郭建国对于事件的描述虽然平铺直叙，毫无修辞，但内容太过离奇，让她惊骇不已。

"所以，关于我妻子的事，李文建有没有对你说过什么？"郭建国盯着朱艳红，关切之情溢于言表。

朱艳红拿起笔，想了一会儿，在纸上写了几笔，可她写完却又有些犹豫要不要给郭建国看。

郭建国有些着急，直接站起来看朱艳红纸上写的字。

"文建只说有个神经病找不到老婆，老来骚扰他。"郭建国把纸上的字读了出来。朱艳红一脸尴尬。

郭建国苦笑，那几日自己受到惊吓，确实方寸大乱，行为举止一定十分夸张，这才让李文建觉得不可理喻吧。

郭建国又和朱艳红"聊"了一会儿，但却没问到任何有用的信息，他感觉有些失望，但又不好意思继续纠缠，毕竟朱艳红刚刚得知李文建的死讯，自己只得起身告辞。

从朱艳红家里出来，郭建国脑子里开始重新梳理这几天发生的事情，他开始尝试不受情绪干扰地做出一些判断。首先李文建的突然死亡，让他更加确信妻子的失踪是人为的，而且极有可能是绑架妻子的凶手杀害了李文建，而原因就是李文建那晚看到了绑架妻子的真凶！

那么李文建为什么会出现在任波的家中呢？想到这里，他忍不住咬了咬自己的大拇指。这个问题实在太难解释。难道他们之间有什么联系？或许警方会有线索吧，毕竟自己可没办法把这两个人的背景经历查个底朝天。不过还有一个更简单的方法……找到任波，只要找到他就能弄清楚李文建的死，但是到哪里去找任波呢？

郭建国想得太入神，脚下一滑，踩进了路边的水沟里，沾了一腿泥。

就在这个时候，一辆警车闪着警灯从远处开过来。

郭建国连忙低下头，他可不想让警察看见自己在这里，多一事不如少一事。

朱艳红坐在窗口，静静注视着郭建国缓缓离去的身影，直到他完全消失在视线里。她开始慢慢撕碎手里的纸，纸屑落进垃圾桶的样子宛如雪花纷飞。

朱艳红看到一辆警车进村，咬了咬嘴唇，拉上窗帘。她从口袋里掏出手机，输入一串密码，翻出一个隐藏文件夹，里面有一个人头图标的APP。

她点开APP，输入用户名和密码，手机屏幕渐渐变黑，一个老式的聊天界面慢慢显示出来。

朱艳红脸上露出兴奋的笑容，手微微颤抖着在屏幕上敲了几个字：

游戏开始！

乔风歌把手机交给信息科，在找出新的线索之前，她暂时对失踪案也毫无头绪。今天她和杨莉约好了去见她的亲生父母，虽然对于这件事，她极力反对，但见杨莉坚持，她还是决定陪好友一同前去。她和杨莉一样，都是还在襁褓之中时就被父母遗弃，从小在福利院长大，虽然院长对这些孩子都十分慈爱，但是终究替代不了父母的角色。她们从小到大内心都有痛苦和疑问。乔风歌不仅仅是怨恨自己的亲生父母，而且瞧不起所有遗弃孩子的家长。

而杨莉与乔风歌截然不同，她希望找到亲生父母，为了弄清楚当年自己为什么遭到遗弃，她想要知道自己是谁，从何而来。

乔风歌在局里忙完后，就开车接上杨莉。杨莉今天一反常态，平时总是叽叽喳喳说个不停，今天却显得格外安静。乔风歌知道她紧张的心情，轻声安慰着对方："你确信自己准备好了吗？我可以随时掉头。"乔风歌握着方向盘，侧着头，看着杨莉问道。

杨莉点点头，神情坚决。

乔风歌叹口气："好吧，美女，我们要去哪里？"

"红村。"杨莉轻声说道。

"红村？"乔风歌闻言一惊，她记得李文建正是红村的村民。

"嗯，在老工业区那里。"杨莉以为乔风歌不知道位置。

乔风歌觉得有些巧合，但她也不方便说工作上的事情。

杨莉费了很多心血和时间，才确定了自己亲生父母的身份。父亲名叫王小庆，母亲叫马慧君，两个人都是红村的村民，如今已是年过五十的人。

杨莉并没有提前联系他们，倒不是她想让他们大吃一惊，而是无论是通过电话还是信件，她都不知道该怎么说、怎么写，或许只有面对面见到他们，她才能确认自己应该怎么做。

王小庆一家的房子在村子的边缘地带，即使是以红村的普遍标准来衡量，王家的宅子也是属于破旧不堪的那种。村里条件好的家庭，房前多半有园子，有栅栏，园里有鸡有鸭，好点的有猪有羊。可王家宅子前空空荡荡，一阵风吹来，扬起地上的黄沙，打得人隐隐作痛。

杨莉看到这番光景，心里竟有些不忍，一时愣在门口。

乔风歌上前拍了拍杨莉的肩膀，说道："如果后悔，现在还来得及。"

杨莉摇摇头，咬咬嘴唇，走上前敲了敲门。见屋里没有人回应，杨莉又重重敲了敲门。

"谁啊？"终于有一个略显苍老的女人声音从屋子里传来。

杨莉张开嘴，却不知道该怎么说。这时乔风歌帮她说道："我们是扶贫办的，过来调研。"乔风歌下基层锻炼过，倒是有些经验，此时正好派上用场。

屋里的人果然连忙说："来了，来了。"

门应声而开，一个满头白发、脸色黝黑、皮肤褶皱、驼着背的老妇人出现在她们眼前。

"你……你是马慧君？"杨莉的声音有些颤抖。

老妇人点点头，有些迷惑地看着她们，问道："以前没见过你们啊，方主任没来么？"

马慧君如今五十出头的年纪，可看起来却像是七十多岁的老人。

"我们是市里的。"乔风歌随口胡编道。

"哦，领导请里面坐吧。"马慧君敞开门，转过身。

乔风歌拉着发愣的杨莉走进去。屋子里的家具简陋不堪，窗户上的玻璃看得出久未擦拭，连照进来的光都被削弱了几分，此时正是上午阳光最好的时候，但屋子里却昏暗得犹如傍晚，同时一股浓浓的药味弥漫在整个空间。

"王……王小庆呢？"杨莉问道。

"老头子在里屋呢，瘫了好几年了。"马慧君指指里屋，然后用手擦擦凳子，"领导坐，家里有点乱啊。"

乔风歌轻轻握了握杨莉的手，让她放松一些，两个人坐下来。

"马阿姨，家里怎么样，有困难吗？"乔风歌直到现在才知道杨莉亲生父母的名字，她以前倒是真做过扶贫工作，所以对于这方面的工作内容了然于胸。

马慧君叹口气，说道："家里情况，你们也看到了，活一天算一天吧。"

"马阿姨，那孩子呢？"乔风歌说完，看了一眼杨莉，杨莉眼角微微抽动了一下。

"孩子出去打工了，村里年轻人能跑的都跑了……"

"马阿姨几个孩子？"

"一个儿子。"

杨莉闻言浑身一抖。

乔风歌握住她的手。

马慧君似乎眼睛并不太好使，看不清乔风歌和杨莉神色的变化，她自顾自地继续说道："我说两位领导，啥时候能为我们村接通自来水？"

"自来水？"乔风歌一愣。

"你们看看，村里的水给工厂祸害成什么样子了？"马慧君这时突然变得激动起来，站起来打开水缸盖子。

乔风歌和杨莉站起来走近一看，只见一缸水都是浑黄污浊的，还散发着一股难闻的怪味。

"这水怎么会这样？"杨莉忍不住问道。

马慧君抬头看着杨莉，眼睛眯成一条缝。

杨莉被她看得心慌意乱，为了掩饰情绪，慌忙去用手沾了点水，放到嘴边尝了尝。

"这水哪里能喝！"杨莉只是舔了舔，就觉得一股腥味钻进嘴里。

"这水是我今天刚从井里打上来的。自从几年前化工厂来了，地下水全成这样了！"马慧君盖上盖子，抱怨道。

乔风歌知道红村往北约莫十公里，是一家名叫兰星的化工厂，也算是市里的知名企业。

"以前没反映过这个问题吗？"乔风歌问道。

"说了好几年了，没人理，能走的都走了，村里大多是老人，没力气折腾了。"马慧君脸上透出绝望的神情。

"阿姨，还问你一个事，以前你有没有……"乔风歌打算直接问马慧君有没有遗弃过一个女儿，却被杨莉拦住了。

"马阿姨，我们可以去看看王叔叔的情况吗？"杨莉问道。

"老头子，有人来看你。"马慧君一边说，一边往里屋走。

里屋传来几声咳嗽："谁啊？"

"市里来的领导。"马慧君已经走到床前。

"这帮王……"王小庆侧过身来，刚想骂人，看见进来的是两个女娃，后面的话就咽了下去，不过他还是铁青着脸。

杨莉看到王小庆，心里不由莫名一阵心酸，一时间说不出话来。王小庆躺在床上，身下是一张破烂的凉席，肚子上搭着一块布，身体其他部分裸露在外面，两条腿已经萎缩，犹如干枯的树枝。

在他旁边的床头柜上，摆着一个相框，里面是一家人的合影，相框下印着三人的名字：王小庆、马慧芳、王子恩。

王子恩皮肤黝黑，五官端正，英俊爽朗，穿着一件干净的衬衫，脸上的笑容十分灿烂。

"这个是你们的儿子吗？"乔风歌指着照片上的人问道。

"是啊，出去打工了。"提起儿子，王小庆和马慧君都露出笑容。

杨莉这时却浑身颤抖，如果不是乔风歌扶着她，恐怕她会一下子坐倒在地上。乔风歌觉得杨莉是接受不了父母遗弃她，所以情绪才会这么激动，她轻轻拍了拍杨莉的背，暗自安慰。

乔风歌对于王小庆和马慧君由同情也转为鄙视，重男轻女，留下儿子却遗弃了女儿，实在是过分。杨莉深吸一口气，情绪慢慢平复下来。

"我们这里有一些慰问金，你们收下。"杨莉把钱包里所有钱都拿了出来，厚厚一沓。

"这……真是谢谢政府，谢谢领导！"马慧君接过钱，连连道谢。

杨莉只感觉胸口有些闷，眼睛里的泪水几乎就要溢出，她强忍着情绪，拉着乔风歌走出王小庆家。直到一口气跑上车，她的眼泪才夺眶而出。

乔风歌抱住杨莉，轻轻拍着她的背，眼睛却透过车窗看着红村，陷入深思。

半晌，杨莉的情绪才渐渐平复下来，开口说道："风歌，有件事我瞒着你。"

"什么事？"

"我的哥哥王子恩，很久……很久以前就来找过我，认回了我这个妹妹。"杨莉提起哥哥，情绪不免又有些波动。

"难怪你知道自己父母在这里。"乔风歌恍然大悟，这才明白杨莉是怎么找到自己父母的，"别难过了，这是好事啊，你哥呢？现在在哪儿？"

杨莉眼泪"唰"一下就流下来，说道："我也不知道他去了哪里，他失踪好几个月了，我想让你帮我找找他。"

"当然可以，你怎么不早说？"

"我刚开始以为他出去打工了，以前也有一两个月没见到他的情况，但会发发短信，通个电话，可这次完全联系不上。我……我担心他出事了。"杨莉也有些后悔没早点报警，但是她还是对父母抛弃她这件事心存芥蒂，所以并不愿意让别人知道王子恩是他的亲哥哥。

"别太担心，吉人自有天相，我带你去派出所登记一下，一定会找到你哥哥的。"乔风歌安慰杨莉。

"还有……这件事先不要告诉志伟。"杨莉支支吾吾地说道。

"莉莉，说实话，我觉得这件事你应该告诉于志伟，你们都要结婚了。"

"暂时不要，风歌，你可千万不要说出去。"杨莉的神情立刻变得紧张起来。

乔风歌心里虽然觉得杨莉这样做并不合适，但还是答应了她。

郭建国如今是死马当活马医的心态，坐着等消息更让人煎熬，时间越长，胡秀芳的危险就越大。大儿子已经打了十几个电话来问妈妈什么时候回家，答应去游乐场的事情还算不算数。他不敢跟儿子说真话，只能敷衍了事，谎话连篇。

他觉得想要找到任波，还得从周揆这里下手，毕竟人是他找来的。

周揆最近的日子也不好过，和郭建国的公司业务没有起色，自己还欠着不少外债，经济压力越来越大，不过好在他如今还是孤家寡人，正所谓一人吃饱，全家不饿。

郭建国打不通周揆的电话，只能找上门，到了才发现这都大中午了，周揆却还赖在床上，昨晚他也喝了不少酒，一夜宿醉。

周揆不情愿地爬起来，原本以为郭建国已经想通了，让警方去调查，可如今他还是坚持要自己去找线索。周揆只能硬着头皮帮忙，他现在有些后悔找任波破解手机，结果惹来一身骚。

"解铃还须系铃人"，郭建国的想法和说法都无懈可击。

周揆愁眉苦脸，如今可不是解铃，而是铃铛不见了。警方一时半会儿都找不到的人，咱们凭啥能找出来？

"凭你跟他以前有联系啊！"郭建国急了。

这句话倒是提醒了周揆，他急忙打开自己的电脑，查看以前和任波的聊天记录。他和任波要说认识也有三四年了，但是交往其实并不多，不过他们在网上倒是没少互动。

"他说他是 W CLUB 的成员，这算不算线索？"周揆敲了敲屏幕上的聊天记录，看着郭建国问道。

"什么是 W CLUB？"郭建国一脸茫然。

周揆白了一眼郭建国，打开电脑上的搜索网页，在搜索框里输入"W CLUB"，有关 W CLUB 的信息立刻搜索了出来。

"W CLUB 是全球十大黑客组织之一啊！"周揆指着电脑屏幕说道。

"看起来挺牛的。"郭建国拿过周揆手里的鼠标，滑动网页，嘴里自言自语道。

"如果任波没吹牛，我们找到 W CLUB 的其他成员，或许就能找到任波的线索。"周揆敲着桌子说道。

"不错，你小子不做警察可惜了。"郭建国给周揆灌"迷药"。周揆闻言果然大笑，得意扬扬。

"不过要是找到任波，你打算怎么办？"周揆有些不放心地问道。

"废话，当然是报警，搞不好李文建就是这小子……"郭建国做了个抹脖子的动作。

"不……不会吧，那个不是自杀吗？"周揆只觉得脖子发凉。

"我看不像。"郭建国的脑海里浮现出李文建被吊死的脸，宛如修罗恶刹，令人不寒而栗。

郭建国和周揆又商议了一番如何去找 W CLUB 的成员，虽然这个组织很有名，但是成员却十分神秘，他们一时间也不知从何下手。思来想去，他们决定还是通过网络寻找 W CLUB 的成员，所谓"重赏之下，必有勇夫"。

郭建国提议在所有和电脑技术相关的网络社区和群里发布任务消息，寻找黑客高手帮忙，并且许下重金承诺。

"为什么不直接找 W CLUB 的黑客？"周揆对于郭建国拐弯抹角的方法不理解。

"你也说了这些人神龙见首不见尾，我们目的这么直接，他们怎么可能会露脸？"郭建国老谋深算，说得头头是道。

周揆点点头，对于郭建国的说法表示赞同。

"我们对来联系的黑客进行甄别，总能找到 W CLUB 的成员！"郭建国信心十足。

"十万，你哪来的钱给人家？"周揆看着赏金金额，不由咂舌道。

"没点吸引力，哪里会有人上钩，这叫套路！"郭建国可没打算付钱，他也没这么多钱。

"你这是打算空手套白狼，这些人不好惹，万一……"周揆不免有些担忧地说道。

"先别操心这个了，把人找到再说。"郭建国不以为意，继续埋头用手机在网络上搜索可以发布消息的地方，"你也别愣着，快点发。"

两个人一直忙了大半天，直到夜深，他们终于在能找到的渠道都放出了消息，如今只等着有人来联系了。

郭建国伸个懒腰，看了看趴在桌子上睡着的周揍。

"兄弟，起来了，出去走走，吃个饭！"郭建国拍拍周揍。

周揍坐起来，打个哈欠。

"懒得动了，我泡个面。"周揍摆摆手，"你要吗？"

"我想吃点正经东西……"郭建国看着周揍乱糟糟的公寓，忍不住脱口而出地说道："小柳都离开好久了，你也是时候找个正经女朋友了。"

周揍闻言，整个脸都黑下来，喉咙里仿佛被什么塞住了，看起来就好像溺水的人。

"我放不下……"周揍终于吐出一句话，整个人这才感觉有了呼吸。

郭建国拍拍周揍的肩膀，叹口气。

"别想多了，我出去透透气，回家看看孩子。"

郭建国离开周揍家时才发现他们两个人忙活了整个下午，外面天色已经擦黑，他决定去街边吃碗牛肉面，然后去妹妹家看看孩子。

虽然是夜晚，但天气还是十分闷热，郭建国走了没几步就满头大汗，身上的 T 恤都汗湿了。

郭茜茜家楼下乌漆麻黑，路边只剩下一盏路灯，忽明忽暗，晃得人眼睛都睁不开。

郭建国擦了把汗，正准备上楼，不经意间侧头一瞥，隐约看见路灯下站着个女人。他看不清女人长什么样子，但是从身形上看，正是他再熟悉不过的胡秀芳。

"秀芳……"郭建国大喊了一声。

那女人却转身就跑。

郭建国冲上去，一把拉住女人。

"秀芳……"

女人转过头，一张完全陌生的脸出现在闪烁不定的灯光下。

"三百一次，五百过夜。"女人约莫三十多岁，着装性感，脸上涂着厚厚的脂粉，反手拉住郭建国。

"对不起，对不起，认错人了。"郭建国挣脱女人的手，有些尴尬地说道。

女人又上前抓住郭建国的衣服，继续纠缠道："大哥，今天我还没开张呢，三百，怎么样？"

郭建国面红耳赤，慌忙再次挣脱，转身逃走。他跑上楼道，忍不住回头看了一眼，不由叹口气，上了楼。

女人看着郭建国的背影，笑了，露出六颗白牙。

第五章

W CLUB

　　乔风歌为了尽快查清楚胡秀芳手机里有些什么隐藏内容，从红村回来后就驻守在信息科，让年轻的技术员小王着实困扰。

　　直到晚上，小王才终于拿着手机从机房里走出来。

　　"乔警官，非常抱歉。"小王扶了扶眼镜，"已经有人动过这部手机了，并且彻底破坏了手机里隐藏区的数据。"

　　"什么意思？恢复不了吗？这件事非常重要！"乔风歌焦急地说道。

　　"我们已经尽最大努力了，可惜对方对数据的销毁是无法逆转的。"小王打断了乔风歌的话，直言道。

　　"没有办法了吗？"乔风歌难掩失望的神情。

　　"除非破坏数据的人提前有做备份。"

　　"明白了。"任波房间内的数台电脑已经经过警局技术人员的查看，里面并没有发现任何相关线索。

　　乔风歌无奈拿回手机，一条重要的线索又中断了，按照郭建国的口述，手机是交给任波破解，那么十有八九破坏数据的人就是任波。可任波为什么要破坏胡秀芳手机上的数据？更离谱的是李文建在任波家里死亡，而任波和胡秀芳一样，人间蒸发。要说这些事是巧合，乔风歌打死也不相信，可究竟这三个人之间有什么联系，怎么会相继发生意外？乔风歌一头雾水，目前的线索实在太少，她无法做出任何推断。

乔风歌找到赵暮云，向她汇报了胡秀芳手机数据被破坏的事情。

赵暮云听完后也是眉头紧锁，她早已增加人手去寻找任波下落，但直到现在还没线索，这个大活人就仿佛凭空消失了一般。就目前的情况来看，只有两种可能：一是任波死了，被毁尸灭迹；二是任波有意躲避。无论是哪种原因，警方的调查难度都增加不少。

"胡秀芳那里暂时没线索的话，你去跟进李文建这条线吧，把他祖上三代的情况都给我查清楚，究竟他和任波有什么交集的地方？邪门了！"安排完工作，赵暮云一边沉思，一边有节奏地敲击着桌子。

乔风歌心里有些不同意见，认为当前最重要的还是找到任波，但这件事已经有其他同事负责，所以她并没有反驳赵暮云的指示，依照吩咐去进一步调查李文建。不过也就在这个时候，她的脑海里不由自主地浮现出杨莉父母的样子，还有王子恩的失踪，关于红村，她感觉似乎隐藏着什么不为人知的秘密。

乔风歌想到这里，给派出所负责调查失踪的民警打了个电话，询问进展。民警回复说还没找到人，并传给乔风歌一份调查报告。

根据警方调查，王子恩名下的银行卡从三个月前起就再没有任何消费记录，账户上还有七万多存款。这三个月他的身份证也没有被使用过，也就是说他没有住过酒店，也没有买过飞机票和火车票等。另外，监控记录显示王子恩最后出现的地方是在兰星化工厂附近。

派出所民警也负责任地做了王子恩的背景调查，其中有一条引起了乔风歌的关注。王子恩曾经长期举报兰星化工厂污染环境。

乔风歌看完这份资料，脑子里有了不好的预感，王子恩可能是真出事了。

那么王子恩的失踪和兰星化工厂有关系吗？乔风歌觉得这件事恐怕没有那么简单，就像红村的水污染和化工厂一定脱不开关系，但没有任何证据，自己很难做进一步调查。

郭建国和周揆的方法虽然简单粗暴，但却行之有效，不到两天，就陆陆续续有不少自称电脑高手的人找来。

周揆比郭建国更懂电脑和网络，所以主要负责套话的任务。他们也商定好策略，如果不能确定对方是 W CLUB 的成员，那么就不暴露身份，不见面。

周揆套话的方式也挺简单，确认对方技术不错后，就会问："我们这是个大项目，要求事情做得干干净净，听说有个 W CLUB 的组织非常厉害，兄弟这边认识吗？"

不过他得到的大多数答复都是对方自吹自擂，有关 W CLUB 则全无线索。

"这些人都是想来忽悠钱的，没一个知道 W CLUB。"周揆有些气馁。

"才几天？别心急，把标的加到二十万！"郭建国一边说，一边开始编辑信息。

"二十万？"周揆张目结舌。

"五百万都行，怕什么？不过五百万有些夸张了，估计没人信。"郭建国笑了。

"万一人家要定金怎么办？"

"兄弟，你第一天出来混啊？"郭建国不以为意地说道。

周揆还是有些担心，一再劝阻郭建国要冷静。郭建国没法冷静，目前妻子的失踪只剩任波这一条线索，为此他可以拿命赌，更别说忽悠人了。

　　他忽然想起多年前他和胡秀芳的蜜月旅行，那时候他们刚结婚，几乎天天都黏在一起，总有说不完的话，对于未来充满美好的期待！

　　然而时光飞逝，现在他们虽然有了两个儿子，却成了彼此间最陌生的人。想到这里，郭建国不免有种难以言喻的挫败感，不过他唯一肯定的就是他依旧爱着胡秀芳，尤胜当年。

　　乔风歌又去了几次红村，她想从村民嘴里了解李文建的事情，但是她和同事们都遇到了一样的问题，红村的村民都极不配合，仿佛非常不相信警方，面对问询，村民们不愿意多说一个字。不过几番辛苦调查，她还是发现了一条线索，原来李文建曾在兰星化工厂做过工人。

　　乔风歌想起前两天去见杨莉的父母时，他们表露的对这个化工厂恨之入骨的态度，红村的萧条似乎与化工厂有着很大关系。李文建如果在化工厂工作过，那么或许去见一下他的前同事会对这个人有更深层的了解，也许会有一些意外收获。

　　兰星化工厂建于七年前，是武口市的重点企业之一，也是纳税大户。早几年，这家化工厂闹过不少新闻，大多和环境污染有关，包括红村村民也曾经组织过抗议，但最后的处理结果都是限期整改，然后罚款了事。

　　乔风歌开着车从红村出发，前往兰星化工厂。当她接近化工厂的时候，空气里就传来了阵阵刺鼻的异味，让她不得不关上车窗。不远处，兰星化工厂高大的烟筒矗立在一片荒凉的土地上，尤其醒目。

乔风歌把车开到工厂门口，保安拦下她的车。她出示警官证，表明身份。

保安看了看证件，还是一脸警惕，让乔风歌稍等一下，他需要向领导汇报。乔风歌在车上等了好一会儿，保安才又晃晃悠悠走过来。

"乔警官，你等一下，厂里领导马上出来接你进去。"

乔风歌耐心地点点头。

果然，又过了大概五分钟，一位穿着皮鞋、西裤和白衬衣，戴着眼镜的中年男人从厂里小门走出来。乔风歌走下车，拿出警官证，再次表明身份。

"乔警官，您好，我是厂里对外关系科的科长孙庆才，有什么能帮你的吗？"孙庆才身材瘦小，脸上堆着笑容，看上去十分精明。

"孙科长，警方有一起案件希望你能协助调查。"乔风歌说道。

"警民合作，只要是我们能做的，一定配合。"孙庆才一边说，一边招呼保安把门打开，"乔警官，厂里面都是易燃易爆物品，所以管理严格，还请见谅，里面请。"

乔风歌把车停在办公楼前，跟着孙庆才去了接待室。

接待室装饰豪华，屋顶挂着水晶吊灯，屋内是一整套欧式家具，茶点和娱乐设施也一应俱全。尤其是房间里的空气比屋外的空气要清新许多，吊顶上有几台空气净化器发出"呼呼"的声音，源源不断吹出新风。

"乔警官，喝茶。"孙庆才倒了一杯热茶，递到乔风歌面前。

乔风歌放下茶杯，开门见山问道："我想请孙科长帮我查一个人，你们工厂之前是否有一个叫李文建的工人？"

孙庆才想了一会儿，说道："我没听过这个名字……不过公司有好几百人，乔警官知道李文建是在哪个部门吗？"

"这个可能也需要孙科长帮忙查一下。"

孙庆才闻言点点头，掏出手机给人事部门打了个电话。

"乔警官请稍等，人事部门会把资料送过来。"孙庆才用手推了推眼镜，"多嘴问一句，不知道这个李文建犯了什么事？"

"几天前，他意外死亡，我们正在调查。"乔风歌简单说道。

"原来如此。"孙庆才的表情似乎是松了一口气。

乔风歌旁敲侧击地问了问有关工厂污染的问题，孙庆才矢口否认，说了一大堆专业术语，以及工厂如何保护环境。

"可我开车过来，外面的空气可不好闻……"乔风歌皱皱眉头。

"放心，味道确实有一点，但都经过净化处理，无毒无害。"孙庆才一脸尬笑。

就在这个时候，人事部门把李文建的资料送了过来。根据厂里的记录，李文建是在运输部当司机，去年二月入职，今年三月离职，离职原因上写着：个人原因。

乔风歌提出要去运输部找李文建过去的同事聊聊。孙庆才满口答应，带着乔风歌去了运输部。

运输部一共有五十七人，以前和李文建同组的同事有五个人，他们两人一组，三班倒，负责运送工厂废料。乔风歌分别和这五个人谈话，向他们了解李文建的情况。

孙庆才一直跟在乔风歌身边，这五个人说话都会不由自主地把目光投向孙庆才。特别是经常和李文建一起搭班的王磊山，一副欲言又止的样子。

乔风歌心里明白，只要有这个孙庆才在，员工们就会有所顾忌，生怕自己说错什么话，所以她在这里根本问不出什么有价值的信息。好在她知道了这些人的名字和信息，之后可以找时间私下找他们谈话。乔风歌有足够的耐心，这一点倒是与她的年龄不太相称。

临走前，乔风歌拿出一张王子恩的照片，这是她从警方资料库里打印出来的照片。

"孙科长，你帮我看看，你见过这个人吗？"乔风歌把王子恩的照片递给孙庆才。

孙庆才拿过照片，端详了一下，立刻说道："见过，这小子不是王子恩吗，有段时间天天来厂里闹，想要讹钱，现在是被抓了？"

"我们正在调查他。"乔风歌拿回照片，她并没有说王子恩失踪。

"该！这种人就应该抓起来，影响我们企业生产，给企业造成多大损失啊……"

"说说你了解的相关情况，他都做了什么？"乔风歌装出一副要"为民申冤"的样子。

孙庆才一听来了劲，仿佛说书一样，添油加醋，把王子恩组织村民来工厂闹事，又怎么天天写举报信无中生有的事情说了出来。

"闹得这么严重，你们的上级领导也全都知道了吧？"乔风歌不动声色地问道。

"那是肯定的。"孙庆才点头道。

"那你们厂里是怎么处理这件事的？"

孙庆才听到乔风歌的问题，眼神有些闪躲，有些尴尬地笑着说道："我们也只是让保安将他拦在大门口，不让闹事的进厂。毕竟生产车间里面有许多危险的化工材料，一旦爆炸那可就出大事了。"

乔风歌听到孙庆才的话不免在心里冷笑，她当然知道兰星化工厂的保安打过人，警方还为此出过警。她知道孙庆才的话基本没有什么可信度，但为了潜在的线索还是要继续询问下去。

"你最后一次见王子恩大概在什么时候？"

"好久了，记不太清了。"孙庆才回忆道。

乔风歌又问了几个问题，却都没有收获到有价值的信息，知道再问也问不出什么来了，才离开了兰星化工厂。

乔风歌驾车驶离了兰星化工厂好远，才感觉到那股刺鼻的味道消失了，清新的空气令她倍感舒畅。回到局里，她通过警务系统查到了王磊山的住址，等到入夜想着对方应该已经下班回家，她才找上门去。

王磊山住在市区，每天坐公司的通勤车上下班。兰星化工厂的福利待遇在整个武口市来说可以算是相当优厚的，能进入这家大型化工厂工作，对于很多人来说的确是一件值得夸耀的事情。

通过资料显示，王磊山已婚，有两个孩子，且全家人靠他一个人养活。对于突然到访的乔风歌，王磊山吓了一跳，他没有想到白天来问话的警察，晚上会再次出现。王磊山把乔风歌请进屋，然后让妻子带着孩子出门去玩会儿。

乔风歌见他家里布置温馨，井井有条，看得出来，他的妻子是一个贤惠持家的女人。

"乔警官，李文建的事情，我知道得不多……"王磊山见老婆孩子走了，这才开口说道。

"你别紧张，我只是了解一些简单情况，你知道多少就说多少。"

乔风歌语气轻柔。

王磊山叹口气。

"李文建是因为什么离职的？"乔风歌白天就问过这个问题，不过得到的答复是"不清楚"。如今她旧话重提，是因为她觉得这件事一定有什么特别的原因。以李文建的条件，能够在兰星化工厂工作十分不容易，工厂又没有开除他，他自己放弃如此高收入高福利的工作，去小区做保安，工资待遇差了两三倍，实在有些不合情理。

王磊山摇摇头，还是早上那个态度："可能是嫌累吧。"

"你们的工作很累吗？"乔风歌这次没有停下，而是继续问道。

"还行。"王磊山支支吾吾，似乎还是有所顾虑。

乔风歌毕竟是刚参加工作，言语间虽缺乏一些老练和辛辣，不过她还是一眼看出王磊山说的并非实话。

"王磊山，这可是命案，李文建的死疑点重重，如果你有什么事情知情不报，一旦查实，你可是要负责任的。"乔风歌前几天看同事审讯犯罪嫌疑人时就是这么盘问的，如今她活学活用。

王磊山毕竟是老实人，被乔风歌这么一"威逼"，嘴巴开始松动起来。

"我只是听他说过几句闲话，而且时间过了这么久，做不得准的……"

"我们警方会调查，而且也会对信息来源保密，你知道什么就说什么，不需要有顾虑！"乔风歌打铁趁热。

"好像和他妈妈的死有关。他说，他妈是被工厂害死的，他不能继续在这里干了……"说到这里，王磊山已经是满头大汗。

"李文建的妈妈？为什么他说是被工厂害死的？"乔风歌追问道。

"红村的水质有些问题，李文建认为是工厂污染的……他说他妈就是因为这水病死的。"王磊山抹了抹汗，"乔警官，这话你可千万别让厂里人知道是我告诉你的。"

乔风歌点点头，她亲眼看到过红村村民喝的水，确实污染严重，但是原因如何，她却不好下结论，毕竟兰星化工厂离红村还有十几公里的距离。

"你们平常的工作职责主要是什么？"

"运送工厂的原材料和成品。"

"李文建平常在单位里和什么人有过节吗？"

"他性格比较内向，话不多，从来没见他和人发生过争执。"

"你知道他有什么比较亲近的人吗？"

王磊山想了一会儿，说道："他好像和一个哑巴女人很亲近。"

"哑巴女人？知道叫什么名字吗？"乔风歌急忙问道。

王磊山摇摇头，沉默了一会儿后，说道："不过我听说也是红村的。"

"你认识这个人吗？"乔风歌拿出任波的照片。

王磊山看了看，说道："没见过。"

"一点印象都没有吗？"

"没有。"

乔风歌在自己的小本上，把王磊山说的话记录下来，她总算是找到一些有价值的线索，比起那些拒绝合作的村民，王磊山要好打交道多了。

乔风歌回到家里，打开电脑，开始搜索有关兰星化工厂和红村的新闻。近三年来，红村确诊癌症的村民高达二十一人，而全村的总人口也不过一百来人。

乔风歌关上电脑，深吸了一口气，她忽然觉得口渴，拧开身边的水瓶，把冰凉清澈的矿泉水一饮而尽。

郭建国这两天都在妹妹家里陪着孩子，大人们努力装作什么都没有发生，孩子们也蒙在鼓里，只有老二郭天逸嘴里总是嘟囔着"妈妈"。郭建国心痛孩子，特意抽空一天带着两个儿子去附近游乐场玩。

虽然市内的游乐场比不上那些全球知名的主题乐园，但是孩子们还是很开心，尤其是老大郭泽羽，暑假天天被关着写作业，这次能出来玩自然是乐不可支。郭建国这几天紧绷的神经在看到孩子们的笑容后缓解不少。

父子三人一直玩到傍晚，老大满头大汗，坐在休息椅上，专心致志地舔着手里的冰激凌。老二躺在推车里睡着了，嘴角挂着口水，红红的脸蛋看起来甚是可爱。夕阳斜下，金色的光芒笼罩着整个游乐园，如梦如幻。

郭建国沉浸在这短暂的平静中，如果此时此刻，老婆也在身边，那将是多么完美。此刻他非常后悔过去忽视了已经拥有的幸福，天天疑神疑鬼，弄得家里不得安宁。

"爸爸，妈妈这次出差怎么连电话都没打回来，我打给她，也老是提示关机了？"郭泽羽突然问道。

"妈妈忙。"郭建国一愣。

郭泽羽沉默了片刻，又舔了口冰激凌，然后看着郭建国，很认真地说道："你和妈妈是不是离婚了？我的同学邵琪琪就是，她爸妈离婚了，妈妈就不见了。"

"傻孩子，爸妈怎么可能离婚，你想太多了。"郭建国挤出笑容，拍拍儿子的头。

"可你们老是吵架。"郭泽羽瘪瘪嘴。

郭建国心中一酸，就像儿子说的，他和胡秀芳近来争吵不断，如今想起来虽然都是些鸡毛蒜皮的事情，但这确实给孩子、给他们的感情造成了伤害。

就在这个时候，郭建国的手机响了起来，是周揆打过来的。

"有消息了。"周揆在电话里语气急促地说道。

"W CLUB？"郭建国心一紧。

"嗯，你过来吧，对方约了晚上见面。"周揆说道。

郭建国挂了电话，把两个孩子送回家后，急急忙忙赶去周揆那里。周揆的公寓还是一如既往地乱糟糟，屋里弥漫着食物散发的油腥味。郭建国进门就不由得揉揉鼻子，好在房间里冷气足，不然夏天的高温一定使得房间里的味道更重。

周揆手里还拿着一盒泡面，打着赤膊，穿着一条短裤。

"你可来了，有个网名叫 K 的黑客联了我，极有可能是 W CLUB 的成员。"周揆说着放下手里的面碗。

"确定吗？不会是骗子吧？"郭建国有些不放心地问道。

"他认识任波，所以十有八九是的，他约我们晚上十点在中山公园见面。"周揆说着抬头看了看墙上的表，现在是八点，离见面时间还有两个小时。

两个人见时间还早，坐了一会儿，商量了待会儿见面的对策。

在周揆的提议下，郭建国先去银行取了些钱备用，正所谓有钱能使鬼推磨，二十万郭建国暂时是拿不出来的，但是几万他还有，如果对方要钱，可以先对付着。

中山公园是市区里的老公园，郭建国陪孩子来玩过好多次，对这里十分熟悉。

夜里十点，公园里基本看不到几个人，他们偶尔会看到一对热恋中的情侣在僻静处浓情蜜意。

"可惜了我们两个大男人……"周揆一边说，一边还舍不得把目光从一对男女的身上收回来。

"办正事！"郭建国苦笑着摇摇头。

"两不误，两不误。"周揆摆摆手。

黑客K约的地方在公园假山附近，假山靠着湖水，四周又没有路灯，里面道路四通八达，白天走进去都容易迷路，更别提晚上了。

郭建国和周揆两个人走进假山里，用手机当作电筒，四处打探。

"我在这里。"一个穿着黑色套头衫的男人，蹲在假山上面，看着下面的郭建国和周揆。

郭建国抬起头，想看清楚对方的脸，但是对方戴着帽子和口罩。

"你是K吗？"周揆问道。

男人点点头。

"我们找个地方坐下来聊吧。"郭建国提议道。

"没必要。"K摇摇头，"你们想做什么？"

"我们想请你找一个人。"郭建国实话实说。

"找人？"K有些疑惑，"这可和你们在信息里发的内容有些不一样。"

"找到人，钱一样会给你，任波，他是你们W CLUB里的成员。"郭建国举起手机，让电筒光照亮四周，"你能找到他吗？"郭建国不想再浪费时间，直言问道。

"你们给多少钱？" K 问道。

郭建国看看周揆，他不确认这个 K 是不是靠谱，不过周揆向他点点头。

郭建国深吸一口气，伸出手，说道："事成后给你五万。"

"信息里说的可是十万！" K 表示异议。

"这份找人的工作比信息上的看起来要简单不少，而且最重要的是我们只能拿得出这么多钱。"郭建国是个生意人，他知道怎么讨价还价。

K 沉默了一会儿，才说道："我要两万的定金。"

"定金没有问题，但你也需要给我一颗定心丸。"郭建国老于世故，绝不会三言两语就把钱给别人。

K 戴着口罩，郭建国看不到他的表情，但是却听得见他"哼"了一声。

K 从背包里拿出一台笔记本电脑，飞快地在键盘上输入指令。

不过片刻工夫，他就完成操作，把电脑转过来，让屏幕对着郭建国和周揆他们。

屏幕上是一张截图，图片上是某个商场的过道，人流如织。

郭建国和周揆定睛一看，在人群里发现了任波的身影，虽然图像并不算太清晰，但是还是能从侧脸上认出来就是任波。图片的右下角有日期——7 月 4 日，也就是说两天前任波出现在这个商场里。

"这图是哪里来的？"郭建国大吃一惊，急忙问道。

"我的'肉鸡'拍下的。" K 语气中透着得意。

"'肉鸡'？"郭建国一脸茫然。

"'肉鸡'就是被黑客安装了木马程序的计算机。"周揆在一旁解释道。

"我有任波的照片，可以利用人脸识别技术，再配合我遍布全球的'肉鸡'，除非任波去了没网络的地方或者死了，否则一定能找出他！"K的语气里透着笑意，说完，他操作电脑打开一段视频。

图片正是从这段视频里截图出来的，而从视频来看，录制设备应该是某个商店里摆放的一台计算机。

郭建国舔舔嘴唇，把手伸进包里，里面有他刚取好的两万，崭新的钞票仿佛油墨都没干透，摸在手里说不出的滋润。

"兄弟，不行咱们就走吧，让警察去查。"周揆扯了扯郭建国的衣服，小声在他耳边劝道。

郭建国确实有些犹豫，自己最近手头紧，这些钱本来是应付家庭日常开支的，如果花了，那么自己的经济状况就有些窘迫了。

稍稍迟疑后，郭建国还是从包里把钱拿了出来。

"我们怎么联系你？"郭建国问道。

"找到他的下落，我会联系你们。"K把钱接过来，他看出郭建国有些不放心，"你放心，收了钱我就会办事，找不找得到都会给你一个交代。"

说完，K拿着钱就走了。

郭建国看着K离去，心里七上八下，忍不住长长叹了口气。

周揆宽慰了郭建国几句，两个人走到公园门口就分了手。

郭建国坐出租车离开，周揆却又走进公园，回到刚才的假山里。

K也去而复返，在假山里等着周揆。

"小舅，你朋友挺信任你啊。"K摘下口罩，露出一张年轻的脸庞，看样子也就十六七岁。

"关键你有这个能力。"周揆脸红心跳，好在是夜里，没有人看到他尴尬的样子。K 其实是他的外甥，真名叫严凯。

"你直接告诉他我能帮他找人不就完了吗，何必搞这么多事情？"严凯一边说，一边把钱递给周揆。

周揆收好钱，从里面抽出两千，拿给严凯。

"我也是没办法，最近贷款都还不上了，救急，老郭他反正也是要花钱，就当是没便宜外人。"

"舅舅，我不缺钱。"严凯推辞。

周揆也不客气，把抽出的钱重新塞进包里。

"找任波这事，你有把握吗？"周揆问道。

"不好说，4 号后就没搜索到他的踪迹了，我再想想办法。"严凯抓抓头发，"舅舅，要是找不到人，那我们不是骗你朋友钱吗？"

"不会的，如果找不到，到时候我会把钱想办法还给老郭。"周揆叹口气，搓搓手，"要不是前几天去你家，我都不知道你现在电脑水平这么高了，这次就全靠你了。"

"舅舅，你就别跟我客气了。"严凯挥挥手，提了提包，打算离开。

"对了，这件事可不能告诉你妈，要不然她非杀了我！"周揆看着严凯离去的背影嘱咐道。

乔风歌费了番功夫，终于查到王磊山所说的哑巴女人叫作朱艳红，三十九岁，是红村的一位寡妇。这女人说来也可怜，九岁那年一场车祸致使她声带受损，家里也没钱给她治病，就这么拖成了哑巴。早些年她丈夫在一场车祸中去世，只留下她独自一人抚养小孩。可前两年孩子得了白血病，她为了给孩子治病欠下巨额债务。孩子最后也没有救回来，去年死在了医院里。

村里人风言风语，有些话简直不堪入耳，说朱艳红生活不检点，是卖皮肉的放荡女人。

乔风歌作为女人，心里本能地同情朱艳红的遭遇，一个女人在中年丧夫丧子，会是何等的悲痛。

乔风歌按照户籍资料上的地址来到朱艳红位于红村的家中。

"朱艳红，你好，我是刑侦大队的警员乔风歌，有些事想找你了解一下。"乔风歌开门见山地说道。

惨痛的生活经历并没有让这个女人的脸上写满憔悴和衰老，反而有一种与红村绝大多数人不同的白皙，只有眼角的纹路能看出些许岁月的痕迹。朱艳红有些茫然地看着乔风歌，微微点点头。

被请进屋子里之后，乔风歌递过去一支笔和一张纸。

"你认识李文建吗？"

朱艳红点点头。

"他意外死亡的事情你知道吗？"

朱艳红抬头看了一眼乔风歌，又点点头。

"你和李文建是什么关系？"

朱艳红一愣，停顿片刻，在纸上写下两个字：情人。

乔风歌看了一眼，这与她来之前调查到的情况相符合，到目前为止，这个朱艳红说的都是实话。

"你知道李文建与什么人有过节吗？"

朱艳红摇摇头，又点点头。

"嗯？"乔风歌用手指点点桌上的纸。

朱艳红提起笔，在纸上写道：2号早上有个叫郭建国的男人来找文建，两个人打了一架，我听文建说好像这个郭建国找不到自己老婆，所以发了疯。

乔风歌看到"郭建国"三个字心里一震，当时问询的时候郭建国可没说过和李文建打过一架。

"你是什么时候开始和李文建在一起的？"

朱艳红写了两个字：去年。

"那么关于他以前在兰星化工厂工作的事情，你了解吗？"

朱艳红闻言，左手握了握拳头，右手握着的笔轻轻晃动了一下，不过她还是摇了摇头。

乔风歌注意到她的反应有些不自然，于是继续问道："他和你提过他的母亲吗？"

朱艳红这次点点头，在纸上写道：他妈得了癌症，去世了。

"我听说李文建辞职和他母亲去世有关，你听他说过些什么吗？"

朱艳红摇头，开始有些不耐烦。

乔风歌本以为朱艳红是李文建身边的人，多少能从她那里找到一些线索，但是结果却十分令她失望。朱艳红的态度冷漠，对于李文建的事情一问三不知。不过她也并非全无所得，至少郭建国曾经和李文建发生过激烈的冲突，而关于这一点郭建国此前并没有向警方如实说明。而法医的报告中提到的死前一到两天与人发生肢体冲突，看来八九不离十是郭建国所为。

乔风歌见再问不出什么，离开后第一时间回局里去找队长赵暮云。

赵暮云此时正忙得不可开交，刑侦队又接手了一起命案，她正在现场勘查。今年队里上下几乎没休息一天，大大小小的案子不断，人手严重紧缺，几乎一个人当两个人用。

死者张晴晴，女性，三十五岁，无业，死亡时间超过十二个小时。尸体在东明路小巷的垃圾桶里被清洁工人发现，清洁工人即刻报了警。

通过初步的现场检验，警方可以确认死者是死于他杀，死前不久有过性行为，怀疑是性侵，颈部有明显勒痕，又是一起恶性案件。

小巷里四处散落着垃圾，弥漫着尿骚和腐烂的臭味，让人作呕。乔风歌忍着不适在人群中寻找赵暮云的身影。

不过赵暮云先看到了她，招呼了一声。乔风歌走上前，此时尸体已经被运到尸检中心，地上留下的只有尸体所在位置的画线。

"他杀？"乔风歌环顾四周，轻声问道。

赵暮云点点头，说道："你那边查得怎么样？"

乔风歌把自己调查的情况做了简要汇报。

赵暮云听完沉默不语，不单单是乔风歌的调查，从其他同事那里反馈来的消息，也都指向郭建国存在嫌疑。

"我给你看样东西。"赵暮云从口袋里掏出一个用证物袋包好的名片，"这是搜证组在死者身上发现的。"

乔风歌定睛一看，大吃一惊，名片上粗粗的黑体字印着名字——郭建国。

"又和他有关系？"

"暂时还不清楚，我安排于德正他们去把郭建国带回来协助调查，这次我们要给他点压力才行。"赵暮云说着擦擦额头的汗。

郭建国几乎整晚没睡，他想起这么不明不白给了陌生人两万，心里总觉得不踏实，担心自己是不是被人骗了。最关键的是他连对方长什么样子、叫什么名字都不知道，万一对方跑了，想找都找不到。

他在家里越想越不对劲，打算去找周搅，看能不能再联系黑客K，最起码要到一个联系方式。可他刚走下楼，却被两位穿着制服的警察拦住，请他去了公安局，协助调查。

郭建国最近来了不少次公安局，不是报案就是做笔录，但是这次被请来，却和以往有些不同。他被带到审讯室后就被晾在了临时关押嫌犯的囚室里，到点有人送饭送水，但是却没有人向他问话。房中灯火通明，不知日夜。

郭建国只记得自己吃了三顿饭，睡了两觉，直到他准备吃第四餐的时候，赵暮云推门走了进来。郭建国一眼认出来人正是赵暮云，心下稍宽，主动立刻起身打招呼："赵警官好，你可终于来了，这是……"

"坐好！"赵暮云语气生硬严肃地说道。

郭建国一愣，赵暮云的态度变化让他有些吃惊。

"郭建国，我们怀疑你与一起失踪案和一起谋杀案有关，所以请你回来协助调查，希望你能坦白从宽。"赵暮云瞪着郭建国说道。

"赵警官，你们怀疑我？"

"你为什么隐瞒你曾经找过李文建，并与他发生冲突这件事？"

郭建国心里一震，他确实没向警方说过这件事，但他本意只是为了避免不必要的误会，不过目前看起来，反而成了做贼心虚的证明。

"这事我确实没说，不过我也不可能因为和他打了一架就杀死他吧？"

"在任波的公寓里，除了李文建和任波，就只有你的痕迹，而且我们在李文建的身体里发现有苯二氮䓬类的药物残留，也就是说他在死前已经昏迷，根本没有能力自杀。我劝你最好老实交代问题。"赵暮云严声质问。

郭建国一时愣住了，他从来没有想到过自己会成为嫌疑人，一时间竟然说不出话来。短暂的安静之后，郭建国一字一句说道："我没有杀人，我只想找到我老婆。"

赵暮云并没有证据证明郭建国和李文建的死有直接联系，而且郭建国确实没有杀害李文建的动机，不过她始终觉得郭建国有事瞒着警方，所以她必须吓吓郭建国，让他老实交代。

赵暮云凑近郭建国，在他面前说道："你想让警方相信你，你就必须先信任警方，不要向警方隐瞒与案件有关的任何信息！"

"我……"郭建国一愣，他想起黑客K，有些犹豫是不是要把自己找任波的事情告诉赵暮云。

可就在这个时候，乔风歌推门进来，在赵暮云身边耳语了一番。

"什么？"赵暮云一脸震惊，看了看乔风歌，又看了看郭建国。

乔风歌点点头，说道："痕检和法医送来的报告已经核实了。"

"我先出去，这里你来接手。"赵暮云站起来。

郭建国一片茫然，不知道发生了什么。

"赵……赵警官……我能走了吗？"郭建国站起身来。

赵暮云回过头，看了眼郭建国，皱起眉头，并没有回答他的问题，推门而出。

"郭建国，现在怀疑你与张晴晴的死有关，正式对你依法逮捕！"乔风歌眼神里流露出对郭建国毫不掩饰的厌恶。

"张晴晴死了？"郭建国看着乔风歌，只感觉脑袋嗡嗡作响，一屁股坐倒在椅子上，额头的汗好似雨水一样流下来。

郭建国的记忆一下子就回到了那天夜里。那晚他从中山公园出来，就去了妹妹家，想去陪陪孩子。

经过一条巷子的时候，他又遇见了那个女人。女人这次穿着吊带裙，丰满妖娆的身体若隐若现，全身上下散发着浓浓的香水味。

女人拦住他，挽住他的手。他试着挣脱，但是却用不上力，女人反而贴得更紧。

他记不清具体发生了什么，只记得两人一起上了楼，进了房间。

房间很小，但却整洁，散发着淡淡的花露水味道，里面一张粉色的床尤其显眼。女人脱去衣服，把郭建国拉到床上。

郭建国赤红了眼睛，无论是心理还是身体都好似压抑已久的火山，在这一刻终于被点燃，喷薄而出。他犹如狂暴的野兽，把眼前的猎物撕碎、吞噬，再吸尽她每一滴血。

喘息、汗液、呻吟……混合在一起，犹如暴风骤雨。

云雨过后，郭建国躺在粉色的床上喘着粗气，一时有些出神，愧疚和不安就像两个暴徒，在他心里横冲直撞。

他慌忙地爬起来，穿上自己的衣服，却无意中看到女人掉落在地上的身份证，看到了她的名字。

"你和别的男人有些不一样。"张晴晴看着慌张不安的郭建国，脸上露出挑逗的笑容。

"没有什么不一样。"郭建国穿好衣服，丢下五百块钱，就慌张出了门。

赵暮云来到尸检中心，找卓航拿张晴晴的法医报告。卓航正专心致志地对一具尸体进行检验。

"报告好了我会让人送过去。"卓航透过镜子看到赵暮云,但是他的注意力依旧在尸体身上。

"我还是亲自来一趟比较稳妥。"

"不放心?"

"那倒不是,有些细节和专业问题少不了麻烦你给我解释。"

"好吧,我手头的工作正好也差不多了。"卓航放下手术刀,在旁边的清洁区脱下手套,洗了洗手。接着从一堆文件里,翻出了张晴晴的法医报告,递给了赵暮云。

张晴晴确系死于窒息,死前有过性行为,体内提取到的男性精液,通过DNA对比,证实是属于郭建国。另外,在死者的脖颈勒痕处提取到的皮肤组织、衣物上找到的毛发,也都属于郭建国。

根据现有的证据,郭建国无疑是杀死张晴晴的最大嫌疑人。

"你怎么看?"赵暮云看着卓航问道。

"我的看法都在报告里了。"卓航冷淡地说道。

"这些都是客观的尸检数据,我想知道你对这些结果的看法。"赵暮云不以为意,她知道卓航的就是这种性格,外冷内热。

"有两个数据有些矛盾,就是精液的液化时间和死者的死亡时间。"

"这个有什么问题?"赵暮云一边问,一边翻看报告。

"第四页,第十七行。"卓航补充道。

赵暮云翻到那一页,果然看到报告上有写:精液液化时间推断是在13日凌晨一点三十分左右,死者死亡时间是凌晨三点。

"正常情况精液在六十分钟内完全液化,换而言之,凶手在死者发生性行为后一个半小时,才杀害了死者。"卓航解释道。

"确实有些不合情理。"赵暮云明白了卓航的意思,"多谢,我会安排人跟进调查。"

说完，赵暮云拿着报告准备离开，可当她走到门口，卓航却叫住了她。

"赵队长，只是口头谢谢是不是太敷衍了？"

"请你吃饭，周日吧，你有时间吗？"赵暮云先是一愣，然后莞尔一笑，大方地说道。

"没问题，我不忌口，位置随你。"卓航终究还是露出了一个微笑。

乔风歌做完了郭建国的笔录，去找赵暮云汇报工作。

"审讯情况如何？"赵暮云看到乔风歌进来，直接问道。

"郭建国承认与张晴晴有性关系，但是否认杀人。"

赵暮云点点头，沉默了片刻，问道："说说你的看法。"

乔风歌咬了咬嘴唇，说道："我的直觉告诉我，杀害张晴晴的凶手另有其人，且凶手是故意嫁祸给郭建国的。"

赵暮云闻言一笑，说道："你这么推测的理由是什么？"

"郭建国并没有杀张晴晴的动机，而且留下的证据实在是太多了。"

"如果是第一次杀人，因为紧张恐惧，慌乱中留下证据也很正常。"赵暮云质疑道。

乔风歌摇摇头，说道："队长，我有一个大胆的猜想，不知道该不该说？"

"大胆假设，小心求证，没有什么话是不该说的。"

"我认为杀害张晴晴的和杀害李文建的是同一个人，或者说同一个团伙，并且胡秀芳和任波的失踪也和这两起凶杀案脱不开关系。从胡秀芳失踪开始，李文建是已知的最后看到胡秀芳的人，而任波的失踪又和他破解了胡秀芳的手机有关。那这么看张晴晴会不会也和胡秀芳有关？"

"你的推断不无道理，顺着这条线索继续往下查。"

"是，队长。"乔风歌忽然脸上微微泛红，"队长，我还看了法医报告，感觉还有一件事也有疑点。"

"说说看。"赵暮云鼓励道。

"报告里精液液化的时间和死亡时间似乎有些不合常理。"乔风歌说道，"凶手在杀人前对死者进行性侵，又或者死后性侵的案例很多，但是在性侵后两个小时再去杀人就有些说不通了，也就是说郭建国和张晴晴两个人极有可能是自愿情况下发生的关系，那么郭建国就没有杀人的动机！"

赵暮云赞赏地点点头，说道："以前我是小看你了。"

"队长这是在夸我吗？"乔风歌摸摸自己的头。

赵暮云合上桌面的报告，笑着说道："等这个案子破了，我会在你的实习报告里好好夸夸你。"

"谢谢队长！"乔风歌立正，敬礼。

第六章

红灯笼

　　周揆做梦也没有想到郭建国会被警方拘留，而罪名是涉嫌谋杀。他收到消息后急忙赶去拘留所，在警方的陪同下，他见到了郭建国。

　　郭建国让周揆来，主要是想让对方帮忙照顾家里人，让家人不要担心自己。

　　"我没有杀过人，相信警方会还我清白。"郭建国神情憔悴，他已经好几天没睡好觉，他想不明白事情怎么会发展到今天这个地步。他怨恨自己一时没有把持住，才陷入这样的境地。

　　"我相信你，你连鸡都不敢杀，还杀人？也不知道这些警察搞什么名堂！"

　　"这事也怪我自己。"郭建国长叹一口气。

　　"别想这些了，你家里我先帮你稳住，但纸终究包不住火，希望警察能早点儿调查清楚。"周揆安慰道。

　　郭建国又交代了一番家里的事，周揆一一记下。

　　周揆从拘留所出来后越想越害怕，郭建国是什么人，他再清楚不过，比起郭建国杀人，他宁愿相信太阳从西边出来。他虽然弄不清楚是什么状况，但是他本能感觉到这蹚浑水的危险。先是胡秀芳失踪，跟着李文建横死，任波又失踪，如今还冒出一桩谋杀案，还把郭建国也牵连进去。想到这里，他不由额头冒冷汗。

周揆又想到侄儿严凯现在还在帮郭建国查任波的下落，会不会把他也牵连进去？严凯是大姐的独子，万一出了意外，自己可负不起这个责。

周揆急忙掏出手机，拨通了严凯的电话。

"凯凯，是我，那个任波的事你不要查了。"电话一通，周揆就急不可耐地说道。

"啊？为什么？我刚准备给你打电话，有线索了！"严凯语气里透着兴奋。

"找到了？"周揆一时间犹豫了，究竟要不要接着往下追查？他的脑海里浮现出郭建国憔悴的面容，愧疚感从心头生起，"我这就过来。"周揆挂掉电话，把心一横，决定帮郭建国一把。

周揆不敢去大姐家，所以约了外甥在他家楼下的咖啡馆见面。严凯很快就抱着笔记本电脑来到咖啡馆。周揆一脸紧张兮兮的神情，四下张望，确定没有人跟在严凯后面。

"舅，你这是怎么了？"严凯想笑，但还是忍住了。

"事情有点不对劲。"周揆坐下来，摆摆手，"记住，今天过后，你再也不要管这件事，老老实实在家待着，等暑假结束，赶快回你的大学。"

"你越这么说，我越有兴趣，刺激！"严凯整个人都兴奋起来。

"刺激你个头！"周揆压低了声音，"郭建国被警察抓了，说他杀人了。"

"杀人？真的假的？"严凯一愣，问道。

"我和老郭认识十几年了，他不是会杀人的人，一定是被人陷害了。就是因为这样，才更危险。"周揆严厉警告严凯。

严凯却不以为意，喝了口周揆帮他点好的果汁，然后搓搓手，说道："真过瘾，又是失踪，又是谋杀，还有陷害，简直就是侦探小说里的情节！"

周揆狠拍了一下严凯的脑袋，呵斥道："你再敢掺和，我就告诉你妈，看她怎么收拾你！"

严凯摸着头，有些委屈地说："小舅，可是你找的我，现在怎么反而怪我了？"

"别给我贫嘴，总之就这么说定了，把你发现的东西拿出来我看看。"周揆说着，拿纸巾擦了把汗，他这样的体形就算坐着不动，冷气稍微弱点，也会汗流不止。

严凯打开笔记本电脑，调出一张图片，图片上密密麻麻全是人。

"任波在哪儿？"周揆盯着图片看半天，也没找到任波。

"这里！"严凯指着画面角落里一个披头散发的乞丐。

"他是任波？"周揆虽然说跟任波不算太熟，但是好歹也见过三四面，而眼前这个乞丐和任波完全不像，"不，不，不是他，你搞错了。"

"没错，等一下，我给你放大一些。"严凯把图片放大，乞丐占据了整个画面，"先前人脸识别程序过于简单，所以一直找不到任波，后来我改进了算法，简单点跟你说，除非任波天天都遮住脸，简单的伪装逃不出我的手掌心。"

"小样，难怪找不到，原来他乔装打扮了。"周揆拍拍外甥的肩膀，夸奖道，"凯凯，你牛啊！"

"那还用说，我是天才！"严凯自信满满。

"好了，天才，你能给我任波现在的位置吗？"

"没问题。"

严凯操作电脑，很快完成了搜索。

"他在这里。"

周揍看到监控视频，这个位置他很熟悉，本地人都叫它"红灯笼"，是个寻花问柳的地方，他自己也是那里的常客。

"红灯笼"是个花名，实际上它还有一个官方的名字，叫作爱民街。这条街两边原是汉昌钢铁厂的职工楼，后来钢厂倒闭，职工走的走，留的留，许多外来租户也搬迁进来，这里便成了一个鱼龙混杂之地。

周揍轻车熟路，在"红灯笼"里转悠，寻找任波的踪迹。他没费什么工夫，就看到一副乞丐打扮的任波从一栋楼里鬼鬼祟祟地走出来。

白天里，"红灯笼"静悄悄，几乎没有人在外面走动。

周揍悄悄绕到任波后面，出其不意地扑向他，用自己如山般的庞大躯体，死死把他压住。周揍非常清楚，如果不能一下制服任波，让他跑了，以自己的速度是绝对追不上对方的。

"好小子，再跑，弄死你！"周揍控制住任波，威胁道。

任波一开始拼命挣扎，不过看到对方是周揍后，整个人放松下来。

"周……周哥，放开我……喘不过气了……"

"你小子干了什么坏事，玩失踪，全世界的人都在找你！"

"哥，咱们能不能找个没人的地方说话？"任波压低了声音，紧张地四处观望。

周揆把任波的胳膊扭到背后，把他推到一条死巷子里。

"你最好给我把事情说清楚，要不有你好看的！"周揆把拳头举在任波的面前。

"有人要杀我！"任波紧张兮兮地说道。

"谁要杀你？"

"不……不知道……"

"你耍我是不是？"周揆掐住任波的喉咙。

"真不是……哥……"任波上气不接下气。

周揆稍稍松了点手劲，问道："先说李文建，他怎么会死在你家？"

"李文建？谁呀？"

"还给我装蒜，李文建就死在你家厕所里，你说你不认识他？"周揆手上又用了几分力，任波发出痛苦的呻吟。

"我……我真的不知道……不认识……"

周揆看他的样子不像装的，一时间也未免有些糊涂了。

"好，那你说，为什么你会觉得有人要杀你，你又在躲什么？"

"我在躲胡秀芳……"

"胡秀芳？你找到胡秀芳了……"周揆浑身一震，他正准备询问详情，却感觉忽然有人从背后靠近。

可还没等周揆转过身来，他就感觉有一根针扎进自己的后颈，跟着整个人就晕了过去。

警方根据法医提供的死亡时间对照街道两旁的摄像监控，找到了张晴晴被杀时郭建国的不在场证明。

法医报告显示，死者张晴晴的死亡时间是在 7 月 13 日凌晨两点至三点之间，而监控摄像头在 7 月 13 日凌晨一点五十七分拍摄到张晴晴在街头走路的画面，也和法医报告形成了互证。

郭建国从张晴晴的公寓出来后，也被路边的摄像头拍摄到他在街边拦了一辆出租车离去，时间是在凌晨一点四十八分。因为太晚，郭建国担心吵醒孩子和家人，没回妹妹家，而是打车回了莲花小区。他到达莲花小区的时间是凌晨两点四十分，出租车司机证实了这一点，同时莲花小区监控也拍摄到郭建国进入小区的画面。

从莲花小区到张晴晴遇害的地方至少需要五十分钟的车程，所以可以基本排除郭建国的作案嫌疑。

从拘留所里出来，郭建国有种恍如隔世的感觉。他匆忙给妹妹打了电话，解释自己因为误会被警方拘留的事情，当然关于他和张晴晴之间曾经发生过的事，他只字未提。正当他打算坐车回家的时候，一个陌生的年轻人跑上来，拉住了他。

"郭叔叔，方便聊几句吗？"青年正是严凯，周揆的外甥。

郭建国一愣，他并不认识眼前这个人。

"你是……"

"我是周揆的外甥严凯。"严凯眉宇间有些焦急的神色。

"啊，你就是严凯，我以前听周揆提到过你，怎么是你来找我，你舅舅呢？"

"郭叔，我们找个地方坐下来聊吧。"严凯四下张望，有些不安。

郭建国带着严凯到附近一家咖啡馆坐下来。

"小凯，想不到啊，你都长这么大了……"郭建国端起咖啡，喝了一大口。

"郭叔，我就是黑客 K。"

郭建国闻言，嘴里的咖啡差点喷出来。

严凯却不等郭建国回过神来，就一口气把周揆怎么安排自己装成黑客 K，以及骗走郭建国钱的事情说了出来。郭建国脸色变得铁青，他想不到十几年的好兄弟会骗他的钱。

"郭叔，你别生气，小舅打算缓过劲来，就把钱还给你，他也真的在找任波……"

"你不用帮他解释了，我会找他当面说清楚。"郭建国起身准备离开，此时他心中怒火已经被点燃，他要立刻去找周揆说个清楚。

"舅舅他不见了！"严凯拉住郭建国。

"他做了这种事，当然躲起来了……"

"不是，几天前，我找到了任波，舅舅去抓他，可是一去就再没有回来，我想尽办法，如今不但找不到任波，也找不到舅舅！"严凯眼睛里充满了惊恐，他从来没有如此慌张过，因为他一直相信自己的能力，认为透过无所不在的摄像头，他能够找到任何他想找到的人。

"你找到任波了？"郭建国一脸惊讶，他又坐下来。

严凯拿出电脑，告诉郭建国自己是如何通过人脸识别软件在爱民街发现任波的踪迹。

"报警没有？"郭建国皱着眉头，他虽然生周揆的气，但是如今周揆为了他的事失踪，他有责任把周揆找回来。

严凯沮丧地摇摇头。

"我不知道怎么跟警察解释这件事，而且……"

郭建国点点头，他明白严凯入侵监控设施和他人电脑的行为都是非法的。

"周揆最后出现的地方是在爱民街，你去那里看过没有？"

"我去了，还问了一圈，但是没有人见过他。"严凯说到这里，脸不由红了起来。

郭建国沉默了片刻，他知道严凯伪装成黑客 K，但是确实有真本事，否则不可能找到任波。

"如果要躲避你的追踪软件，有什么办法？"郭建国突然问道。

"一般的化妆或者乔装是没有用的，除非戴着口罩，又或者待在没有摄像头的地方。"严凯想了想说道。

"周揆知道你有这种能力，会不会故意躲着你？"

"舅舅为什么要躲着我呢？"

"那倒也是……"郭建国也感觉到这个推测有些不合情理。

"我担心舅舅的安危，怕他……"严凯没继续往下说，但意思很明显，如果周揆出了什么意外，那么找不到他就太正常了。

"你舅那么聪明，不会有事的。"郭建国苦笑，他这也算是安慰严凯，"我去找他，你就别再管这事了，如果一天之内还是找不到，我再报警。"

严凯叹口气，习惯性地搓了搓手，看着窗外，这时忽然一阵电闪雷鸣，一场暴雨即将来临。

乔风歌坐在在咖啡馆对面的车里，看着咖啡馆进进出出的客人。

"这闷热的天气早该来一场雨了。"乔风歌把车窗降下一条缝隙，风带着纷乱的雨点飘进来，让她好好透了一口气。

郭建国被放出来后，乔风歌一直跟着他。倒不是觉得郭建国是凶手，而是这一连串案件就像一团扯乱的线，想理清，只能是揪住眼前这个线头。

不过她没想到自己这么快就有收获，郭建国才刚从拘留所出来，就有一个年轻人找上他，两个人进了咖啡馆。

乔风歌一直安静地在外面等着。约莫四十分钟后，她看见郭建国走出来，叫了辆出租车离开。不过她并没有继续跟上郭建国，而是盯上了来找郭建国的年轻人。

那人没过一分钟也走了出来，乔风歌下了车，将人拦了下来。

"警察，有些事需要你协助调查。"乔风歌拿出证件，表明身份。

严凯一愣，但他很快就镇定下来，调笑道："现在的警察，都是这么年轻漂亮的小姐姐吗？"

乔风歌没想到这个人这么轻佻，瞪了他一眼。

"你最好端正态度，要不然我就请你回警局聊聊。"

"既然在咖啡馆门口，还是我请……乔警官您喝咖啡吧，放心，我一定好好配合，知无不言言无不尽。"严凯扫过乔风歌的证件，嬉皮笑脸地说道。

乔风歌皱皱眉头，不过她还是跟着严凯走进咖啡馆。

严凯脑子此刻转得飞快，自己刚才和郭建国谈过话，警察就找上了门，这说明警方一直跟着郭建国。只是不知道警方有没有听到自己和郭建国的谈话。

乔风歌跟着严凯坐下来后，语气生硬地问道："有没有带身份证？"

"有。"严凯拿出身份证。

乔风歌拿出手机，用警讯通调出严凯的身份信息。

"严凯，男，21岁，复华理工大学计算机系大三学生，父亲严浩飞，母亲周慧馨……"乔风歌读到这里停了下来，把身份证还给严凯，"你和郭建国是什么关系？"

"郭叔是我舅的好朋友，看着我长大的，我这次放假回来看看他……乔警官找我是因为郭叔？"严凯早就想好了说辞。

乔风歌点点头，继续问道："你舅舅是……"

"周揆。"严凯连忙说道。

乔风歌对这个名字有些熟悉，想了想，才记起来这个人是郭建国的公司合伙人，她曾经在郭建国背景调查的资料上看见过。

乔风歌对严凯展开盘问，严凯回答地小心翼翼，不过有许多情况，他确实并不了解，所以大多数回答都是"不知道""不清楚"之类的否定词。

严凯心里也有好几次动摇，想对乔风歌说周揆失踪的事情，但想到如此一来，自己侵入监控系统的事情就要曝光，搞不好会被学校开除，甚至蹲监狱，他就退缩了。

乔风歌有些失望，严凯的身份和背景都十分简单，回答问题也都没什么不合情理的地方，看不出他和这一系列案件会有什么关系。

郭建国在出租车司机富含深意的笑容里下了车，他虽然以前没来过爱民街，但也知道这个地方是干什么的。任波也是个男人，所以他到这里似乎也并没有什么可奇怪的。

夜色里，雨依旧下得很大，郭建国在路边的小卖部买了把雨伞，撑着伞，他走进密密麻麻的楼房之间。

距离周揆来这里找任波已经过去一周了，郭建国对于来这里能找到什么线索并不抱太大希望，但是他还是来了，因为这里是周揆和任波最后出现的位置，他很好奇他们到底遭遇了什么。

郭建国一边走，一边察看四周，他发现好几个监控摄像头，不过除了街边的摄像头是正常的，住宅区里的摄像头要么被人剪断了线，要么被扭弯对着地面，只有极少数还在正常工作，严凯当时能在爱民街找到任波算是撞了大运。但那之后周揆和任波去了哪里，就一点线索都没有了。

小巷两旁的居民楼，不时有妖艳的女人把窗户打开一条缝，伸手招揽生意。

郭建国压低了雨伞，尽量避开那些女人投来的目光。他不由想起张晴晴，额头渗出冷汗，自己犯下大错，如果妻子回来，他该如何面对她呢？还有张晴晴横遭惨死，谁是幕后凶手？又为什么要嫁祸自己？郭建国想到这些，浑身发抖，一股寒意从脚底蹿到脑门，他几乎站立不稳。

因为这突如其来的夏日暴雨，爱民街上几乎没有什么人。路灯昏暗，大雨倾盆，一抹红色突然出现在街尾，引人注目。郭建国忍不住定睛望去，不由一愣，那黄色光晕下的脸正是朱艳红。

一袭红衣的朱艳红撑着伞，黑色的高跟鞋在积水的路面上，发出"啪嗒"的声音。

街边的旧楼房凌乱不堪，毫无规划，就算是大白天，不熟悉的人初次进来也会迷路。可朱艳红却熟门熟路地穿过狭窄的巷子，钻进一栋旧楼。郭建国不由好奇，她怎么会来这里？一念及此，郭建国跟了上去。

这旧楼看起来至少有二十年以上的历史，外墙的墙皮早已脱落，露出灰黑不均的砖头，仿佛只要用力一推，整栋楼都会瞬间坍塌。

楼宇入口有一道铁门，铁门半掩着，并没有上锁。郭建国收起伞，轻轻推开铁门，楼里有昏暗的灯光，墙壁上透着水渍，楼顶也稀稀拉拉地滴着水。

郭建国能听到高跟鞋踩着楼梯发出的踢踏声，他循着声音，小心翼翼地跟在朱艳红的身后，一起上了三楼。穿过长长的过道，在尽头的房间停下了脚步，她回身看了看，打开门，走了进去。

门"砰"的一声又被关上。

朱艳红是李文建的情人，她来这里是巧合还是另有原因？郭建国想起前几次自己离奇的遭遇，恐惧感不由升上心头。如果又是幕后操纵者布下的一个陷阱，那自己跳进黄河也洗不清了。可是这或许也是一个寻找线索的机会。

最终郭建国的好奇心还是战胜了恐惧。他握了握拳头，算是给自己的鼓励，他咬着牙，一步一步向走廊尽头而去。

房间里亮着灯，窗户拉着窗帘，但并不严实。郭建国蹲下身子，从门缝观察着房中的一切。此时朱艳红的手里握着一把刀，屋子里放着一个约莫半人高，绑着蓝色丝带的巨大礼盒。

这画面看起来实在有些魔幻，郭建国不由屏住了呼吸。

朱艳红向前迈出一步，用刀割断了盒子上的丝带，接着她深吸了一口气，似乎下了巨大决心一样，小心翼翼地掀开盒盖。

盒子里竟然蜷缩着一个衣服被扒光的中年男性。中年人被麻绳禁锢着双手双脚，整个身体以一个十分扭曲的姿势被硬塞进这个空间并不十分宽裕的盒子里。他的嘴里塞着一根木棍，木棍用铁丝固定，嘴角和脸颊被铁丝勒出血痕，眼睛里满是恐惧，嘴里发出"呜呜"的声音。

朱艳红看着痛苦挣扎的中年男人，忽然流出眼泪，不过片刻间又露出笑容。她冲上前，一刀插进男人的大腿上，男人叫不出声，只能发出低沉的哀号，痛得眼泪夺眶而出。

事情来得过于突然，郭建国看得寒毛都竖了起来，他来不及多想，只觉得救人要紧，急忙踹门而入。

朱艳红也没想到门外会有人，她一下躲到巨大的礼物盒的后面，用刀抵住男人的脖子。

"不要冲动！"郭建国看着朱艳红，伸出手，想要阻止她。

朱艳红看到郭建国，脸上的神情反而平静下来，用行动答复了郭建国的劝阻。

锋利的刀割断了男人的喉管，血喷射而出，男人抽动了两下就没了气息。郭建国吓得连退好几步，被地上的杂物绊倒，跌倒在地上。

然而屠杀却并没有结束，朱艳红再次举起刀，不过这一次，她把刀对准了自己的脖子。

"朱……朱……艳红，你……你疯了吗?!"郭建国瞪大了眼睛，可是他并没有听到朱艳红的回复。

刀刺透朱艳红的颈部，她甚至哼都没有哼一声，只是喘息着，随着生命的流逝慢慢倒在地上，仿佛终于得到了解脱。

郭建国连滚带爬地站起来，眼前的景象犹如修罗地狱，他浑身发抖，不知所措。

"报……报警！"郭建国终于想起自己该做什么，他哆哆嗦嗦去口袋摸自己的手机，可是没摸到，他本能地四下寻找。

这时地上忽然响起了手机铃声，但这铃声不是他自己手机的声音，他循声望去，在血泊里看到一部嗡嗡振动的手机。周围的鲜血跟着手机铃声同频地振动，闪亮的屏幕更是把满地的赤红照射得诡异非常。

郭建国却来不及多想，只急忙从血泊中拾起手机，想用它报警。可是手机却仿佛检测到自己被人拾起一样，自动弹出一段视频。

"老婆！"郭建国看到视频大惊失色，视频里不是别人，正是胡秀芳！在这段录像中，胡秀芳被人囚禁在一个封闭的房间里，她对着摄像头大喊救命。郭建国一瞬间就将报警的事情抛到了脑后，只想要将妻子救回来。自己的预想成真了，妻子果然是遭遇到了危险。

视频播放结束的下一秒，手机收到一条短信。"想救她吗？"

郭建国立刻在手机上回道："你是谁？放了我老婆！"

"按照我说的去做，你就能找到她。"

"你到底想干什么？"

"不准报警，拿好手机，立刻去天贡山林场，到了那里，你会接到新的指示。"

郭建国还想继续发短信，可是手机"嘀"的一声响，整个屏幕就黑了，无论他按什么键，手机都没有任何反应。

"秀芳……"郭建国眼角湿润，"我一定要救你！"他收好手机，头也不回走出这血流成河的悲惨之地。

乔风歌结束对严凯的问话后，拿出了手机，调出跟踪软件，查询郭建国现在的位置，这也是她之前先选择问询严凯的底气。郭建国在拘留所的时候，乔风歌就偷偷在他的手机里安装了定位软件，没有报告给任何人，她知道如果告诉队长，队长是一定不会同意的。但是查案要紧，郭建国跟数起案件都有着千丝万缕的联系，她实在不想看着线索眼睁睁地溜走。就算之后队里处罚她，她也认了。此时一查果然发现了些许蹊跷，她发现郭建国并没有回家，而是径直去了爱民街。

乔风歌皱起眉头，郭建国这个行为实在让人琢磨不透，她放心不下决定开车去定位的地点查看一下。一路上，乔风歌一直紧密监控着手机定位，却发现郭建国的位置已经静止了很长一段时间了。

"搞什么鬼？"乔风歌看着手机，一只手轻轻敲着方向盘，又等了约莫半个小时，目标还是没有任何移动。她忍不住，决定去看看，打着伞下了车。

根据定位软件的标示，乔风歌走进一栋楼里，整栋楼几乎没有住户，她一层层寻找郭建国的踪迹。

还没走到三楼，乔风歌就敏锐地闻到了空气中弥漫的血腥味。她快步跑上三楼，一眼就看到过道尽头的房门竟然是敞开的，最触目惊心的是过道上留着一个个血脚印。

乔风歌有种极为不好的预感，她掏出电击枪，谨慎地往楼道尽头靠近。

"郭建国！"乔风歌叫了一声，但是没有人回应，与此同时她已接近门口，猛地上前一步，然后举枪侧身，而眼前的一幕让她瞠目结舌。

屋内两具尸体倒在血泊之中，其中一名死者正是她曾经见过的朱艳红。另外一名死者手脚都被麻绳捆绑着，口里塞着木棍，喉管被刀割裂。

乔风歌稳住心神，环顾房间，在一旁的角落，她看见一部手机在振动。

这部手机她见过，正是郭建国的。

"调度中心，我是警员7207450，爱民街职工小区十二栋三楼发生命案，请求支援！"乔风歌看着这近似魔幻的血腥场面，脑海里反复追问着：这里究竟发生了什么？

天贡山林场远离市区，离武口市市中心有四十多公里的路程，郭建国赶到林场的时候，雨已经停了，但是路面湿滑，地上积满淤泥和水坑。林区又没有路灯，出租车走后，四周一片漆黑，几乎伸手不见五指。

郭建国没走几步，鞋子就里里外外都沾满了泥水。

"有人吗？"郭建国大喊了一声。

林场里寂静一片，没有任何回应，只有几只受惊的鸟振翅而飞，发出"噗噗"的声音。

郭建国拿出那部捡到的红色手机，想看看视频中有没有胡秀芳的线索，正当他摆弄的时候，一个导航软件自动启动，跟着又跳出一条短信。

"跟着导航走。"

郭建国想给对方发短信，但是这一次他发现自己按键盘并没有反应，无法输入任何文字信息。

"想救你老婆就按照指示做，不然等着收尸。"手机里又跳出一条短信。

郭建国擦了擦额头的汗，知道自己目前别无选择，只能按照对方的要求去做。他跟着导航的标示，向林场深处走去。

林场里的路四通八达，四周树林密布，对于不熟悉这里的人而言，白天辨别方向尚且不易，更别说是黑夜。不过眼下郭建国手里的手机亮光至少可以让他看清脚下的路，眼睛也开始慢慢适应黑暗，倒不至于像刚才那样狼狈。最让他暗暗称奇的事情是，眼前这个导航软件和平日里开车用的几种导航软件大相径庭，虽然界面简陋，但定位十分准确，走到哪里出现岔路，该往哪条路走，都一目了然。

郭建国小心翼翼跟着导航走了差不多一个小时，在林场里看见一栋亮着灯的木屋，而小木屋正是导航的终点。

手机在这个时候又自动黑屏关机了，郭建国心里清楚有人通过网络控制这部手机，自己只能被动接受信息。不过小木屋已经近在眼前，就算没有指示，他也能走过去。

夏日的树林里，蚊虫密布，郭建国拍死一只趴在自己脖子上吸血的蚊子，这一巴掌也让他清醒不少。他看着木屋，一时间有些犹豫，要说他不害怕，那是不可能的，可是为了救老婆，他不得不听从对方的指示，这小木屋里绝对不会有什么好事等着他。

郭建国俯下身，摸索着捡起一根树枝，虽然这树枝作为武器有些简陋，但是至少可以给他壮壮胆。

他弓着身，尽量让自己不要发出声音，慢慢向小木屋侧面的窗户靠近。

窗户上挂着窗帘，郭建国隐隐约约看到火光。他只能又绕到小木屋门口，门没有锁，虚掩着，有光透出来，只要轻轻一推，就能推开。

郭建国在门口站定，举起手中的树枝，深吸一口气，走上前，推开木门，一个他再熟悉不过的人出现在面前——周揆。

周揆被绑在一张椅子上，一动也不动。

郭建国急忙跑上前，探了探周揆的鼻息，检查他的身体，发现他只是昏迷了过去。

"周揆，醒醒！"郭建国拍打周揆的脸，又掐他的人中穴位，试图唤醒他。一番努力之后，周揆才缓缓醒过来。

"建国，怎么……怎么是你？我在哪儿？"周揆只感觉头痛得厉害，没想到睁眼会看到郭建国，而环顾四周，这完全是一个陌生环境。

"你不知道自己怎么来的？"郭建国一边问，一边帮周揆解绳子，"你都失踪一个星期了！"

"一个星期？任……任波呢？"周揆的手此时终于可以活动了，他摸着自己后脑勺，依旧还能感觉到肿痛。

"你找到任波了？"

"找到了……可我刚和他说着话，就被人从后面打晕了……"周揆想起自己是在爱民街被人打晕的，"你怎么找到我的？"

"有人绑架了秀芳，逼我来这里，没想到会找到你。"郭建国长话短说。

"大嫂？"周揆忽然想起了任波的话，"任波说大嫂要杀他……"

"怎么可能，我亲眼在手机视频上看到我老婆被人关在一间黑屋里。"郭建国拿出那部红色手机，"任波说不定是他们的同伙！"

"我越来越糊涂了，他们为什么要这么做，到底有什么目的？"周揆此时已经完全被松开，他想站起来，但因为太久没动，只感觉腿一软，差点摔倒，幸好旁边的郭建国扶住了他。

"我现在已经管不了那么多，先想办法救秀芳……但是他们把你抓到这里来，还把我也引来到底是为什么？"郭建国想到这个问题，不由头皮一阵发麻。

正当两人迷惑不解的时候，那部红色手机的屏幕又亮了起来。

第七章

家族

　　警方很快就弄清了爱民街命案中死者的身份，女性死者朱艳红，三十九岁，红村村民，丧夫丧子，独身；男性死者赵光全，四十五岁，时任兰星化工厂董事长。

　　兰星化工厂是武口市的纳税大户，赵光全的死可以说惊动了整个市委领导班子，市委书记亲自过问此案，更责成公安局尽快破案。

　　警方根据案发现场的情况和相关物证推论，赵光全生前遭遇绑架，死因是颈部大动脉被割断，失血过多而死。而种种证据则表明凶手正是尸体一同被发现的朱艳红。包括装有赵光全尸体的盒子顶盖上的指纹，以及被确定为凶器的匕首上的指纹和血迹都似乎已经将这起命案的杀人凶手盖棺定论。

　　警方在搜查证据的过程当中发现了朱艳红留在家中的一封遗书，笔迹鉴定证实是她亲手所书，遗书上声泪俱下地控诉了兰星化工厂的污染行径，痛骂赵光全明知污染而不顾，欺骗政府和村民，以至于害死了自己的儿子，所以她要杀了赵光全报仇雪恨。

　　侦破工作进行到目前为止还剩两个无法解释的事情：第一，谁绑架了赵光全？单凭朱艳红一个人做不到神不知鬼不觉地绑架一位集团董事长。第二，郭建国怎么会出现在凶案现场？他是否就是朱艳红的同伙？他离开时遗落的手机是否说明当时情况紧急，遇到了危险？

在如此巨大的疑点下，警方自然是无法结案，为此市刑警队连夜成立了专案组，由局长亲自挂帅，抽调精兵强将，展开全面调查。

赵暮云从局长办公室里出来，脸色有些难看，看来局长给她的压力不小。

"赵队，是我的失误，如果我一直跟着郭建国就好了……"乔风歌有些后悔，当时没有紧跟郭建国，而是去找严凯问话。

"不用自责，你已经做得很好了，有些事不是人为可以控制的，而且……"赵暮云摇摇头，欲言又止，郭建国刚从拘留所出来，从时间上来讲，他不可能是绑架者。但是如果他只是凑巧出现在凶案现场，为什么他不报警？如果他是凶手，没理由留下这么多痕迹，甚至将手机都掉落在了凶案现场，究竟发生了什么事情使他急着离开？

"搜证组的同事在凶案现场附近以及朱艳红的家里都查遍了，没找到她的手机。"乔风歌汇报最新的进展，眉宇间透着迷惑。

"电信公司那边查得怎么样？"

"朱艳红的手机没有通话记录，但是网络数据流量一直保持在高位，平均每月要使用10G的流量。"乔风歌进一步解释道，"朱艳红是哑巴，她主要使用文字和人交流。"

"手机按道理都会随身携带，案发现场和家里都找不到……有没有可能是郭建国拿走了？"赵暮云沉吟道。

"很有可能，不过电信公司暂时没发现朱艳红的号码连接基站，她可能事前更换了手机号码。"

"郭建国自己的手机不拿，却去拿朱艳红的手机，那说明这部手机上一定有什么重要的信息，让他十分重视。"

乔风歌想了会儿，突然灵光一闪道："难不成是胡秀芳？"

"极有可能。"赵暮云点点头。

乔风歌心中一震，她深吸一口气，脑海里闪现出所有人的影子，他们就像是一块块拼图碎片，只有找到正确的方法，才能把他们拼接起来，组成完整的画面——也就是真相！

正在这时，于德正跑了过来。

"队长，赵家人过来了，在大厅里吵吵嚷嚷说要见你。"于德正一脸无奈的神情。

"哪位家属？"赵暮云问道。

"全来了，死者的母亲带着一大家子人正堵在市局门口呢。"于德正满头大汗，看来刚才一定十分混乱。

"来得正好，省得我去找他们，把他们全部分开，一个个问话。"赵暮云笑了，她本来打算上门去询问，现在可好，真是得来全不费工夫。

赵家在武口市也算是个大家族，赵立勋一手创建了兰星化工厂，并把企业做成了上市集团。蒙蕙兰作为赵立勋的妻子，育有两子一女。赵光全是赵立勋和蒙蕙兰的长子，十二年前赵立勋死后，他接管了兰星化工厂，就任董事长。赵光全虽然是公司董事长，但公司真正的大股东却是蒙蕙兰，她对整个公司有决定性的控制权。赵光全的老婆名叫龚丽丽，是一位颇有名气的影星，比他小了二十岁，不过龚丽丽嫁给他后就退出影视圈，深居简出。赵启星是次子，今年三十一岁，妻子何芳，两个人都十分低调，并没有涉足家族产业，而是在外自立门户，经营房地产公司。小女儿赵露二十七岁，是赵家的掌上明珠，深受宠爱，是兰星化工厂的财务总监。

这么大一家子突然闯到局里来，主要是因为蒙蕙兰，老人家白发人送黑发人，心绪不平，她觉得警方有意隐瞒案件真相。她迫切地想要知道儿子究竟怎么死的、被谁杀的，为什么。而警方对这些问题的答复统统都是一句话：请您放心，案件正在侦办中，我们会尽快破案，公布真相。

老人家等不了，坚持要来公安局讨个说法，一家子人怕她有个什么闪失，于是都跟着来了，又或者说没有一个人不想来表忠心。

赵暮云也算是狠，顶着上头的压力硬是将这一家子进行了单独问询，尤其是对死者失踪前几天和失踪后遇害这段时间，每个人的去向都做了详细的记录。

赵暮云作为队长，亲自去安抚蒙蕙兰。蒙蕙兰今年七十二岁，不过看起来并没有实际年纪那么大，浑身珠光宝气，只因为痛失爱子，神态有些憔悴。

赵暮云再三向她解释目前案件在侦办期，即使是家属，有些信息暂时也在保密阶段。

"蒙老太太，我们想了解一下，据您所知，您的大儿子有没有什么仇家？

"仇家？不可能！以他的身份，得罪人的事根本不用本人出面。"蒙蕙兰提起爱子，声音带了些许颤抖。

赵暮云原本只是随口一问，不过蒙蕙兰的回答倒是给了她灵感，以朱艳红的身份和教育程度是不可能接触到兰星化工厂的高层人士的，又怎么会认定红村的污染是赵光全所为，这背后的推动者一定另有其人，只是朱艳红在遗书里绝口未提。

乔风歌被安排询问赵露，她之前为了查案子去过红村，也调查过朱艳红，对于村子遭受的污染以及朱艳红的悲惨遭遇都十分同情，所以她对于兰星化工厂并无好感。

赵露打扮得十分精致，浑身上下都是奢侈品牌，脸上毫不掩饰自己的优越感。对于乔风歌的询问，她还算配合，但大多数回答都很敷衍。

"关于红村村民们一直反映兰星化工厂排污问题的状况，你了解多少？"乔风歌在问询尾声的时候忍不住问道。

赵露闻言一变，她没想到乔风歌会突然从大哥的死转移到公司的环保问题。

"这些村民就是想讹钱，我们工厂有全世界一流的环保设施，环保局也多次来厂里检查，证明工厂排放达标……"赵露照本宣科似的说着兰星化工厂的安全标准，就像乔风歌无数次在新闻稿件里看到过的那样。

乔风歌皱皱眉头，赵露的回答把所有责任推得一干二净。

"我们来是要求警方尽快破案，还我大哥一个公道！怎么感觉你们现在把我当嫌疑人一样地问来问去？"赵露小姐脾气上来，语气开始有些不耐烦。

"别误会，我们也是为了破案，必须了解各方面的信息。"乔风歌没有再问，她不觉得能从赵露或者赵光全的家人这里问到什么线索。在她看来，朱艳红和郭建国才应该是调查的主要方向。

通过分别询问，赵暮云得到的信息基本与前期的调查相吻合，赵光全失踪的时间是在 7 月 24 日下午五点之后。那天下午四点五十分左右，赵光全离开公司，当天他并没有让司机送自己，而是一个人驾车离开，他也没和任何人交代自己去了哪里。

赵光全的死亡时间是在晚上八点三十分左右，也就是说朱艳红的同伙是在五点到八点三十分之间对死者实施的绑架，除了蒙蕙兰，其他人在这段时间都有不在场证明。

赵暮云从问话中还得到一些有意思的信息，赵光全无论是在公司还是在家里，都十分强势，与亲人的关系并不融洽。

首先是赵光全的妻子龚丽丽，对于警官的询问，她回答得十分有条理，但让人不解的是她在整个询问过程中，除了回答问题，并没有像其他亲属那样追问赵光全被害的详情。

"龚丽丽对丈夫的死有些漠不关心。"负责询问的警员向赵暮云汇报的时候，也提到了这件事。

其次是赵光全的弟弟和弟媳，他们对赵光全的事情一问三不知，只是反复说着"想不到啊"，对于哥哥的死深表同情，却看不到有多么悲伤。

这么一大家子人，唯一能感受到悲伤的怕是只有蒙蕙兰了。

对于朱艳红遗书中所说的，对赵露贪污公司环保费用的指控，赵家人则是不出所料的统一口径，认定是朱艳红的污蔑。又因为案件在侦破阶段不能向外界公示，因此在舆论上还没有掀起任何波澜，估计赵家早就想到结案后如何平息公众愤怒的方法了。

"以前觉得电视剧里豪门恩怨是不是太夸张了，现在看来现实比故事更无情啊。"乔风歌语气里有几分讽刺。

"有钱人家是矫情一点，个个都是戏精。"于德正在一旁附和。

"你们啊，还有工夫八卦，赶紧的，给我去干活！"赵暮云把手里的文件卷成"棍子"，敲打乔风歌和于德正。

乔风歌离开警局，她打算再去找一趟严凯，上次自己显然是被他骗了。郭建国见完严凯，连他的孩子都没顾上看，就去了爱民街，一定是严凯告诉了他什么事情。当然，这次为了要让严凯老老实实说真话，她做足了准备。

不过她才刚走出门，就看到严凯背着一个包，在公安局门口焦虑地走来走去，仿佛热锅上的蚂蚁。

"严凯！"乔风歌叫了一声。

严凯看见乔风歌，心里一慌，转身就走。

乔风歌健步如飞，追上严凯，用一套标准的擒拿动作把他制服。

"痛……痛……乔警官，放……放手……"严凯的脸贴在墙上，双手被乔风歌扭住。

"鬼鬼祟祟的，怎么看见我就跑？"乔风歌手上一使劲，严凯又是一声哀号。

"我哪有跑？我只是走得快了点。我……我是来自首的！"严凯大叫道。

"自首？"乔风歌放开了严凯。

严凯转过身来，甩甩手臂，叫苦道："乔警官，你下手也太重了。"

"如果你不老实交代，还有更重的！"乔风歌举起拳头。

"别……别……事到如今，我真的是来自首的。"严凯长叹口气，"我舅舅周揆不见了，现在连郭叔叔也不见了……"

"究竟怎么回事？说清楚点！"

严凯抹了抹额头的汗，舔舔嘴唇，从他帮周揆扮演黑客 K 讲起，到他去找郭建国寻求帮助为止。

乔风歌听完他的讲述，有些难以置信。

"你有这本事？"

严凯捡起掉在地上的背包，拍拍灰尘，拿出笔记本电脑，输入代码，顷刻间，电脑屏幕上出现了数十个监控摄像，正是公安局周围的监控摄像头。

乔风歌这时完全相信了。

"我知道这是不对的，但是我从来没有用这个来干坏事，只是学术研究，舅舅求我帮忙，我才用这套系统帮他找任波，没想到……"舅舅和郭叔叔如今都失踪了，严凯感觉事态失控，心里害怕，再也按捺不住，决定来公安局报案，正巧被乔风歌碰到。

"学术研究？亏你还是大学生，根据刑法，你这叫非法侵入计算机信息系统罪！"乔风歌心里也没底，但为了吓住严凯，不由把话往大了说。

"乔警官，你也别吓我，这事可大可小，但是如果报到学校，我肯定是完蛋了。"严凯收起电脑，他早就做好了心理准备。

"你还知道怕啊？那天我找你谈话的时候，你如果说真话，也不会是现在这个情况。"乔风歌差点说漏嘴，关于赵光全被杀一案目前还是保密阶段。

"我无所谓了，只拜托你们尽快找到我舅舅和郭叔。"

"你现在醒悟还不算晚，我给你个戴罪立功的机会。"乔风歌一手提起严凯的电脑包。

"戴罪立功？"严凯一脸愕然地看着乔风歌。

"不错，你协助警方办案，也就不算是违法犯罪了。"乔风歌倒不是开玩笑，严凯自己编写的这套程序相当迅速，关键是可以随时随地查看，便捷性无与伦比。

"可是……"严凯有些丧气，"对方要是遮挡住脸，系统就根本没法用，所以找不到……"

"方法不对！"乔风歌打断他的话，"小朋友，光有技术不行，还要有脑子！"

"小姐姐，看你警服上的肩章，你应该不比我大多少吧。"严凯看着乔风歌的警服，肩章光光溜溜，有些不服气地说道。

"少贫嘴，选吧，去局里交代问题，还是跟我走？"乔风歌一瞪眼。

严凯连忙露出讨好的笑容，说道："当然跟美女走！"

乔风歌带着严凯去了一家书店，这家书店她休息时间常来光顾，环境舒适，人少安静。

他们找了个僻静位置坐下来，乔风歌找老板要了两杯白开水。

"乔警官，你这也太小气了吧，起码请我喝杯果汁啊！"严凯看着杯子里的水抱怨道。

"想喝什么，吃什么，自己掏钱买。"乔风歌喝了口水。

严凯抬起手，想自己叫点吃的，可乔风歌瞪了他一眼。

"好，好，先做事。"严凯把手缩回来，"想让我怎么做？"

"在你的系统里找一下这个女人。"乔风歌从手机里调出朱艳红的照片。

"她是谁？"严凯好奇地问道。

"与警方合作的第一条就是不该问的不要问！"乔风歌冷语回道。

"那是查她现在的位置吗？"严凯拿过乔风歌的手机，把照片传送到自己电脑里。

"查她7月24日一天的行踪。"

"好的。"严凯在电脑上开始操作，十几分钟后，系统返回了结果。他本以为系统至少会查找到数百张照片和视频，但是却只有十几张图片和视频。

"乔警官，这是找到的图片和视频，你看一下。"

乔风歌接过电脑，浏览严凯找回来的这些图片和视频，看完后，她摇了摇头，有些失望，说道："你找到的这些，警方也都有，没有价值。"

严凯脸上一红，咬咬牙，为了在美女面前争个面子，决定豁出去。

"我还有一些办法，除非这个女人也把脸遮起来了，不然……或许能找到更多线索。只是……这需要一些时间。"

"多久？"

"大概一个小时。"严凯伸出一根指头。

"我等你。"乔风歌说着向后靠了靠，回过头，"老板，麻烦给我一杯橙汁和一份提拉米苏。"

"谢谢。"严凯一看有吃的立马说道。

"我自己吃的。"乔风歌泼了他一盆冷水。

"哦。"严凯低下头，默默开始工作。

乔风歌悠闲地喝着果汁，吃着蛋糕，随手拿起一本书翻看起来。

严凯敢怒不敢言，只能埋头苦干。

"找到了！"严凯忽然叫了一声。

乔风歌被他吓了一跳。

严凯发觉到自己的失态，连忙捂住嘴，好在这时书店里除了他们，并没有其他顾客。

"发现什么了？"乔风歌挪到严凯这边。

严凯找到一段视频，只是这段视频并非监控摄像头拍摄的，而是有人用手机近距离从侧面拍摄到的朱艳红的画面。

从场景上看，视频是在公交车上拍摄的，画面抖动，朱艳红坐在公交车左边靠里的位置。

拍摄者多半是个变态男，从角度判断应该是坐在她右边座位上的乘客。镜头焦点大部分时间都放在朱艳红的胸口和大腿上，而且很明显是在偷拍。

视频里的公交车报站声十分清晰，也由此可知，这正是一辆从红村开往市区的公交车。

朱艳红穿着红色吊带裙，看起来性感诱人，她全程都在看着手机，那是一部红色手机，大众品牌，款式新颖。她的注意力完全在手机屏幕上，手指跳动，似乎在发送什么信息，所以完全没有注意到旁边有人正偷拍她。

"暂停一下。"乔风歌指着电脑屏幕说道，"对，这里，再回退一点点。"

严凯依言操作。

"这个位置，手机能放大吗？"

"没问题。"

严凯选取好放大区域，把图片放大，然后再进行清晰化处理。

这个时候，他们都可以看到朱艳红手机屏幕上的部分内容。

朱艳红手机上的界面是一个聊天软件，但乔风歌和严凯都没见过，很显然这并非一个大众软件。严凯已经很努力提高图片的清晰度，但是没办法看到手机上具体的聊天内容，只能模糊地看到文字块。

不过在聊天软件的右上角，他们可以看到一个非常醒目的骷髅头图标，这个骷髅头很特别，它被一把刀从下至上贯穿。

"这个骷髅头好奇特。"严凯忍不住说道。

"我好像在哪里见过……"乔风歌看着骷髅图标，她忽然想起在胡秀芳办公室的抽屉里她曾经见过一个钥匙扣，造型和这个图标一模一样，当时她还觉得有些特别，所以拍了一张照片。

乔风歌拿出手机，找出那张照片，果然钥匙扣上挂的骷髅头和手机上软件的图标一模一样。

朱艳红和胡秀芳这两个看似毫无交集的人，仿佛突然间有了联系。

"严凯，你能在网上搜搜这个图吗，看看什么地方还能找到类似的图案。"

"我试试。"严凯通过网络搜索引擎寻找类似的图片，但是他试了好几次，都找不到这种骷髅图的图片。

"奇怪了，网络上完全找不到。"严凯皱皱眉头，他觉得有些不可思议，只要有人在使用，这些图片就难免不在网络上留下痕迹，可是偏偏这个骷髅图完全找不到。

"怎么可能呢？明明朱艳红的手机上有这样的图标，为什么网络上搜不到类似的图？"乔风歌有些想不明白。

"只有一种可能。"严凯双手交叉，神情严肃。

"别卖关子，快说！"乔风歌催促道。

严凯抬起头，看着乔风歌，吐出两个字："暗网！"

乔风歌闻言浑身一震，她只在电影里听说过这个词。所谓暗网，也就是隐藏的网络，这些网络数据、信息、资源等都无法通过标准的搜索引擎访问。简而言之，普通大众能搜索到的网络内容，称为"明网"，大约占整个网络世界的百分之四，不过是冰山一角；而其余的百分之九十六则是普通人触碰不到的地方。暗网里充斥着令人无法想象的事件和交易，可以说暗网中隐藏着人性最黑暗的部分。

"那你有办法找出来吗？"乔风歌直接问道。

"大海捞针！"严凯摇摇头，"没有访问地址，根本不可能。"

"我去想办法。"乔风歌站起来，她要去胡秀芳的公司拿那个钥匙扣，找到它的来历，或许能发现什么。

"那我呢？还可以做些什么？"严凯连忙追问道。

"我会再联系你。"说完，乔风歌匆匆离开。

严凯看着乔风歌的背影一时有些发呆，这位女警官跳跃的思维和雷厉风行的做事态度让他印象深刻。他想想自己目前也无能为力，只能先回家再说。

在书店门口，严凯打算离开，却被店员拦下来。

"先生，麻烦结一下账。"店员满脸笑容看着严凯，亲切地说道。

天湖别墅小区最深处矗立着一栋三层高的独栋别墅，仅从院外观望就能窥见花园的瑰丽，这栋别墅正是赵家的大宅，平时这里只有蒙蕙兰一个人住，三个子女已经长大，拥有了各自的事业和家庭。蒙蕙兰并不像有些老人，喜欢儿孙绕膝，她更喜欢安静，所以家里除了她，就剩下几个用人。

不过今天的赵家大宅却格外热闹，大儿媳、二儿子、二儿媳、小女儿，以及公司高管、大股东都齐聚一堂。

蒙蕙兰虽然作为公司最大股东，但平常不理会公司的事务，可眼下集团董事长意外身亡，公司产生重大变故，她不得不出席股东大会。蒙蕙兰不喜欢去公司，所以把会议安排在家里。

餐厅里长长的餐桌比起公司会议室的长桌毫不逊色，十几个人坐下来倒也不挤，蒙蕙兰坐在主位，左手边主要是赵氏家族的人，右边的股东则是管理层和其他股东。

"刘明毅，你是公司的总经理，关于董事长的人选，有什么提议？"蒙蕙兰靠在软椅上，语气轻缓，似乎漫不经心地问道。

刘明毅是兰星化工公司的总经理，四十不到，海外归来的博士，在公司已经干了三年，持有的股份可以忽略不计，属于公司高层管理人员。

"公司近几年在董事长的带领下，业绩突飞猛进，已经破了千亿市值，并且开始进军国际市场，没想到会发生这样的事情，实在是公司莫大的损失。"刘明毅以悲痛的语调做了开场白，然后又讲了一大堆公司目前的机会和困难，但就是没说提名谁来做董事长。

"刘总，现在不是公司经营会，是推举董事长的会议。"一位独立董事有些不耐烦了，直接打断了刘明毅的演讲。

刘明毅看了看独立董事，并没有生气，反而点点头，说道："我想说的也就是提醒各位尊敬的董事，董事长的人选需要对公司情况十分了解，熟悉公司业务，并能带领公司继续前进的人。"

"刘总这么一说，我提议一个人选。"这个时候，公司副总经理杨波把目光投向蒙蕙兰。

"杨总说吧。"蒙蕙兰点点头。

杨波虽然是副总，但却是公司二十几年的老员工，年轻时就跟着赵立勋一起创业，如今持有的公司股份比总经理刘明毅更高。

"我推荐赵露董事，同时她也是公司的财务总监，对公司各方面情况十分熟悉，是最为合适的人选。"杨波说着，便以慈爱的目光看着赵露。

杨波说完，有几个其他董事也附和着同意。

"各位董事，感谢你们的信任，只是我资历太浅，还需要时间锻炼进步。"赵露谦虚地说道。

"赵总太谦虚了，你的能力有目共睹。"刘明毅此时也站出来表示对赵露的肯定。

刘明毅表态后，大多数董事也都表示了赞同意见。其实人选是显而易见的，赵家在公司掌握绝对控制权，如今赵光全离世，那么接任的人必然还是赵家的人。老二赵启星一直在外面做自己的事业，从未沾手家族生意，所以接任董事长的可能性不大，剩下的只有赵家的女儿赵露，虽然年纪轻，但毕竟在公司担任财务总监，如今正好顺理成章接任董事长。

所有人都把目光投向蒙蕙兰，只等着她最后拍板，会议就可以结束了。

"我提议龚丽丽接任公司董事长。"蒙蕙兰的眼神扫过众人，不缓不急地说道。

整个餐厅里顿时一片安静，谁都没有想到蒙蕙兰会提议让大儿媳龚丽丽担任董事长。

龚丽丽算得上是个小明星，年轻漂亮，和赵光全结婚不过三年，他们甚至还来不及要孩子。而且根据婚前协议，龚丽丽无法继承赵光全的股份和大部分财产。

"妈妈，小丽不持有公司的股份，做董事长恐怕不是太合适……"

二儿子赵启星第一个提出了反对意见。

"不错，根据他们的婚前协议，赵光全过世后，他的股份自动转入家族信托基金，不过作为基金的所有人，我决定把光全的股份转入龚丽丽名下。同时，我本人股份的表决权也委托给龚丽丽女士。"蒙蕙兰打断赵启星的话，有条不紊地说道。

桌上，除了蒙蕙兰和龚丽丽，其他人都是面面相觑，不明白蒙蕙兰葫芦里卖的什么药，把偌大的一个公司交给儿媳？

天贡山方圆百里，山势起伏连绵，不过因为这里没有被开发成旅游区，所以人烟稀少，夜里甚至能听到野兽的嚎叫。

郭建国和周揆两个人在大山里已经走了两天，他们从木屋里带出两把铁锹、一顶帐篷、两个水壶、两只电筒、两个充电宝、一个指南针和一箱压缩饼干。这些东西早就有人为他们准备妥当，根据手机上的指示，他们要在大山里挖一样东西，至于是什么东西，他们不知道，在哪里挖也并不具体。对方只给他们留下一个谜语：太阳的尽头，女神落下的眼泪。

"太阳的尽头"这句话倒是不难理解，他们分析了一下，觉得应该指的是方向，也就是西边。可"女神落下的眼泪"就实在是有些令人费解，"女神"指的是什么？"眼泪"又从何而来？他们两个想破脑袋也想不出来，最后决定走一步看一步，或许到了那个地方就能找到线索。

在这两天里，红色手机再也没亮过，但是郭建国反复确认过手机里还有电，而且他每天也会用充电宝把手机充满，确保不会漏过对方的任何信息。郭建国希望对方能再多发一些胡秀芳的视频，让他知道妻子仍旧安全。

郭建国一开始建议周揆先离开，他自己一个人去找，但是周揆很仗义地当即拒绝。

"就这么走了，我还是人吗？"周揆搂住郭建国的肩膀。

郭建国有些感动，他没有说出自己见过严凯，更没提周揆骗他钱的事情。他心里明白，周揆这一年不容易，公司没有盈利，他又没有储蓄，还背着债，负担比自己大得多，郭建国相信，如果不是没有办法了，对方也不会这么做。

郭建国这些日子遇到的离奇经历，让他的想法发生了许多改变，比起陪伴在自己身边的人，钱真没那么重要。如果花钱能把胡秀芳赎回来，多少钱他都愿意。可惜没有如果，现在他眼前只有一个救胡秀芳的办法，就是拼命！他不知道对方的目的到底是什么，背后有什么阴谋，这种看不到前路的感觉固然可怕，但是他绝对不会放弃拯救妻子。

山道崎岖，郭建国和周揆举步维艰，虽然走了两天，但走得并不远。

这夜，他们找了块空地，支起小帐篷，点燃篝火。远处不时传来几声野兽的低鸣，让人不免有种时空错乱的感觉。

"对方会不会是耍我们？"周揆脚都起泡了，一边挑水泡，一边骂道。

"费这么大功夫不会就为了耍我们。"郭建国苦笑，喝了口水，往嘴里塞了块饼干。吃了两天的饼干，郭建国闻到它的味道都想吐，不过走了一天，实在是饿极了，总比吃树皮要好一些。

"如果要我们做什么事，就说个清楚，打什么谜语，以为是在玩游戏啊！"周揆穿上袜子，在帐篷里平躺下来。

"游戏"两个字让郭建国心里一颤，虽然这只是周揆一时的气话，但想起来却有几分道理，他感觉自己就像被人操控的角色，正一步一步走向未知的深渊。

一旁的篝火发出"噼噼啪啪"的木柴燃烧声，夏夜星空一片璀璨。郭建国看着满天繁星，脑子里却不时闪现出朱艳红把刀刺向自己咽喉时的眼神。那双眼睛里，没有恐惧，没有遗憾，甚至没有对生的一丝留恋，那是真正绝望的眼神。还有那个被割喉的男人又是谁，朱艳红为什么要杀他？而最重要的是，这些又和妻子的失踪有什么联系？

郭建国想到这些，忍不住长长叹了口气，而此时，身边却传来周揆的鼾声。他有时候还真是挺佩服周揆，简直"没心没肺"，遇到什么事，都能睡得安稳。他从口袋里摸出那部红色手机，屏幕依旧漆黑一片，无法开机。

"会不会大山里没有信号？"郭建国自言自语，又把手机收好，打算明天爬上附近的山峰，在高处或许会不一样。可就在这个时候，郭建国感觉到裤袋里的手机振动了一下，他急忙又把手机掏出来。

一行红色刺眼的字在屏幕上闪烁：找到东西后，杀死周揆！

恰在这时，周揆翻了个身。

郭建国不由浑身一颤，手机掉落在地。

周揆鼾声又起，睡得香沉。

郭建国轻轻捡起手机，发现屏幕又黑了，再按什么都没有反应。他收起手机，看看周揆，伸出手，想要叫醒他，可一想到胡秀芳求救的眼神，他不由缩回了手。

天空中的星星闪烁不息，开始慢慢变得模糊起来，倦意阵阵袭来，郭建国终于还是闭上了眼睛。

第八章

直播

乔风歌再次来到胡秀芳的公司，想找那个骷髅头钥匙扣，不过胡秀芳因为离开公司太久，她的办公桌已经被清理干净。乔风歌几番查证，才知道胡秀芳的私人物品被清洁工收捡后放进了杂物室。

乔风歌在杂物室里翻箱倒柜，终于找到骷髅头钥匙扣。她第一次看见钥匙扣的时候只是觉得新奇，并没有太留意，这一次拿在手里不免仔细端详。

钥匙扣的材质看起来像是铜制，打磨精致，握在手里感觉有些分量，不像是那种批量生产的街边货。乔风歌在钥匙扣底部发现了一个非常小的印记，用手机上的放大镜功能一看，是一个繁体隶书的"陈"字。她初步判断这个钥匙扣应该是某个制铜工坊的定做款，而这个落款显然就是一个重要线索。

乔风歌在网络上搜索关于这个印记的线索，她找到一家叫作"铜匠"的工坊。

"铜匠"在购物网站上有店铺，接受买家的订单，为各种不同需求的买家打造铜制品，在小圈子里十分受欢迎。"铜匠"这家店的老板正是姓陈，他们店铺出品的铜器无论大小，都会打上自家的印记。

乔风歌查到这家店铺的实体地址，正是在武口市，于是亲自找上门去。"铜匠"在一个小院子里，门口挂了个不太显眼的铜招牌，不过附近的居民都知道这里，乔风歌问了路人，很顺利地找到了位置。

走进院子，乔风歌一眼看到三个博古架，靠墙而立，上面摆放着已经做好的铜器。在院子后面，有个作坊，一个穿着工作服的年轻师傅，正埋着头打磨铜器。师傅听到脚步声，抬头看到了身着警服的乔风歌。

在亮出了证件后，乔风歌询问道："你好，是陈师傅吗？"

陈师傅摘下口罩，说道："是我，警官有什么事吗？"

"有件东西，想请你帮我看看。"乔风歌走上前，拿出钥匙扣。

陈师傅接过来，看了看。

"这个钥匙扣是您做的吗？"

"不错，我有印象，是我做的。"陈师傅点点头。

乔风歌面露喜色，自己总算没有白跑一趟。

"陈师傅这里还有客户的资料吗？"

"应该有的，我找找。"陈师傅用一旁的毛巾擦擦手，解开工作围裙，领着乔风歌进了里屋。

屋子里有一台电脑，陈师傅打开电脑，搜索了一下历史订单，找到了客户的信息。

"收件人胡小姐，手机号码、地址……都在这儿。"陈师傅指着电脑上的记录说道。

乔风歌看了一眼手机号码和地址，就确认了下订单的人正是胡秀芳。

"陈师傅，这个钥匙扣的样式是你设计的吗？"

陈师傅摇摇头，说道："这个钥匙扣我印象挺深，因为是客户提供的图纸，让我照着做。"

"图纸还在吗？"

"应该还在，我找一下。"

陈师傅在电脑里找了一会儿，调出一张图片，图片内容和朱艳红手机 APP 上看到的那个骷髅头标志一模一样。

"陈师傅，除了这位胡小姐，还有其他人让你做过类似的东西吗？"

陈师傅想了想，摇摇头，"没有了，就这么一个。"

乔风歌此时非常确定胡秀芳和朱艳红应该都是某款手机软件的用户，该软件没有在大众已知的软件下载平台中上架，甚至连严凯这种黑客大神也无法找到，因此使用这款软件的人一定有自己的特殊途径。既然如此，那近期牵连在一起的几件案子是否背后都有这款软件的身影呢？乔风歌这时忽然想起一个人。

"陈师傅，麻烦你将这个图发给我。"

乔风歌急匆匆地赶回警局的证物室，寻找郭建国的手机。

郭建国的手机遗落在朱艳红的杀人现场，这一直是这件案子的重要疑点，鉴证科对这部手机做过调查，并没有发现和案件有关的内容，不过当时的调查主要集中在朱艳红和赵光全的死亡原因上。如今有了新的线索和调查方向，乔风歌决定对手机做进一步的检查。

技术信息部门根据乔风歌的意见，对郭建国的手机开始有针对性地检查，寻找可能隐藏在手机里的软件。

"乔警官，久等了。"信息科的小王已经对乔风歌很熟悉了，知道她是个急性子，所以不敢耽误，连夜就开始对郭建国的手机进行全面清查。

小王发现乔风歌坐在门外的椅子上没反应，定睛一看，才发现她睡着了。

"乔警官，乔警官。"小王走出来，轻轻拍了拍乔风歌的肩膀。

乔风歌"嗖"的一下惊醒，整个人弹起来。

"啊……小王……查到了？"乔风歌一抹头发，急忙问道。

"不急，不急……"小王从口袋里掏出纸巾递给乔风歌。

乔风歌回过神来，发现自己下巴有点湿湿的，急忙接过纸巾擦擦嘴，脸上一红。

"我说乔警官，你这是玩儿命啊，让你回家等，有消息肯定第一时间通知你，你怎么在这儿睡了。"小王嘴上虽然这么说，但是真心佩服乔风歌这种不要命的工作态度。

"时间紧迫，现在还有四个失踪的人！"乔风歌挺直腰杆，"小王，快说吧，查到什么了？"

"按照你给的信息，我们在郭建国手机里发现了一个隐藏区域，里面有一个 APP 正好和你提供的图片是一致的。"说着，小王拿出郭建国的手机。

"APP 能启动吗？"乔风歌拿过手机，果然在手机界面上看到了那个骷髅头图标的软件。

"很奇怪，启动后是一串十六进制的编码，目前我们还在想办法破解，可能需要一段时间。而且我们检查发现这个 APP 从来没有被激活过，可能郭建国本人都不知道自己手机里有这么一个东西。"小王解释道。

这个时候乔风歌已经启动了 APP，正如小王所说，手机屏幕闪了几下，然后就跳出一长串由英文和数字组成的字符。

乔风歌用自己的手机给这串字符拍了张照片。

"小王，把这个骷髅头程序发到我邮箱，我先自己查一下，你这边有消息尽快通知我！"乔风歌说着做了一个打电话的动作，然后就往外跑。

"小心点……"小王看着跌跌撞撞往外跑的乔风歌，忍不住看着她的背影叮嘱道。

乔风歌急匆匆从警局出来，是因为她想到有个人或许可以快速破解这串字符，那就是周揆的外甥严凯。她亲眼见到严凯开发的人脸智能识别系统有多么强大，这个大学生确实能力出众。如今时间紧迫，她也只能另辟蹊径，因为胡秀芳、任波、周揆和郭建国都相继失踪，他们的生命正受到威胁，必须尽快找到线索！

严凯见到乔风歌来找他，以为舅舅和郭叔叔的事情有了消息。不过乔风歌带来的并非他想要的信息，而是一串长长的十六进制字符。

"警方在一个当事人手机里发现了骷髅头APP，但是启动后，弹出这么一串字符，你看看能不能破译？这对于找到周揆和郭建国是一个极其重要的线索！"乔风歌暂时不打算将这个软件是从郭建国手机里发现的这件事告诉严凯。

"我试试……"严凯抓抓头。

"你能不能打起点精神，有个认真做事的样子！"乔风歌看见严凯一副吊儿郎当、没睡醒的样子，心里就着急。

"小姐姐，现在早上六点都不到，我回去洗个脸，吃完早餐就开工，有消息通知……你。"严凯昨晚凌晨两点多才睡，早上五点多又被乔风歌吵醒，如今哈欠连天。

"记住，不要耽搁！"乔风歌无可奈何，如今也只能等待，无论是信息科那边，还是严凯这边，他们都需要时间。

严凯转身离开，不过没走几步，他突然想起一件事。

"乔警官，留步。"

"有线索了？"乔风歌欣喜。

"不是……那个上次……上次书店里蛋糕加咖啡一共是一百一十七，乔警官，是我帮你垫付的……你看是不是那个什么一下？"严凯伸出手。

一滴滴晶莹的露水从树叶上滑落，正好滴在帐篷上，发出"哒"的一声。

郭建国恍惚间醒了过来，却没看见周揆的身影。他急忙走出帐篷，寻找周揆。

此时天刚蒙蒙亮，林子里不时传来几声清脆的鸟叫。周揆抱着刚刚采回来的野菌，从林子那头深一脚浅一脚地钻出来。

"老郭，醒了，来，帮着生火！"周揆笑嘻嘻地说道，仿佛他们是在露营，"吃饼干吃到我想吐，早餐来点补的！"

"你可真行啊！"郭建国苦笑着蹲下来，开始生火。

"兄弟我今天给你露一手，让你尝尝纯天然的美味菌菇汤。"说着，周揆就开始忙活起来。

"我这还是第一次看见用铲子煮汤的。"郭建国看着两把架在篝火上的铲子，有些不放心。

"铲子我都洗干净了，没问题！"周揆先尝了一口。

"咋样？"

"美啊！"周揆用树枝当筷子从铲子里夹出一朵肥大的菌菇塞进嘴里，"你快尝尝。"

郭建国半信半疑，不过他肚子确实有些饿了，于是小心翼翼尝了一口。

味道有些清淡，带着一丝丝甜，菌菇鲜香扑鼻，对于吃了好几天饼干的他们而言，属实算得上是难得的美味佳肴。

两个人狼吞虎咽的样子，如果被第三个人看到，一定会笑出声。

"胖子，我看咱们回去把公司关了，开个餐馆吧。"郭建国放下铲子，提议道。

"没问题，你出钱，我掌勺！"周揆把菌菇全吃完了，到最后连铲子都给舔干净了，意犹未尽。

郭建国和周揆吃完早餐，收拾好帐篷和背包，继续往西走。挡在他们面前的是一座巍峨的山峰，也是天贡山的主峰——神女峰。

严凯把自己关在房间里，叮嘱父母不要随便进来，开始研究乔风歌给他的这串字符和骷髅头软件。正如乔风歌所说，只要启动APP，就会跳出字符，并且系统会锁死，必须重启机器。

当然这些小手段并没有吓到严凯，他也能做同样的事情，只要是程序，就一定是用计算机语言所编制，即使加密，破译也只是时间问题。如果按照正常的手段去反破译，工作量巨大，恐怕要耗时不少。严凯常常自诩是计算机天才，其实他自己也明白，天才倒是未必，不过他喜欢偷懒，喜欢偷懒的人有个优点，费力的事情绝不做，要找到更简便的方法。

数学公式、程序模型、数据优化……所有这些，他都尽量寻找比传统方式更为简便的方法，有些找得到，有些找不到，但是不要紧，这培养了他敏捷的思考习惯。现在，面对这个大难题的时候，他同样开始寻找更容易的那条路。

乔风歌本想回家洗个澡，换身衣服，半路接到闺密杨莉的电话，她才想起来今天是杨莉婚礼彩排的日子，她这个伴娘再忙也要去走台。虽然她对于婚礼是否有必要变成舞台剧持保留态度，但结婚对于杨莉来说是件大事，只要她觉得好，乔风歌都会尽心尽力去做。

排练的场地在一个小礼堂，主要内容简而言之就是再现电影《大话西游》里的场景，新郎扮演孙悟空，而新娘则是紫霞仙子，然后配合舞台特效和唱歌，试图呈现出完美的婚礼仪式。乔风歌起初刚一听到这个创意，心里直打鼓，别的不说，这孙悟空和紫霞仙子可没个好结局，合适用在婚礼上吗？不过看着兴奋的杨莉，她没有把这话说出口。

乔风歌赶到小礼堂的时候，神仙和妖怪们都齐聚一堂，就差她这个扮演白骨精的女二号。

杨莉看到乔风歌，高兴地拉住她的手。这里大多数人乔风歌都认识，很快一帮人就闹作一团。不过，乔风歌却没看见新郎于志伟。

"你老公呢？"乔风歌问道。

"他啊，最近天天抱着个手机，我去叫他！"杨莉说着把乔风歌拉到一边，低声问道，"风歌，我哥哥那边有消息了吗？"

乔风歌摇摇头，说道："警方只查到他最后出现的地点是在兰星化工厂，那之后他去了哪里就没了线索。"

"我听说他一直举报兰星化工厂污染的事情，会不会是化工厂的人……"杨莉想到了一个可怕的可能性，顿时脸色苍白，没法再继续往下说。

乔风歌内心也有这样的想法，但没有证据，她没办法说服队长立案调查。

"我们正在调查，你放心，一有消息我就会通知你。"

就在这个时候，于志伟笑着走过来和乔风歌打招呼。

"风歌，你可算来了……"于志伟看到杨莉眼睛红红的，关心地问道，"莉莉，怎么了？"

"还好意思问，我家小公主还没嫁过去，你就敢冷落她了？"乔风歌帮杨莉解围。

"哪敢，这不是等你来嘛！"于志伟匆忙收起手机，有些尴尬地笑了笑，算是把责任全推给了乔风歌。

"好了，好了，你们别斗嘴了，快开始吧。"旁边的"牛魔王"催促道。

几个人在导演的安排下，开始走台排练。

乔风歌留意到杨莉似乎有点分心，注意力并不集中，担心她还在为哥哥的事情烦恼。而新郎于志伟也有些心不在焉，不时会拿出手机看，还时不时地低头打字，脸上不自觉地露出笑容。

排练结束后，乔风歌在四下无人的时候，对杨莉说道："莉莉，你哥哥的事情我会继续跟进，你不要太担心，做个漂漂亮亮的新娘子。"

杨莉摇摇头，表示刚刚自己其实并不是因为这件事烦恼。

"那你是……"乔风歌不解地问道。

"我……我把亲生父母的事告诉志伟了。"杨莉终于开口说道。

"那他怎么说？"

"他什么也没说……让我自己拿主意。"

"他也……"乔风歌本想说于志伟太不负责任，但是话到嘴边还是吞下去了，"你也别太担心，无论怎么样，我都支持你！"

说完，乔风歌抱了抱杨莉的肩膀。

就在这个时候，乔风歌的手机响了起来，她一看是严凯打来的，急忙接通。

"乔警官，我这里有进展了，不过可能需要你亲自来一趟！"

"好的，我马上过来。"乔风歌看了看时间，没想到才不过几个小时，严凯那边已经取得了进展。

乔风歌赶到严凯的住处，这才明白为什么严凯说要她亲自来，原因是要钱！

严凯成功破译了十六进制的编码，并顺利启动了骷髅头APP，他还伪造了一个用户名和密码，但是在登录的时候却遇到了麻烦。

用户想要登录APP，必须要支付会员费用，而支付方式是比特币。

比特币是一种数字货币，它基于点对点的网络，去中心化，加密，匿名。因为这些特性，比特币一度成为某些犯罪集团，甚至个人进行非法交易的首选。

"乔警官，比特币你知道吧？"严凯看着乔风歌问道。

"当然知道了，要0.006个比特币，那么大概是……"乔风歌看着手机屏幕上的支付信息，在心里默默换算。

"按照今天的行情，0.006个比特币差不多是三百美元，也就是两千人民币吧。"严凯早就帮她算好了。

乔风歌心里"咯噔"一下，这可是她半个月工资了。

"没问题，我转给你。"乔风歌咬咬牙说道。

不过严凯还是看着乔风歌，一动不动。

"快啊！"乔风歌眼看就要有线索了，催促道。

"那个乔警官，我是学生，没那么多钱垫付，你……还是先转给我吧……最好连上次的钱一起……"严凯有些尴尬地说道。

乔风歌白了一眼严凯，不过她还是立刻把钱转给了他。

严凯收到钱，眉开眼笑，立马换了比特币，支付了费用。

"欢迎来到狩猎直播！"手机一闪，一行红色的欢迎文字伴随着骷髅头标志出现在屏幕上。

"进去了！"严凯深吸了一口气。

乔风歌盯着屏幕，握紧了拳头。

一个骷髅头进度条接着闪出来，当红色的血液灌满这个骷髅状的进度条后，手机屏幕上出现了画面。

"郭建国！"

"舅舅！"

乔风歌和严凯几乎同时喊道。

此时手机播放的正是郭建国和周揆两个人在山林里徒步的画面，连他们两人聊天的声音都清晰可闻。除此之外，屏幕上还有许多会员在发送弹幕。

糊涂虫：两个大白痴！

小仙女：今天直播的什么啊，都没有美女！

DK-c：主持人今天怎么安排的？让他们配对吗？好刺激！

各种不堪入目的评论在画面中弹出，让人不寒而栗。

"这是一个构架在暗网上的直播平台。"严凯把手机连上电脑，"这样看得清楚一点。"

"周揆和郭建国是在什么地方？"乔风歌盯着屏幕里的画面，努力想找出他们所处的位置。

"APP 里没有标示，这种树林恐怕到处都是吧。"严凯也完全没有头绪。

"右上角有时间，看起来是同步直播。"乔风歌又看了一会儿，继续说道，"从视频来看，拍摄得并不连贯，使用的都是固定摄像头，有人提前装好，知道他们要去这里。"

"他们会不会有危险？"严凯有些着急了，光是看这些发弹幕的人，就感觉一个个都是变态，接下来绝不会有什么好事发生。

"我们现在必须尽快确认他们的位置。"乔风歌虽然没有直接回答严凯的问题，但是她严峻的表情已经给出了肯定的回答。

严凯急忙操作电脑，他试着找到这些监控摄像头的 IP 地址，但是对方的操作者使用的是专有网络，一时也找不到入侵的办法。

"我们不是也可以发弹幕吗，让我来问，说不定有人知道。"乔风歌拿起手机。

"不行！"严凯急忙拦住，"我们的 ID 是假冒的，系统里没有记录，躲着偷偷看还行，一旦发言，被对方发现，我们不仅打草惊蛇，还会被平台踢出。"

乔风歌放下手机，把目光投向直播视频，此时郭建国和周揆两个人完全不知道有许多人正在注视着他们的一举一动……

周揆已经有好多年没这么累过了，浑身大汗淋漓，身上的衣服就像泡过水一样。当他拉着树干往山上爬的时候，郭建国真担心树会被他庞大的身躯拉断。

"如果让我知道是谁干的，我一定弄死他！"周揆大口喘着气，把整个身体靠在一棵大树上，抬头看着近在咫尺的峰顶，却迈不开腿了。

"都叫你别跟着来了，我一个人能搞定。"郭建国也找了棵大树靠坐下来，他看着周揆的背影，心乱如麻。他能感觉，他们离目标越来越近，绑架胡秀芳的人究竟在前面为他们准备了什么？

"去你的，万一你有什么三长两短，你那两个儿子长大以后问我当时发生了什么，我怎么有脸面对他们？"周揆擦了把汗，拿出水壶喝了一大口水。

郭建国感觉眼眶有些湿润，他假装是额头的汗水滑进眼角擦掉了。

"还有几十米，走，一口气上去！"周揆用力一撑，树干摇晃，他整个重新站起来。

"不用那么急，再坐一会儿。"郭建国手握着那部红色手机，掌心全是汗。

"你瞧你，体能比我还差，丢人！"周揆终于找到机会嘲讽郭建国，他此时觉得越发有干劲，迈开沉重的腿，往上攀爬。

郭建国见周揆往上爬，他也只能紧随其后。虽然只有几十米高，但两个人爬上峰顶也花了大半个小时。

峰顶上有一块平坦的空地，四周开阔，十分适合登高望远，往东看一片田园风光，再往远处眺望还能看到武口市的标志建筑 ——汉昌电视塔。

平地上立着一块残破的石碑，隐约可以看到三个字：神女峰。

"女神落下的眼泪！"郭建国和周揆看到石碑后，不由异口同声地说道。

"这里是神女峰，可眼泪是什么？"周揆环顾四周，可一无所获。

"你听……"郭建国抬抬手，让周揆安静下来。

山顶风声呼啸，可在风声之中还掺杂着"咕咕"的流水声。

郭建国在巨石下发现了一处水源，山泉源源不断地冒出，沿着水道往山下流淌。

"这就是'女神的眼泪'？可真会折腾人！"周揆抱怨道。

"看起来要挖的地方在山下，我们顺着水流的方向下去，应该就是了。"郭建国看着水流的方向。

"还要爬，我真的要累死了，来个痛快的吧！"周揆见又要走，整个人趴在地上，一动也不想动了。

郭建国闻言脚一颤，额头的汗又不自觉地往下流。

乔风歌和严凯通过直播平台，看着正在山顶休息的郭建国和周揆，心急如焚。

"刚才你看到没有，从他们的视角可以看到汉昌电视塔的西侧。"乔风歌此时如获至宝，"能回放刚才的画面吗？"

"我都录下了……不过，你怎么肯定是西侧？"

"广告，塔身上的广告是印刷在西面，我非常肯定！"乔风歌上高中的时候，每天上下学都要经过这座地标。

严凯回放了刚才的视频，果然在画面中可以看到广告。

"看看电视塔西边有些什么山！"乔风歌拿出手机，调出地图，很快她就发现了天贡山。

"天贡山，舅舅在天贡山！"严凯歪头看过地图，确认了周揆和郭建国的位置。

乔风歌急忙拨通了队长赵暮云的手机。

"队长，我查到郭建国和周揆目前就在天贡山，他们很有可能有生命危险，希望能尽快派人去找他们。"

"天贡山？那地方可大得很，有具体一点的位置吗？"

"赵队，你稍等一下。"乔风歌按住话筒，又对比了视频和地图，然后在纸上画了图。

严凯在一旁不敢出声，只是伸出大拇指，他没想到乔风歌还有这个本事，能通过计算等比图，来进一步精确郭建国他们的位置。

"小乔，你现在在什么位置，也在天贡山吗？"赵暮云在电话那头问道。

"我不在……赵队，等我回来再向你做详细汇报，根据我的估计，他们应该是在天贡山主峰神女峰靠西的方位。"乔风歌跟着又看了眼地图，继续说道，"走三号高速，绕过天贡山林区，在凭祥村下高速，应该两个小时能到那儿，我把位置发你手机上。"

"好，我亲自带队过去，保持联系！"赵暮云没有多问什么，经过这段时间的观察，现在她十分信任这个新人。

乔风歌挂断电话，心里稍稍放松几分，她看着还坐在山顶上休息的郭建国和周揆，只能希望他们能多在山顶上待一会儿。

周揆这次不逞强，躺了快一个小时，最后爬起来用"女神的眼泪"洗了把脸，润了润喉，顺便还放了个水。

"胖子，你能不能找棵树去解决，这水待会儿说不定我们还要喝的。"郭建国笑骂道。

"没事没事，流水不腐。"周揆说着，就又俯下身，捧起一口水喝下。

"去你的，以后再也不敢吃你做的东西了。"郭建国被恶心到了。

周揆放肆大笑。

"走吧，下山！"周揆擦擦手，背上背包，顺着山泉往山下走。

郭建国深吸一口气，亦步亦趋跟着周揆往山下走去。

上山容易下山难，他们顺着山泉的流向而行，几乎是手脚并用，屁股贴在地上，连滚带爬才下了山。

来到山下，泉水在这里汇聚，流入一个深潭。潭水宛如美玉，深不见底。

"东西不会在水里吧？潜水我可干不了！"周揆看着潭水直摸脑袋。

"既然给我们准备铲子，应该不会是在潭水里，我们转一圈找找。"

郭建国和周揆围着潭水寻找蛛丝马迹，不过很快他们就看到一个十分显眼的木牌。木牌插在一棵树下，上面明明白白写了两个字：这里。

"混蛋，摆明就是玩我们！"周揆拔起木牌，扔到地上，"我来看看你是不是在里面埋了炸弹？"

说着，周揆一铲子铲下去。

郭建国站在一旁有些发愣，他不时地掏出红色手机看，但是自从昨天晚上那条刺眼的信息后，手机再没有亮过了。

"你愣着干什么，赶紧挖啊。"周揆看着发愣的郭建国，催促他帮忙。

郭建国脑子里一片混乱，他绝不可能杀周揆，可是……可是秀芳怎么办？凶徒会对她做些什么？自己怎么做才能阻止这一切，救出秀芳？

郭建国想到这些，顿时有种窒息的感觉，他深吸一口气，靠在一旁的树上。

"你先挖，我感觉有点不舒服。"郭建国靠在树上，他需要时间整理自己的思绪，想清楚接下来该怎么做。

"没事吧？"周揆回过头，看着郭建国。

"没事，休息一会儿就行。"

"那好，我先挖，我倒要看看这帮混蛋埋了什么！"周揆一铲一铲地继续往下挖，把一腔怒火全都发泄在脚下的泥土上。

周揆本以为东西会埋得很深，但是他只是挖了一小会儿，铲子就碰到一个硬物，发出响声。

周揆蹲下来，用手拨开四周的土，一个铁盒露了出来。

"什么东西？"郭建国想不到这么快就挖出来了，立刻凑上来。

"好像是个铁盒子，拿出来看看。"

"小心一点。"

"我还能怕它？"周揆说着就把铁盒从土里取出来，"你要是害怕，可以先躲远点。"

"去你的！"郭建国自己打开了铁盒。

铁盒里没有炸弹，只是几份文件和银行单据。

不过郭建国的脸色却变得铁青，他想拿走铁盒里的几张纸，却被周揆抢先一步。

周揆看了文件和账单后，脸色一阵青一阵白，抬起头，瞪着郭建国。

"这些是不是真的？"周揆此时脸涨得通红，质问郭建国。

"胖子，你听我解释……"

"解释？你倒是解释啊！你说这些没收回来的货款，怎么全到了你的私人户头？"

"我当时买房缺钱，本想等手头宽裕一点，再把钱补回去，可生意越来越不好做……"

周揆不等郭建国把话说完，扑上去一拳把郭建国打倒在地。他想起这两年来，自己四处借钱，差点连房租都交不上，遭了多少白眼，受了多少委屈！一个中年男人的崩溃，就是从借钱开始。他一个奔四的人，几乎一无所有，但他从没有埋怨过好友，总觉得是时运不济，大的经济环境不好。周揆甚至为郭建国担心，公司生意这么差，他怎么养活老婆孩子？可如今他才知道，他如此信任的好兄弟竟然在公司偷钱，而自己却傻乎乎地背了一屁股债。

周揆此时就像愤怒的公牛，恨不得把郭建国撕成碎片。

面对完全失去理智的周揆，郭建国也不得不奋力还击以自保，两个人因此扭打在一起。

乔风歌和严凯在电脑前看到他们二人突然内讧起来不由瞠目结舌。

直播平台上的观看者们顿时兴奋起来，满屏都是"杀了他！"的弹幕，鲜血和暴力让他们无比兴奋。

乔风歌他们现在只能寄希望于赵暮云能及时赶到，阻止郭建国和周揆的互相残杀。

郭建国因为心虚，所以一直处于防御状态，周揆很快就占了上风，把对方摁倒在地，失去理智地掐住了郭建国的脖子。

郭建国感觉自己气都喘不上来了，情急之下，他摸到手边的石头，不假思索地抓起来砸到周揆头上。周揆猝不及防地被打晕，倒在了郭建国身旁。

郭建国翻身爬起来，立刻上前检查周揆的状况，发现他还有呼吸后心下稍安。

此时那部红色手机又开始在郭建国的口袋里振动。

郭建国急忙拿出手机，自动播放的视频中，胡秀芳正在大喊救命，显眼处飘着无法忽视的红字：杀了他，不然就等着给你老婆收尸！直播 APP 此时竟"贴心"地为观众用分屏的形式呈现了郭建国在手机中看到的画面。

郭建国此刻一手拿着手机，耳边不断传来妻子求救的声音，一手紧握着将好友打晕的石头，石块上沾着斑斑血迹。他紧张得浑身止不住地颤抖，脑海中不断天人交战，却无法得出一个令自己满意的结果。

山里忽然一阵寒风吹来，郭建国打了个寒战，手里的石头跌落在地，发出"砰"的一声。郭建国恍恍惚惚地弯下腰，捡起石块，一步一步向周揆迈去，仿佛做出了选择。

乔风歌和严凯看到郭建国拿起石头，心顿时提到了嗓子眼，虽然两个人在空调房里，但额头仍不断溢出汗水。

"赵队，你到哪里了？"乔风歌再次拨通赵暮云的电话。

"我们已经在林中展开搜索，找了当地老乡做向导，应该快……"

"赵队，你能不能想办法把动静弄大点，时间紧迫！"

"弄大点？"

赵暮云挂断电话，立刻吩咐警员大声呼喊郭建国和周揆的名字。

"郭建国、周揆，你们已经被警方包围了，立刻放下武器！"赵暮云信手拈来。

一时间，山林里呼声四起，那感觉真像有几百警力封山的气势。

郭建国听到警方的呼喊，先是一愣，然后整个人反而轻松了。他抛下石头，看着周揆，自言自语道："兄弟，欠你的我一定还你。"

郭建国环顾四周，把红色手机收好，往传来声音的相反方向跑去。他不能跟警察回去，至少现在还不能。

直播间的观众看到两个人一个逃走，一个晕过去，而且眼瞅着警察马上就到，顿时急了，他们开始疯狂地在弹幕里表达自己的不满，有些人甚至对幕后策划者喊话道这两个人必须死，只要到时候场面能让自己满意，多少打赏都不是问题。

乔风歌看到不断增加的弹幕，里面充斥着无数超出社会道德底线的恶念，不禁想到究竟什么样的人才能策划出这样的"游戏"。那个幕后黑手不仅将人命当作取乐的工具，还将这份对于血腥暴力的渴望精心装点，扩大无数倍地植入到无数观看者的内心。这样的行为无疑是对警方所代表的公权力的无耻践踏。乔风歌暗暗攥紧了拳头，她发誓哪怕拼了自己这条命，也一定要将幕后黑手缉拿归案。

第九章

疯狗

警方在潭水边找到了昏迷的周揆，但是郭建国却消失不见。周揆被送往医院，他醒来后，在警方的劝导下，如实交代了事情的整个经过。

乔风歌本想让赵暮云查看四周隐蔽安装的摄像头，但被严凯劝阻，因为这样做，他们混入平台的事情恐怕就会暴露。对方一旦警觉，很有可能会直接关闭直播平台，他们再想查找进一步的线索就更难了。

乔风歌回到警局，向赵暮云汇报了自己调查的情况。

赵暮云综合目前得到的所有信息，判断有一个非法组织借助暗网的隐蔽性，通过违法直播盈利。胡秀芳极有可能是被他们绑架，而相继发生的几起命案也极有可能与这个组织有关。调查发现这个直播平台的服务器设置在境外，所有的交易也是通过比特币结算，所以追查源头的难度极大。

"你做得对，目前情况下，绝不能打草惊蛇。"赵暮云肯定了乔风歌的谨慎。

不过乔风歌却有些脸红，其实这并非自己的本意，好几次她都忍不住想要冒险行动，关键时候是严凯劝阻了她。

"对于那位严凯同学的协助，应该表示感谢，但是不能让他参与到案件侦破中，要特别注意保护好普通民众的安全。"赵暮云特别叮嘱道。

"是，队长！"乔风歌对于这条命令也十分认同，"直播平台还没有起疑，目前我们伪造的账号依旧能够登录平台，但是直播目前一直处于暂停状态。"

"我已经安排同事二十四小时轮流监控直播平台，一有动静会在第一时间通知。"赵暮云用手指敲了敲桌子，若有所思，停顿了一会儿，继续说道，"我们现在要尽快查明这个直播是通过什么手段拉拢会员的，如果我们能找到其中一个会员作为污点证人，那么对于平台的运作模式会有更清晰的了解。"

"信息科的同事说平台数据传输使用了加密处理，等到他们下一次直播的时候才能设法破译。"乔风歌为了这事早就往信息科跑了好几次。

"下一次直播？"赵暮云皱皱眉头，她很清楚必须在下一次直播到来之前，做出更周密的部署，不然恐怕会有新的受害者出现。

严凯赶到医院看望周揆。

周揆大多数是外伤，不过脑部因为受到重击，有轻微的脑震荡，需要留院观察。严凯告诉周揆，他找过郭建国，向郭建国坦白了骗钱的事情。

周揆一时愣住了，郭建国遇见他之后，一直没有提过这件事，更别说责问了。

"那又怎么样？他偷走的钱起码是十倍！"周揆气呼呼地从床上起来，拉住严凯，"以后你不准再插手这件事，给我老老实实回学校，不然我告诉你妈！"

"舅舅你放心，我也怕啊，这帮人极度危险，幸亏有你外甥我，要不然……"严凯用手捏捏脖子，他一点没有开玩笑的意思，从他所见来看，这些人组织严密，设备精良，心狠手辣，"他们利用你和郭叔叔的矛盾，让你们自相残杀，只是为了给平台上的人消遣，简直是变态！"

周揆想起自己当时激愤之下，或许真会错手杀了郭建国，不由额头冒汗。

"当时直播里，我看到他们用胡秀芳威胁郭建国，让他杀了你。"

"好在警察来了，救我一命！"周揆庆幸道。

"那倒不是，我看是郭叔没下得去手。"严凯心里明白，警方找到周揆之前，郭建国有足够的时间杀死周揆。

周揆闻言一愣，他隐隐约约记得自己躺在地上的时候听到郭建国说过一句话：兄弟，欠你的我一定还你……

"混蛋，你最好活着回来把钱还给我！"周揆叹口气，望着窗外。

一团浓雾笼罩在四周。

胡秀芳紧紧掐住郭建国的脖子，质问他："你为什么不救我，为什么不救我？"

郭建国想要说话，却感觉自己叫不出声音，远处他听到两个孩子的哭喊声，心急如焚。

"不要，不要……"郭建国惊醒过来，浑身大汗，环顾四周，却看不见胡秀芳，也看不见孩子们。

一场噩梦！

郭建国走到溪水边，用冰凉的水洗了把脸，人才清醒了一些。他拿出手机，屏幕上已经有了新的定位信息。

这两天郭建国一直跟着地图的定位信息在山林里徒步，对方说再给他一次机会，只要他完成另一个任务，依旧可以解救胡秀芳。但是对于这个任务究竟是什么，他目前还一无所知。不过有机会总是好事，他现在知道胡秀芳活着，事情也没有糟糕到令人绝望的地步。

郭建国又想起了周揆，想起对方愤怒的样子。自己为了钱确实做了对不起兄弟的事情，但他真的没想过独吞，只是一时救急，本来打算等赚钱了就把公款补足，然而世事难料，公司业务一蹶不振，还钱的计划遥遥无期。他又一时不好意思向周揆坦白，没想到这件事最终以这样的方式爆发。

绑架妻子的究竟是什么人？他们为何如此清楚自己的事情，又为何安排周揆和自己互相残杀？许多问题盘旋在郭建国的脑海里，却找不到答案，解开这些谜题，或许只有等救回秀芳吧。

郭建国深吸一口气，收拾好东西，继续前进，从导航上看，离目的地并不远了。

他穿过密林，蹚过河水，爬上小山丘后，已经能够看到远处的公路。

顺着山坡下来，看到一块巨大的岩石，岩石下插着一面小红旗，正是对方指定的位置。

郭建国拔掉红旗，杂草里埋着一个软包，包里有假发、新衣服、墨镜、鞋子、车钥匙、一支钢笔和一个文件袋。他打开文件袋，里面有一张照片和一张A4纸，照片上是一个他并不认识的女人，纸上印着照片上这位女人的详细资料。

就在这个时候，手机又振动了一下，对方发来信息通知郭建国，新任务就是绑架这个女人，以及必须在衣服胸口口袋里戴好钢笔，整个行动要二十四小时录像。

郭建国拿起包里的钢笔，仔细一看，才发现这支钢笔是一个设计精密的微型摄像设备，笔头上有一个经过特殊处理的摄像头，看起来与普通笔帽无异。

郭建国遵从对方的指示，换上新衣服，戴上假发和墨镜，在胸口插好"钢笔"。然后他背着包来到公路边，路边停了一辆不起眼的黑色轿车。

郭建国用车钥匙顺利打开车门，钻进车里，打量了一下，虽然内饰陈旧，但还算干净。他拉下遮阳板，忍不住打开背后的镜子，瞬间就看到了里面有些陌生的自己。

龚丽丽今天起得比往日早一些，她晨跑了一个小时，冲凉后换了身白色职业装。她看着镜子里截然不同的自己，一时有些恍惚。

这是一面镶嵌在卧室墙上的落地镜，镜子的右下处有一个不显眼的裂痕，宛如一朵含苞待放的花。

龚丽丽的目光落在这朵"花"上，身体不由一颤，她记得那个夜晚。赵光全抓着自己的头发，把她狠狠摔在地上。

"你这个贱货，是不是和那个男人有一腿？"赵光全凶恶地用脚踩在龚丽丽的背上。

"没有……我没有，他只是向我问路……"龚丽丽满脸惊恐，一边往前爬，一边痛苦地解释道。

"问路？找谁不能问，非要找你！"赵光全蹲下来，再次抓起龚丽丽的头发，把她的头狠狠撞在镜子的右下角。

龚丽丽额头上顿时流出血来。

"不要，不要，光全，不要再打了……"龚丽丽披头散发，泪流满面，浑身颤抖，想要逃走。

赵光全不顾龚丽丽的苦苦哀求，把她死死压在地上，她咬着牙，她能感觉到身体撕裂的疼痛，也能从镜子里看到宛如野兽的赵光全。

"夫人，车已经备好了。"

用人的声音把龚丽丽从回忆里拉回来。

"好的……"龚丽丽深吸一口气，"对了，这面镜子找人来换掉。"

龚丽丽坐车来到公司，今天是她就任公司董事长的第五天，也是她主动召开的第一次管理层会议。

龚丽丽最后一个走进去，步履坚定，缓缓坐到主位上，然后环顾两边，不怒自威，全然没有那种娇滴滴小明星的样子。

龚丽丽先听取了各部门的工作汇报，做出了简单的指示以及工作要求。几个主要部门的负责人以为龚丽丽并不懂业务，但是显然他们想错了，龚丽丽话不多，但句句都切中要害，对于兰星化工厂各方面的业务可谓了如指掌。

"今天召集大家来，除了日常工作，还有一项人事任命。"龚丽丽说到这里，微微一顿，把目光扫过众人，"长期以来，公司在环保生产方面的工作上不够理想，引起社会公众的不满，也给公司带来了极大的负面影响。不管以前是什么原因，但现在有我在这里，那么作为一家承担了社会责任的大型上市集团公司，我们必须做出一些改变。"

"董事长，公司在环保方面一直以来都在持续投入，外面的流言蜇语不足信。"总经理刘明毅出声解释道。

"我看过财务报表,公司确实每年有大量的资金投入环保改造。"龚丽丽把目光投向刘明毅,语气一转,继续说道,"可是我聘请了第三方环境监测机构对工厂周边空气和河道进行了检测,就在昨天,检测报告传真过来了,我想让大家看看。"

说完,两个职员抱着一摞资料走进会议室,把检测报告分发给会议现场的高级管理人员。

"报告上白纸黑字,相信不用我多说了。"龚丽丽面色一寒,"公司花了许多钱,可是效果却不尽如人意,为了改变目前这种状况,我聘请了一位专业人员,担当公司的环保监督。"

管理层这些人即使不看报告,也心里有数,不过环保费用这块大肥肉一直是赵露在吃,如今换了龚丽丽来,竟然对这一块开刀,其他人都是抱着看戏的心态。

赵露也不动声色,她这个时候出来反对不合时宜,她要像猎豹一样,要么不动,要么动起来就一口把龚丽丽咬死。

"张秘书,让他进来。"龚丽丽按下电话,通知秘书。

不一会儿,一个身穿笔挺黑色西装的青年推门而入。

"于志伟,毕业于清北大学环境保护专业,曾就职于省环保厅,有着丰富的环保方向工作经验,以后由他担任公司的环保监督,直接向我负责。"龚丽丽介绍道。

于志伟扶了扶眼镜,微微一鞠躬,抬头露出一个微笑,语气柔和地说道:"以后请大家多多关照。"

乔风歌带着专业设备,重新去了三个案发现场,一个是李文建尸体被发现的地方——任波的家，一个是张晴晴被谋杀的小巷，还有一个是朱艳红杀死赵光全的公寓。她在狩猎直播平台上曾经看到一些会员发出的弹幕，内容涉及以前的直播内容，而这些言语间所说的直播很像是以前发生的案件，她怀疑这些地方或许也有安装隐蔽的摄像头。

可她细致地检查完这三个地方，却什么都没有发现。换而言之，极有可能在直播完成后，有人重返现场拿走了用来直播的摄像头。正如赵暮云的推测，背后的人是专业的犯罪团伙，布局周密，异常狡猾。

乔风歌一时间陷入沉思，这一连串的事件似乎是由胡秀芳的失踪开始，那么调查是不是应该重新回到原点？她忽然间想起一件事来，在调查胡秀芳失踪一案的过程中，她的上司曾经提到过因为胡秀芳出轨，前几年他们夫妻闹过离婚，据说这个出轨对象是个大学生。她当时没有就这个事件做进一步调查，自己或许遗漏了重要信息？郭建国如今下落不明，知道这件事的怕只有他的好友周揆了。

乔风歌找到周揆，向他询问胡秀芳出轨的事情。

"确实有这个事，不过胡秀芳并不承认，说只是网上聊天，郭建国也只是看到手机上的聊天记录，并没有什么证据，最多也就是精神出轨吧，后来也就不了了之了。"周揆提起郭建国还是愤愤不平。

"胡秀芳的出轨对象，你知道他的情况吗？"

"当年是个大学生，现在怕是参加工作了，叫什么来着……"周揆抓抓头，"对了，姓于，叫于志伟！"

"于……于志伟？你确定？"乔风歌声音有点不自然，不过她很快就恢复过来，这个世界同名的人太多，也没什么好大惊小怪的，自己未免太敏感了。

周揆肯定地点点头，说道："应该没记错，当时我陪着郭建国去查过那家伙的底细，清北大学环保专业的高才生！"

乔风歌此时寒毛都竖起来了，感觉医院里的温度瞬间降了十几度。

杨莉最近总是在噩梦里惊醒。梦里，她的亲生父母在一条黑色隧道里跑，她在后面追，可怎么也追不上，无论她怎么哭喊，父母也没有回头看她一眼。

杨莉向单位请了长假，以筹备婚礼的名义。她渴望与亲生父母相认，甚至期望他们能参加自己的婚礼，但她又害怕。她怕他们重病缠身，怕他们穷困潦倒，怕他们成为自己的负担。

她为自己有这样的想法感到羞耻，本能地想寻求爱人的支持和鼓励，可是于志伟却对这件事态度漠然，这让她更加心烦意乱。

白天，杨莉在亲朋好友面前强颜欢笑，扮演着幸福的新娘；晚上，她独自落泪，只有酒精可以抚慰自己纠结的内心。即使是对她而言最重要的闺密乔风歌，她也未曾在这件事上完全敞开心扉。

杨莉此时一个人坐在吧台边，一口口喝着鸡尾酒，听着舒缓的情歌。她已经拒绝了好几个上来搭讪的男人，男人们总自作多情地以为一个单身女人需要他们的陪伴。

杨莉忽然被人从背后拍了下肩膀，她以为是哪个不开眼的男人又来烦她，回过头准备开骂，但却看到一张熟悉的面孔。

"你怎么一个人跑来这里？"乔风歌坐到杨莉身边。

"志伟加班，我就出来坐坐。"杨莉说着招呼服务生，"我请你喝酒……"

"不用了，今晚我值班，要一瓶矿泉水。"乔风歌摆摆手，对服务生说道。

"你可真奢侈，这里水比酒还贵。"杨莉故作轻松地开玩笑。

"你请客我就不客气了。"乔风歌喝了口水，"怎么，志伟最近经常加班吗？"

"他去了一家新单位，最近特别忙。"杨莉脸色露出不快。

"新单位？"

杨莉点点头，说道："兰星化工厂。"

乔风歌闻言，嘴里的水差点喷出来，不过她在杨莉面前还是忍住了。

"他怎么跑去那里了？"

"我也不清楚，他工作上的事情，我不怎么管。"

"你心可真大！"乔风歌摇摇头，"你们两个哪里像是快结婚的样子。"

"好了，你这个大忙人，来找我有什么事？"

"看你最近魂不守舍，担心你，来看看。"

"还是你好。"杨莉抱住乔风歌，已有了七分醉意。

"别喝了，我送你回去。"乔风歌扶起杨莉往外走。

乔风歌本想来找杨莉，问她知不知道胡秀芳的事情，但终究有些不忍心。杨莉和于志伟是大学同学，从时间上来说，于志伟和胡秀芳有来往的时候，也正是他们的热恋期。

"你和志伟认识之前，他有过女友吗？"

"应该有吧……干嘛问这个，你可真够八卦！"

"是啊，你的爱情故事我最喜欢听了。"

"那什么时候说说你自己的爱情故事啊。"杨莉笑着在乔风歌脸蛋上亲了一口。

"疯丫头！"乔风歌故作恶心地抹去脸上的口水。

乔风歌把杨莉送回家，看着闺密尽管在睡梦中还是愁眉不展的样子，暗自叹了口气，关于于志伟的事，她还是直接去问本人吧。

她对杨莉的这个未婚夫多少还是有些意见的，正所谓旁观者清。她看得出来，在这段感情中，杨莉的付出是远远超过于志伟的。乔风歌也想过提醒杨莉多多注意，但每次看到闺密在恋爱中幸福的样子，她就不忍心戳破对方的幻想。

乔风歌为杨莉简单梳洗、换了睡衣，看着对方熟睡后本打算离开，却不经意间看见她床头柜上的照片。那张照片应该是杨莉去海边旅游时拍下的，照片里的她比现在看起来要开心许多。

杨莉喜欢拍照，所以她除了床头柜，在床正对面的位置还设计了一面照片墙。

这面墙的设计十分温馨，杨莉精心选择了她和于志伟相识、相知、相爱的整个过程中的照片，既甜蜜又浪漫。

最早的一张照片是他们在学校的合影，那时候应该还没开始谈恋爱，他们共同加入了学校的一个社团，这张照片就是一次社团聚会时拍摄的，照片中杨莉显得有些羞涩，于志伟看起来则有些拘谨。

第二张是他们刚刚在一起的时候，于志伟搂着杨莉的肩膀，杨莉靠在他的身上，一脸甜蜜的笑容。

再往后的几张就是学生时期的生活照，也都是合影，乔风歌还在其中一张里面看到了同样青涩的自己，是自己难得从警校的训练中抽出空，去找杨莉玩的时候留下的。

照片墙中间部分就是毕业后的照片了，主要是他们二人四处旅游时所拍的，世界各地的不少地方都留下了他们的足迹。

其中放在正中的一张照片是杨莉和于志伟在卡萨布兰卡的合影，杨莉最喜欢的电影就是《卡萨布兰卡》，她之所以选择去那里，也是因为这部电影。照片中的背景是影片中的著名地标，里克酒吧门口。

乔风歌十分羡慕这一次旅行，她一直也想去卡萨布兰卡，但有时间的时候没钱，等到有钱的时候又没时间了。

这个时候杨莉翻了翻身，发出轻微的鼾声。

乔风歌收回目光，叹口气，为杨莉关上灯，然后轻轻带上门，安静地离去。

杨莉听到关门声，慢慢地睁开了眼睛，缓缓从床上坐起来。她拿出手机，拨了于志伟的电话，可是拨不通，电话提示对方已关机。她呆坐了一会儿，仿佛忽然想起什么，走下床，搬了一张椅子到衣柜下，站上椅子，踮起脚，打开柜顶的门，从里面取出一个铁盒。

铁盒上挂着一把小锁，杨莉试着掰开，但锁扣很牢固，纹丝不动。

杨莉抱着铁盒发了一会儿愣，耳边响起乔风歌的话："你和志伟认识之前，他有过女友吗？"

杨莉放下铁盒，去厨房里取来一把老虎钳子，扭断了锁扣。

她的呼吸变得有些急促，手放在铁盒上，却迟迟不敢打开。

短短几分钟的时间，杨莉感觉整个世界都仿佛凝固了，在昏暗的室内，她能看见自己的手微微发抖。

"咔"一声，铁盒终究还是被打开了。

深沉的夜，僻静的林荫小道犹如魔鬼伸出的利爪，让人望之生畏。

一个衣衫褴褛的男子在小道上慌张奔跑，他不时地回头张望，仿佛有什么人对他紧追不舍。

男子或许是跑得太快，又或许是踩到了什么东西，滑倒在地，他爬起来想继续跑，却发现自己身上一点力气都没有，瘫倒在地上。

"不要，我什么都不知道，别来找我，别来找我……"男子对着空气挥舞着手臂，整张脸都因为恐惧而扭曲。

"你不是喜欢我吗？"寂静的夜里，一个声音从幽暗中传来。

"你是魔鬼，地狱里的魔鬼！滚开，滚开！"男子拼尽全力往前爬，但他的呼吸越来越急促，眼睛变得猩红，仿佛被人掐住了脖子。

随着一声若有若无的冷笑，一个女人从林中走出来，她的高跟鞋踏在石板小路上，发出"嗒嗒"的声音。

"胡……胡秀芳……你别过来，别过来！"

女人正是失踪已久的胡秀芳。

胡秀芳走到任波身边，伸出手，抓住他的头发，拧过他的头，看着他那张苍白扭曲的脸："地狱、魔鬼……这些很可怕吗？来，我带你去看看人间。"

清晨，天微微白，淡淡的雾四处飘浮，向远处望去看不到光，仿佛有大半个世界还沉睡在黑暗之中。

郭建国坐在车里，熄了火，把两边车窗开了缝。他早就戒了烟，但这时却忍不住点了一根。烟是昨晚在便利店买的，一包十块，打火机两块，一共十二块，他用身上的现金结了账。

他深吸了一口，然后慢慢吐出烟雾，一种久违的感觉又回来了，就像是老友重逢。

他忽然想起自己第一次吸烟，那是在学校的厕所，几个男同学偷偷摸摸躲在里面分享一包廉价香烟，臭味混合着尼古丁，那股酸爽的味道，即使到了今天，他仍然记忆犹新。

胡秀芳讨厌烟味，所以郭建国和她在一起后，就把烟戒了。他迁就了她很多事，两人在一起生活了十几年，还有了两个孩子，但是即使如此，他依旧觉得自己对她并不了解，他不知道她究竟想要的是什么，但他知道她想要的不是钱、不是安稳的生活，甚至不是孩子。他从来没有见到她满足的样子，即使是在床上。

不！他也曾见过她满足的样子，但他不愿意想起，不愿意承认，不愿意面对。她和那个大学生，那个混蛋，她低着头，看着手机，敲着字符，两个人相谈甚欢。那一刻，她脸上的笑容分明就是满足。

"那个混蛋再也不会出现了！"郭建国用手掐灭了烟，把身旁的车窗全打开，一阵风灌入车内，让他不由一颤。

郭建国喝了口水，然后又倒了些在手上，抹了一把脸。他用纸巾擦干手和脸，拿起副驾驶座位上的文件袋，抽出里面的照片和文件。

照片上的女孩子很年轻，长得也十分漂亮，一眼看上去，就让人生出好感。资料抬头第一行就写着女孩的名字：杨莉，她的工作单位、家庭住址，甚至爱好兴趣，都一一罗列，十分详尽。

郭建国跟踪了杨莉三天，知道她每天早晨六点会出来晨跑，跑步的路线也大致固定，围着磨溪湖跑三圈。郭建国走了一圈磨溪湖，一圈约莫有三公里多，三圈也就是十公里左右。观察了很久，他觉得现在的位置是最好下手的地方，四周有树林遮挡，相对其他位置更僻静，车容易停，也没有监控摄像头。

他看了看手表，现在是五点四十五分，再过十几分钟，杨莉应该就会出现了。

郭建国戴好帽子、手套和眼镜，深吸一口气，走下车。他环顾四周，确认没有其他人在附近，然后钻进树林，埋伏在湖边跑道一旁，就像耐心等候猎物的狼。时间一分一秒地过去，远处传来富有节奏的脚步声。

郭建国不是第一次看见杨莉了，他想不出幕后操控的人为什么要绑架这个女孩子，而且他在这几天的观察中意外发现，杨莉和那位前来调查妻子失踪案的乔警官似乎是非常好的朋友，不过他已经没有选择了，要么绑架杨莉，要么就眼睁睁看着妻子遭遇不测。为了胡秀芳，他可以做任何事，即使是犯罪！

杨莉从他眼前跑过，但是他并没有动手，他要在对方筋疲力尽的时候再出手，也就是第三圈。

一圈、两圈、三圈……杨莉浑身大汗，步伐渐渐放慢，她今天的眼神有些黯淡，神情也有些恍惚。郭建国虽然不知道她发生了什么事，但是对于他自己而言，这样的变化并不是什么坏事。

郭建国拿出一条白色手绢，在上面倒了一些事先准备好的药物。他悄无声息地快速跟上杨莉，以迅雷不及掩耳之势冲上去，一手勒住杨莉，一手用手绢捂住她的口鼻。

杨莉毫无防备，挣扎了两下，一股刺鼻的气味传来，她顷刻间就失去了意识。

郭建国拖着杨莉迅速走进树林，把她塞进车里。

杨莉就像睡着了一般，躺在车后座上。

郭建国扯下帽子，他早已满头大汗，气喘吁吁，回头看了看杨莉，知道她一时半会醒不来。

郭建国发动汽车，一路急驶，离开磨溪湖，来到荒郊。

停好车后，他拿出那部红色手机，打开通信软件，输入一条信息：人已上车。

过了片刻，手机闪烁，一条回复信息跳出来。

"把人送到指定位置。"

郭建国在裤子上擦了擦手上的汗，回道："一个换一个，不见到胡秀芳，我不会把人交给你们。"

"你没有资格讲条件，如果想你老婆活着，就把人带过来。"

"不可能！见不到秀芳，我就带着杨莉去警局自首！"郭建国必须赌一把，他知道这是自己唯一一次化被动为主动的机会。

于志伟加班加点查阅文件和各项环保指标，了解兰星化工厂目前的生产流程和工艺，一直忙到天亮才算告一段落，直到这时他才发现手机没电了。

于志伟把手机接上电源，开机后发现杨莉昨夜打过十几个电话，他急忙回拨，但是对面却没人接听。于志伟看看时间，现在是早上六点多，杨莉应该是去跑步了，他没多想，收拾东西，准备回家。

这时候，办公室的门却被推开了。

"龚总……"于志伟抬头一看，是龚丽丽。

"你这是加了一夜班？"龚丽丽看了看办公桌上堆满的资料文件。

"没办法，刚接手，要尽快了解情况。"于志伟扶了扶眼镜，笑着说道。

"谢谢你愿意来帮我。"龚丽丽看着于志伟，眼神里除了感激，还有一些复杂的情绪蕴含其中。

"老同学了，你跟我客气什么。"于志伟这时已经装好公文包，准备离开，"我先回去洗漱，中午再过来向你汇报。"

"志伟，听说你要结婚了？"龚丽丽忽然问道。

于志文一愣，摸摸自己乱糟糟的头发，有些不好意思地说道："啊，下个月十八号，我给你派喜帖。"

"恭喜你们，她真是一个幸运的女孩，我一定给你们送份大礼。"龚丽丽明明说的是祝福的话语，可语气里却透着酸楚。

"那太好了，记得一定抽空来喝杯喜酒。"说完，于志伟落荒而逃，直到现在，他依旧不敢多看龚丽丽，因为她实在太美了。

他和龚丽丽是高中同学，两人在学生时代有过一段青涩的恋情，不过他高考后去了清北大学，而龚丽丽去了艺术院校，从此两个人走上截然不同的人生道路。

于志伟开车回到家，却没看见杨莉，她的手机也放在家里，运动服和球鞋不在，应该是去跑步了。不过往常她都是七点半之前就回家了，可现在快八点了，还没见到她。

于志伟洗完澡，换了衣服，吃了点东西，一看时间已经八点半了，杨莉还没回来。他决定出门去找。

于志伟围着磨溪湖找了好几圈，都没看到杨莉，这才给乔风歌打了个电话。

乔风歌原本打算今天去找于志伟调查胡秀芳的事情，没想到他竟主动打电话来。

"杨莉？她不在我这儿啊。"

"奇怪，她跑步一直没回来，钱包手机都没带，能去哪儿？"于志伟语气有些慌张，"我再问问她的朋友和同事吧，看看他们知不知道。"

"你现在在什么地方？"

"磨溪湖。"

"我刚好有事问你，现在就过去找你。"

于志伟一方面有些疑惑乔风歌找他有什么事，一方面觉得乔风歌作为警察，应该很快就能找到杨莉。

乔风歌挂了电话就去找杨莉所在辖区的同事帮忙，但直到她和于志伟碰面的时候，也没有任何消息。

"你现在才知道关心她，昨晚她一个人喝酒，还是我送她回家的！"乔风歌质问道。

于志伟知道自己有错，连忙向乔风歌赔罪，解释自己最近的新工作实在太忙。

"再忙也要分轻重，老婆重要还是工作重要？先不说这些，有件事我要问你！"乔风歌严肃地看于志伟，"你以前认识一个叫胡秀芳的女人吗？"

"胡秀芳？不认识。"于志伟先是一愣，然后摇摇头。

乔风歌看他的表情一脸茫然，不像是装的，可是周揆言之凿凿，清北大学难道还有第二个于志伟？

"你那个系还有第二个叫于志伟的吗？"

"同届的应该没有，发生什么事了？"

"难道他们在网上用的假名交流？"乔风歌心里嘀咕，狐疑地看着于志伟。

"你这什么眼神，我真不认识！"于志伟急道。

乔风歌拿出手机，调出胡秀芳的照片。

"你看看，有没有印象？"

于志伟拿过手机，看见胡秀芳的照片，立刻认出了这个女人。

"是她啊！"

"你不是说不认识吗？"

"我见过她，但是我不记得……不，应该说不知道她的名字，她是我室友的女朋友！"

"你确认？"

于志伟肯定地点点头。

乔风歌心头一震，她忽然感觉自己在一堆杂乱的线团里找到了一根线头，当然，前提是于志伟并没有撒谎。

清北大学享誉海内外，是所有学子向往的学府。当年于志伟以优异的成绩考进去时，可谓少年得意，有着一股天下虽大，舍我其谁的豪情壮志。

然而当他真正融入大学生活后，才发现自己的良好感觉只是因为过去成长环境的狭小，在清北大学这样的全国精英的集中之地，人才济济，藏龙卧虎，他那点小聪明实在不值一提。

比如与他同寝室的丁志伟，两个人同名不同姓，同学们"志伟""志伟"地叫他们，常常会弄混淆。

丁志伟即使在清北大学也是个传奇人物，才学兼优，文理贯通，他以"昆子虫"的笔名写了部小说，获了文学大奖；他代表学校参加国际数学大赛，获得一等奖；琴棋书画，这些风雅事物，他也略通一二；他在大二那年休学半年，自驾帆船横跨大西洋，更是成为一时的新闻人物。最重要的是他还是个"富二代"，家庭条件优越，在学校可谓一时无两，风光无限。

可以毫不夸张地说，追求和喜欢他的女孩子可以在校园球场上排一圈。所以当于志伟看到对方找的女朋友是一个三十多岁的中年妇女时，不由吓了一跳，虽然那女人看起来确实也挺漂亮性感，但岁月在脸上留下的痕迹却还是挥之不去。这个女人对于自己的事似乎遮遮掩掩，甚至连真名都不在丁志伟朋友们面前说出来，只是让大家喊她"芳芳"。

于志伟见过"芳芳"两次，第一次是碰巧，他和朋友去电影院看电影，恰好丁志伟和芳芳也是看同一场。第二次就相对正式一点，是丁志伟的生日宴会上，芳芳以丁志伟女朋友的身份出现，两人亲密无间，如胶似漆，俨然是一对热恋中的情侣。

不过生日宴会以后，于志伟就再没见过芳芳。

"要不是你给我看照片，我还真不知道那个芳芳就是胡秀芳。"于志伟说起往事，不免有些感慨。

乔风歌听完后，有些震惊，如果按照于志伟这么说，很有可能是因为周揆记错名字，所以才会闹出这么个乌龙。

"胡秀芳和丁志伟的事情，还有什么人知道？"

"多了去了，丁志伟身边的朋友都知道，你可以再去找他们问问。"于志伟有些不高兴乔风歌竟然这么不信任自己，如果不是因为她是杨莉的好朋友，自己真是要发火了。

"你知道丁志伟现在在哪儿吗？"乔风歌继续追问。

于志伟闻言却叹了口气，说道："他大四的时候出了场车祸，车掉进了河里……"

"死了？"乔风歌忍不住脱口而出。

于志伟瞟了一眼乔风歌，然后轻轻地点了点头。

第十章

当年情

蒙蕙兰信佛，在家里就设有佛堂，早中晚念经是她的功课，如今佛台上摆着丈夫赵立勋和长子赵光全的照片，她更是日夜咏诵，为故去的丈夫、儿子超度，希望他们能登上极乐世界。

佛堂内檀香四溢，庄严肃穆，蒙蕙兰跪拜在佛像面前念念有词，虔诚万分。

然而这份宁静被一阵有节奏的脚步声打破。

"念经不如行善。"龚丽丽的高跟鞋踏在木地板上，发出清脆的声音。

蒙蕙兰放下手，睁开眼睛，但却没去看龚丽丽，只是轻声说道："我已经按照你的要求做了，也请你高抬贵手，放赵家一马。"

"我现在是帮你们积德，要放过赵家的是你们自己。"龚丽丽从包里拿出一个优盘，放在了佛台上，"证据都在这里了，好好看看你的儿女们都做了些什么事吧。"

蒙蕙兰连忙伸出手，把优盘握在掌心。

"你……没有备份吧？"

"有那个必要吗？"龚丽丽转身打算离开。

“光全的死……和你有关系吗？”蒙蕙兰回过头来，盯着龚丽丽的后背，仿佛想把她撕成碎片。

龚丽丽停下脚步，身体微微一颤，回过头，冷冷地看着蒙蕙兰，说道：“如果有机会，我希望自己能亲手杀死他。”

说完，龚丽丽再也没有回头，径直离去。

蒙蕙兰一言不发，眼睛里却透着寒光。

“妈，这就是你把公司控制权让给龚丽丽的原因?！”赵露从佛堂后面走出来，“那个优盘里面是什么？”

“你在公司里面做了什么，以为没人知道吗？”蒙蕙兰站起来，瞪着赵露。

赵露连忙搀扶住母亲，撒娇地说道：“这些不都是我们赵家的产业嘛，我拿一点又有什么关系？”

“糊涂！你的书都白读了吗？你知道什么叫作上市公司吗？”蒙蕙兰闻言气不打一处来。

“就算是我错了，她龚丽丽凭这点事就能威胁我们赵家？”赵露不服气。

“有些事，你还是少知道的好。”蒙蕙兰说着，把手里的优盘放进铁盆里，往里面倒了油，然后用佛堂里的蜡烛点燃。

火熊熊燃烧，优盘在烈火里被熔化。

“不管里面是什么，我可不相信她没有备份。”赵露不由冷哼一声，“你也听到了，这个恶毒的女人连大哥都想杀！”

蒙蕙兰叹口气，用手揉了揉太阳穴，然后看着赵露说道：“你想做什么？”

“还是那句俗话，能守住秘密的只有死人！”赵露语气轻佻，全然不觉得杀人是什么大不了的事情。

"阿弥陀佛，阿弥陀佛，佛祖面前说这种话，罪过，罪过。"蒙蕙兰往佛堂外走，赵露连忙跟上。

她们出了佛堂，外面是个露台，阳光明媚，青山绿水，一派好风光。

"我年纪大了，管不了你们年轻人的事，只想安度晚年，不过做事要么不做，要做一定要做得干干净净！"蒙蕙兰说着推开赵露的手，自己下了台阶，往卧室走去。这个时候，正是她午睡的时间。

郭建国心乱如麻，他发出要交换人质的信息后，红色手机竟然自动关机了，他几次三番尝试重启都没有成功。难道是自己惹怒了对方，他们想要撕票？不可能，绝对不可能，郭建国否定了自己的想法，对方如果不满，完全可以继续威胁自己，或者干脆拒绝，再怎样也不可能立刻切断与自己的联系。那么或许对方遇到了什么紧急的事情？自己不能先乱了阵脚，对方一定会再联系自己的。

想到这里，郭建国焦急的心稍稍有些平复，他回头看了看还在昏迷中的杨莉，不由皱起了皱眉头。用不了多久这个女孩就会醒来，他要先找个地方安置才行。

郭建国想了一会儿，他记起离这里不远的地方有个废钢厂，那里荒无人烟，杂草丛生，是个藏身的好地方。

为了防止杨莉突然醒来，他用绳子把她的手脚都捆绑起来，嘴巴也贴上胶布，让她无法呼喊。做好准备工作，他才开车去了废钢厂。

郭建国把车藏在荒草中，接着他抱起杨莉，走进废钢厂。

钢厂内一片狼藉，倒塌的设备，凌乱的钢架，四处弥散着铁锈的味道。

郭建国在钢厂里找到一个还算宽敞的房间，看起来像是个办公室。他放下杨莉，整理出一块干净的地方。他又看了眼杨莉，见她还在昏睡，就打算再去车上取些东西，这两天恐怕是要在这里暂住了。

郭建国正准备出门，却发现杨莉的身体抽动了一下，接着悠悠转醒。

杨莉睁开眼，看到四周陌生的环境和眼前这个陌生的男人，顿时慌乱起来，想要逃走，却发现自己手脚都被人绑住，嘴上也贴了胶布。她只能倒在地上扭动身体，用惊恐不安的眼神看着郭建国。

郭建国叹口气，扶起倒在地上的杨莉，尽力用温和的声音安抚道："你别害怕，我不会伤害你。"

杨莉看着郭建国，发出"呜呜"的声音，泪珠在眼睛里打转。

"我帮你取下胶布。"郭建国轻轻撕下胶布，尽量不弄痛杨莉。

"放开我，你是谁？你要干什么……救命……救命……"杨莉连声质问，大喊救命。

郭建国捂住她的嘴，警告道："你再这样，我就把胶布贴上了！"

杨莉闻言一愣，停止了喊叫。

"我再说一次，我不会伤害你，你冷静一点，我松开你，好吗？"

见杨莉点点头，郭建国才缓缓松开手。

"求求你，放了我。"杨莉泪眼蒙眬，楚楚可怜。

"对不起，现在还不行。"郭建国在杨莉对面坐下来，一脸的垂头丧气。

"为什么要绑架我？"

"我也是被逼的……等我找到想要找的人，会放了你。"郭建国知道自己在说谎，如果对方同意用胡秀芳交换，他没有把握能放走杨莉。

杨莉完全不明白眼前这个男人说的话，愣了片刻。

"钱吗？你要多少钱？我一定想办法凑给你！"

郭建国苦笑，摇摇头，问道："你有没有得罪什么人？"

杨莉使劲摇头，眼泪又哗地一下流出来。

就在这个时候，郭建国口袋里的手机又振动起来。郭建国急忙拿出手机，手机上面已经显示出新的信息。

"我会带着胡秀芳来废钢厂。"

郭建国惊恐地站起来，对方竟然知道自己的位置，他透过窗户，看着废钢厂外的废墟和林木，明明窗外空无一人，却仿佛自己早已被注视着。此时，夕阳斜下，一片猩红。

一直到傍晚，杨莉也没有任何消息传来，乔风歌一开始不愿意往坏处想，只觉得是闺密发小姐脾气，故意躲开于志伟。但是一整天过去了，无论是杨莉周围的人，还是自己拜托的警方同事都毫无消息，这显然有些不合情理了。

乔风歌去查看了磨溪湖周边的监控录像，证实杨莉最后出现的位置就是在湖边，但是之后她去了哪里，则没有找到任何线索。杨莉这么一个大活人，仿佛从磨溪湖蒸发了。

乔风歌担心杨莉的安危，让于志伟去报案，她也向同事们发出了协查通报，希望能尽快找到杨莉的下落。

杨莉没有带手机、钱包，而且还穿着运动服，她能去哪里？乔风歌又打电话给于志伟，让他好好想想，最近杨莉有没有什么不同寻常的举动和言语。

于志伟欲言又止，不过还是吞吞吐吐地说道："杨莉前几天翻看了我的一些陈年旧物，里面……里面有我以前写给别的女孩的情书。不过我向你保证，那时候我还没和杨莉在一起，我想她可能是吃醋了，所以她会不会是因为这个事情……"

乔风歌一时也无语，杨莉那么爱于志伟，倒也真有这个可能，如果真是吃醋撒娇，她倒是安心了。

武口市公安局网络信息科里，负责值班的两位警员正严密监视着"狩猎直播"APP 的运行状态，但自从郭建国和周揆的直播结束后，这款 APP 就一直处于离线状态。

"我去冲杯咖啡，你要吗？"杨博伸个懒腰，他关掉了一个正在分析的软件代码。

"嗯，给我也来一杯。"老张叹口气，"第一次碰到这么棘手的项目，反编译几乎行不通。"

"只有等服务器再次连上的时候再想办法了。"杨博撕开速溶咖啡的袋子，把粉末倒进杯子，还来不及加水，就听见老张喊了一声。

"上线了！"

杨博急忙回到座位，他看见监视器上"狩猎直播"APP 登录上服务器，直播画面里出现一个全身上下被黑色斗篷裹挟着的人，头顶上一顶宽檐儿的礼帽本就遮住了半张脸，再加上他刻意地低下头，整张脸都被黑暗吞噬，完全看不出是男是女。

"狩猎直播，史上最燃直播，今夜挑战你的肾上腺素！"黑衣人说话使用了变音器，声音听起来十分生硬，而内容就好像是电视上的广告。

接着屏幕上出现特效画面，黑衣人消失在直播中。

屏幕旁边，出现一个付款链接，下一场直播必须付款才能观看，而价格竟然是 0.1 个比特币。

"一个比特币的价格现在是 49000 美元，0.1 要三万多人民币了。"杨博目瞪口呆。

"我马上追查对方的服务器地址，你赶快向上级汇报！"老张在电脑上飞速操作，不过对方使用了代理服务器，又以加密方式传输数据，一时间也很难追查到对方的所在位置。

杨博拿起旁边的座机，拨通了刑侦大队队长赵暮云的手机。

乔风歌调查了于志伟所说的那个与其同名不同姓的舍友的情况，证实了于志伟所说的事情。丁志伟在大学交往过一个女朋友，被证实就是胡秀芳，胡秀芳当时矢口否认和丁志伟在现实中见过面，显然是骗自己丈夫的。清北大学的许多同学都对当时丁志伟选择的这个女友感到奇怪，因此即使时隔多年依旧印象深刻。当乔风歌在电话中询问的时候，纷纷表示确有其事。

郭建国和周揆混淆了于志伟和丁志伟的名字，周揆也通过照片确认了丁志伟才是当年那个与胡秀芳有暧昧的人。而丁志伟在三年前的一天夜里，醉酒驾驶，开车撞倒护栏，连人带车冲进河里，溺水而亡。

乔风歌找不到这件事会和胡秀芳的失踪有什么联系，线索似乎又一次中断了。她正在苦恼时，却突然接到了严凯的电话。

"美女……"

"严肃点。"

"乔警官，我发现了一点线索，不知道有用没用……"

"什么线索？"

"我可能是找到郭建国的下落了，但是并不太确定，你要不要来看看？"

"你在哪里？"

"我在我家楼下的咖啡馆等你。"

"好，我马上过去。"

乔风歌挂了电话，轻叹一口气，她知道周揆十分反对严凯继续参与到这次的案件当中，她也清楚对于一个普通大学生来说，这个案子实在是过于危险。可是严凯的计算机水平的确对追查线索有着巨大的帮助，尤其是目前警方对于"狩猎直播"平台的了解实在是过于有限，如今好不容易有线索，她绝对不能置之不理。乔风歌只能安慰自己说严凯是个成年人，他应该知道自己在做什么。对于这份私心，乔风歌有些许歉疚，她暗暗发誓绝对不会让严凯身处险境。

乔风歌来到咖啡馆，严凯早就在这儿等着她了。

"乔警官，请你喝咖啡。"严凯一副讨好的笑容。

"你有钱了？"乔风歌一路走来，又热又渴，冰激凌咖啡也是她的最爱，嘴上虽然调侃，但是身体很诚实，手已经拿起了勺子。

"我这么大个人了，偶尔也打打零工，今天刚好发工资了。"严凯尴尬地抓抓头发。

"废话少说，究竟发现什么证据了？"

"我找到一段视频监控，你看看。"严凯打开电脑，调出一段视频。

视频里一个长发男子戴着帽子、眼镜，穿着一件白色 T 恤、牛仔裤，在一家便利店里买香烟。

"这个是郭建国吗？"乔风歌盯着看了半天，也没看出这人的真实样貌，眼镜和帽子遮住了大半个脸。

"你看这里。"严凯把画面放大，可以看到男子右手手臂上有一道刮伤留下的疤痕。

乔风歌眼睛一亮，瞬间想起来，在直播视频里，郭建国爬山的时候，手臂被树枝划伤，当时她和严凯都看到了。

"你这儿还有上次直播的录像吗？"

"有，不愧是乔警官，一点就透！"严凯说着调出上次直播中郭建国的截图，对比白衣男子的手臂，两个人手臂的划痕果然别无二致。

"真有你的，这样也能找到！"乔风歌真心赞叹。

"都是人工智能的功劳。"严凯谦虚道。

"你有没有查到他最后出现的地点？"乔风歌没工夫和他互相吹捧，急忙追问道。

"有，郭建国驾驶着一辆牌照为'汉A50PL8'的黑色大众小轿车，昨天傍晚由G27公路出城后，就再没有踪影了。"严凯早就查过了，他调出一张地图，红色的线就是这辆小轿车最近几天经过和滞留的路线。

乔风歌看着这张地图，一时间有些震惊，就算是警方专业部门来做这件事也不过如此了。

"我看你毕业后直接考警校的研究生吧。"乔风歌半开玩笑地说道。

"你觉得我能行吗？"严凯看着乔风歌，忽然脸就红了。

乔风歌看着地图，她只是随口说的一句话，根本没注意严凯的反应，更没看到他"娇羞"的表情。

"郭建国在磨溪湖这里滞留超过几十个小时？"乔风歌看着地图

上的标示，不由心里一颤，她想到杨莉正是在磨溪湖失踪，难道会是巧合？

"我看了一下，大致在2号至4号之间，郭建国的车一直在磨溪湖周边转悠，不过磨溪湖四周有大量的监控死角和空白区域，所以目前的时间数据只是推测。"严凯解释道。

"4号……"乔风歌陷入沉思，她看到郭建国驾车驶出磨溪湖周边的时间大概是七点十分左右，这与杨莉失踪的时间点基本吻合，难道杨莉的失踪会和郭建国有关？想到这里，乔风歌只感觉头皮发麻。

就在这个时候，赵暮云打来电话。

"赵队。"

"你在哪里？"

"我在调查郭建国的去向。"乔风歌没提严凯。

"'狩猎直播'那边有动静了，你先归队。"

"我马上回去。"乔风歌放下电话，一种不祥的预感涌上心头。

"直播平台那里又……"严凯欲言又止。

乔风歌点点头，说道："非常感谢你提供的线索，我现在要赶回警队，有需要我会再联系你。"

"没需要也可以随时联系我。"严凯想显得放松一些，但还是忍不住握着杯子，喝了口咖啡。

乔风歌瞪了一眼严凯，不过当她走出门的时候，还是露出一个不经意的笑容。

云梦酒庄是一家不对外开放的私人会所，只接待VIP会员和其邀请的朋友。虽然地处闹市，却闹中取静，四周竹林森森，阴凉僻静。

赵露走进酒庄，在服务员的带领下，来到一间隐秘的包房。赵启星已经坐在里面等她。

"二哥，怎么是你？"赵露约了刘明毅在这里见面，没想到现在却变成了二哥赵启星，她一脸震惊。

赵启星面无表情地看了眼赵露，摇了摇手里的红酒杯。

"刘明毅已经辞职了，坐下午两点半的航班去了香港。"

"不可能，他怎么辞职了？我怎么不知道！"赵露拿出手机，想给刘明毅打电话。

"你是打不通他的电话的。"赵启星冷冷地说道。

果然，赵露拨打刘明毅的电话，一直忙音。

"二哥，你到底搞什么鬼？"赵露放下手机质问道。

"我是让你们别瞎闹了！"赵启星平常总是一副笑嘻嘻的样子，可现在却异常严肃，"亏你想得出来，让刘明毅去找杀手？你脑子里都是糨糊吗？"

赵露被二哥点破自己和刘明毅暗中谋划的事情，不由面红耳赤。

"你不知道，那个贱人抓住了我们的把柄，难道就任由她作威作福？不信你去问妈！"赵露气愤地说道。

"头脑简单！就是妈让我盯着你，要不然这次还不知道你要捅出多大的娄子。"赵启星把杯子里的红酒一饮而尽，"你以为就凭龚丽丽一个人能调查出这么多事吗？她的背后肯定还有人在帮她，这才是我们现在最应该担心的。大哥的死十有八九就是幕后的人策划的，不查清楚，你就冒冒失失动手，那不是自取灭亡吗？"

赵露不出声了，她是个聪明人，赵启星的话虽然不好听，但仔细一想，确实有道理。

"那怎么办？"赵露坐下来，叹口气。

"赵家有些人做面子上的事，有些人做里子的事，你还是顾着点面子吧。"赵启星说着拿出一张机票，"我帮你安排好了，这是今晚飞纽约的机票，你去度假吧。"

"我不去……"赵露心不甘情不愿。

"不去也得去！"赵启星一瞪，不怒自威，"我会安排人送你去！"

赵启星挥挥手，从隔间里走出两个穿着黑色西装的保镖。

"三小姐，请。"其中一个保镖有礼貌地伸出手。

赵露想不到二哥如此霸道，自己根本没有任何回转的余地。

赵露只是"哼"了一声，最终还是顺从地跟着两位保镖离开，她心里清楚，二哥是个比大哥更有手段的人。

赵启星看见赵露离开后，这才转过身，拉开身后的一道门帘，老太太蒙蕙兰坐在门帘的后面。

"这孩子真是不让人省心。"蒙蕙兰摇摇头，"刘明毅现在怎么样？"

"听说不小心失足，掉进大海淹死了。"赵启星恭敬地回道。

"真是可惜，不错的小伙子，就是冲动了点。"蒙蕙兰惋惜地喝了口茶，又抬起头来问道："他安排的人呢？"

"路上了。"

"那也好，就让我们看看戏，说不定也能有些效果。"蒙蕙兰冷冷地笑了一下。

"妈，下一步我会把兰星集团和兰星化工做切割，避免集团业务受到影响。"赵启星处事果断细致。

蒙蕙兰点点头，看着赵启星说道："这些年辛苦你了，不过辛苦总是值得的。"

兰星化工厂董事长办公室内，于志伟正在向龚丽丽汇报近期的工作进度。

龚丽丽看着眼前憔悴的于志伟，不由关心地问道："你这是多久没睡觉了？工作的事情没有这么急，要不你先回去休息几天。"

于志伟摇摇头，说道："没事儿，兰星的污染治理问题才是大事，根据我的调查，工厂的生产数据和污染物处理数据完全对不上，也就是说，有大量的污水和有害废渣用其他方式处理了。"于志伟忽然非常认真地看着龚丽丽，"龚总，有些话我不知道当问不当问？"

"我们之间没有什么不能问的。"

"工厂污染的事情一旦曝出来，不但工厂极有可能倒闭，兰星集团也会遭受重创，恐怕少不了有一些人要进监狱，这似乎并不符合你的利益？"

"利益？因为兰星化工厂的污染而失去亲人的那些人，他们的利益又有谁来保障？"

于志伟闻言一愣，他没想到龚丽丽会说出这番话来。

"我会尽我一切所能帮助你！"于志伟坚定地说道。

"志伟……"龚丽丽向前一步，忽然抓住于志伟的手，"如果时光能够倒流，那该多好啊。"

于志伟被龚丽丽抓住手，浑身一颤，仿佛被电击，一动不能动。龚丽丽顺势靠在他的肩膀上，然后整个身体都滑进他的怀里。一股幽香扑鼻而入，龚丽丽那软绵绵的身体和滑腻的皮肤，让于志伟每一个细胞都在燃烧。

他几乎就要忍不住抱住她，可就在这一瞬间，他脑海里浮现的却是杨莉的笑脸。

"对不起。"于志伟推开龚丽丽，急忙向远处跨了一步，"丽丽，过去了就是过去了。"

龚丽丽一脸幽怨地看着于志伟。

"我去忙了，龚总，你好好休息。"于志伟结结巴巴说完，就落荒而逃。

龚丽丽看着于志伟离去的背影，眼神中既有对过往时光的怀念，又有对自身境遇的悲叹。

从兰星化工厂到市区有三十多公里，虽然只有一条路，但路上一贯车辆甚少，路两边林木葱葱，龚丽丽每日上下班都是自己开车，往返大约要一个多小时的时间。

龚丽丽开车很谨慎，从拿到驾照那一天开始，她还从来没有出过一次交通事故。因此当有一辆无牌的皮卡车突然窜出来，她立刻警觉地减速，并靠右行驶，为对方车辆让出足够的空间来超过自己。对方车辆的确马上就超车而过，龚丽丽当即放下心来，猜测对方只是嫌自己车速太慢了。但是她没想到的是，那辆皮卡车在超车后并没有绝尘而去，反而向右猛打方向盘，试图逼停龚丽丽。

龚丽丽脸色一变，她能感觉到对方怀有恶意，但此时却不敢停车，急忙踩刹车后向左打方向盘，然后再一脚油门窜出，超过皮卡。

皮卡车见龚丽丽没有停车，像逼急了一般猛烈地朝龚丽丽的轿车车尾撞击而去。龚丽丽能感觉到车尾传来剧烈的震动，这让她心跳加速。但她可不是一朵开在温室里的玫瑰，自己经历过地狱般的日子，连那个时候都不曾放弃，何况现在？龚丽丽紧握住方向盘，接着毫不犹豫地把油门踩到底，凭借着小车车身轻巧且性能优越的优势，再一次摆脱皮卡。

如果现在在一马平川的大路上，龚丽丽绝对已经将皮卡远远甩在身后，但是在蜿蜒的盘山公路上却始终难以摆脱对方。不过好在她的车技并不差，她得以和后面的皮卡始终保持着两三米的距离。

许是见久久不能将龚丽丽逼停，皮卡发出撕裂般的轰鸣，宛如狂奔的公牛，冲向小轿车。龚丽丽完全没想到对方会在弯道上加速，想要避让却已经没有操作空间。"砰"的一声巨响，皮卡车撞上轿车，巨大的冲击力让两辆车在公路上滑行，直到冲出路基，翻下山坡。

赵露为了表达不满，拒绝去纽约，不过她也不敢不走，自己订了飞往巴黎的机票。

赵露平日里过着极其奢华的生活，身边雇用了许多专职人员为她服务，不过她根本没有太过仔细去留心这些人叫什么、长什么样。对她而言，这些人就好像是随身的纸巾，用完就丢弃到一边。

赵露刚走出酒店，司机就上来为她拿了包，伺候着她坐上车。

这是一辆豪华轿车，不过赵露记不起来自己家里是不是有这么一辆车，因为类似这样的车，赵家起码有十几辆。

后座上放着从瑞士进口的雪山矿泉水，赵露感觉口有些渴，便拿了一瓶来喝。

喝完水后，她觉得整个人有些困倦，便靠在后座上睡着了。

司机看了看后座，戴上墨镜，从机场高速的岔口开了下去，朝着与机场完全相反的方向而去。

在黑夜中矗立的废弃钢厂，宛如在丛林中匍匐的巨兽，而小楼里的那抹火光，在远处望去就是那巨兽闪着精光的眼睛。火光自然是郭建国为了取暖和照明点起来的。房间里火光摇动，将郭建国和杨莉的侧脸都映衬成橘黄色。

郭建国此时坐立不安，时不时地起身往门口处眺望，他从接到短信开始就在焦急地等待。半天时间过去了，日头早已落山，也没有见到任何人。他隔几分钟就看看手机，可那上面没有传来任何信息。

为什么还没来？郭建国的脑子里不断问着这个问题。难道是出了意外？不可能，对方筹划精密，事事占尽先机，不可能出意外。还是改变主意了？也不应该，即使如此，也会通过手机通知他。不过对方虽然说要来，但是并没有说准确的时间，自己干着急也没用。

郭建国长叹了一口气，终于还是坐到地上，决定闭目养神，他明白自己想要救出胡秀芳，必须保持头脑清醒、体力充沛。即使对方如约将妻子带来，也肯定不会简单地同意交换。

杨莉比一开始安静了许多，她只是静静坐在角落，得知郭建国暂时不会伤害自己之后，杨莉已经不再激烈反抗，她知道对方也是受人胁迫，绑架自己是为了救他的妻子。杨莉现在疑惑的是到底是谁让郭建国绑架她，她自信平时为人还不错，并未得罪过任何人。她现在只求乔风歌能够尽早找到这里，救出自己。而未婚夫于志伟呢，他现在是否在担心自己？看着郭建国坐立不安的样子，以及想到他为了救出妻子不惜违反法律的一腔孤勇，杨莉内心有些许触动，虽然没有因此产生什么奇怪的牺牲精神，但却不由得联想到自己即将到来的婚姻，志伟也会为自己做出这样的事吗？

如果是几个月前，也许杨莉会十分自信，她坚信自己和于志伟多年的感情。但是这几个月她总觉得于志伟身上产生了不小的变化，也许是因为婚期临近，也许是因为他最近换的那份新工作，也许是因为自己在铁盒内的照片中发现的那个女孩子，总之近几个月的于志伟变得越来越陌生。

就在两个人内心都思绪万千的时候，钢厂的门口传来一阵响动。郭建国听见声音立刻站了起来向外跑去，刚跑到屋外，想起来屋子里还关着一个人赶紧回身将门关了起来。杨莉没能及时跑到门口，只能眼看郭建国将房门锁起来。她拼命地拍着房门，却已经得不到任何回应。

郭建国点起的火堆还在燃烧，屋子里的温度并不低，但杨莉却觉得浑身冰冷无比，她将耳朵贴在门上仔细听着门外传来的声音，不放过任何一点响动。杨莉不知道当郭建国交换回妻子之后等待着自己的是什么，但她绝不会坐以待毙。她回想着乔风歌曾经叮嘱自己面对危险时的应对方法，逼着自己深呼吸冷静下来，并开始寻找屋子里可以防身的工具。

就在她小心翼翼地捡起一根带着火的木棍的时候，门外传来"砰"的一声，仿佛是什么重物倒地的声音。杨莉对外面发生的事情一头雾水，听到巨响不由得浑身一激灵。她握着木棍的双手攥得更紧了，身体因为恐惧不停地颤抖，但那声巨响过后，外面却再也没有任何声音传来。杨莉等了许久，本以为无论如何都应该有人来找自己才对，现在这种情况实在是超出了她的预期。

在精神高度紧张的情况下，杨莉攥着木棍的手很快就酸了，她不自觉地加重了呼吸。不一会儿，杨莉就听到了门锁被打开的声音，出乎她预料的是，打开房门的是一个身材妖娆的女人。见到走进来的是同性，杨莉下意识地松了一口气，但手中的木棍始终没有放下。

"你放心，我不是来伤害你的。"来人说道。

"姐姐，谢谢你救了我，我们赶快报警吧。"杨莉看着眼前这个素不相识的女人，想不出她为什么会在这里出现，但帮自己脱了困却是实实在在的。

"我来这里，是为了传递给你一个消息。"女人拉着杨莉的手，走出房间，不慌不忙地说道。

"一个消息？"杨莉一脸茫然。

"关于你哥哥的消息。"女人一字一句地说道。

"我……我哥哥？"杨莉反手抓住女人，急迫地问道，"我哥哥在哪里？"

"这里有一段录像，你自己看吧。"女人叹口气，从口袋里拿出一部没有联网功能的老式MP4。

杨莉接过MP4，带着疑惑按下屏幕上的播放键。视频画面中出现了四个看不清正脸的黑衣人以及浑身是伤、在地上苦苦挣扎的王子恩，视频背景是一处辨别不出具体地点、荒无人烟的树林。黑衣人正按照拍摄者的指示在空地上挖坑，挖出来的土在一旁高高垒起，示意着土坑马上就要竣工。

视频拍摄者此时三两步走到爬了半天也没有爬出太远的王子恩身侧，一脚狠狠地踩在他的背上。看到王子恩支撑不住四肢着地的可怜样子，拍摄者开心地笑出了声。根据笑声，杨莉听出来对方竟然是个女人。

"不知好歹的东西，让你知道得罪我们赵家是什么下场！"

说完，拍摄者挥挥手，黑衣人抬起王子恩，把他扔进了坑底。

"埋了他！"女人的声音就像冰冷的刺刀。

杨莉拿着MP4的手止不住地颤抖，随着视频的进度条不断向前，王子恩的生命也彻底终结了这片树林中。杨莉感觉自己浑身的血液瞬间凝结。

　　"这不可能，骗人，骗人的！"她不愿意接受这个事实。

　　"啪"的一声，MP4被杨莉狠狠地扔在地上，瞬间摔得四分五裂。杨莉这时整个人也瘫倒在地，失声痛哭起来。

　　女人漠然地站在一边看着，直到杨莉哭得差不多了，她才说道："下令活埋你哥哥的女人是赵露，兰星集团的财务总监，也就是赵家的三小姐。"

　　杨莉捡起已经被砸坏的MP4，拿出了里面的SD存储卡。

　　"我要报警，把他们绳之以法！"杨莉恨声说道。

　　"没用的，录像里的赵露只有声音，并没有露面。而且只凭借这个视频根本找不到你哥哥的尸体。"女人叹口气，"要是不信，你大可去试试，我想最好的结局也就是赵家的人找个替死鬼来顶罪。"

　　杨莉闻言一时愣住了，正如眼前这个女人所说，想要指证谋杀，无疑需要更加确凿的证据。

　　"你究竟是谁？为什么会知道这些事情，为什么会有这个录像？"杨莉刚刚在惊慌和悲伤中失去理智，如今总算回过神来，这才问道。

　　女人苦笑，蹲下来，平视着杨莉，说道："我和你一样是苦命的人，你可以叫我复仇者。"

　　"复仇者？"杨莉一脸茫然的表情。

　　"不错，杀害王子恩的真凶现在就在我们手上，给你一个机会，亲手为你哥哥报仇雪恨。"女人恶狠狠地说道。

　　杨莉一瞬间真有想杀死赵露的冲动，但是她很快就冷静下来，摇了摇头。

"你还没有告诉我，你究竟是怎么拿到这段录像的？"

"我自然没有能力得到这个视频。是猎人，一个帮我们复仇的人，他让我转交给你的。"

"我要见猎人。"杨莉必须弄清楚这究竟是怎么一回事。

女人摇摇头，说道："我只知道这个代号而已，至于猎人的真实身份我并不知情，但这些对我来说根本不重要，他只需要帮我复仇就够了。"

杨莉忽然间想到了什么，说道："这次绑架是……是你们安排的吧？你们……你和那个绑架我的人是一伙的？"杨莉说着连退几步，警惕地看着女人。

"一伙？"女人笑得有些凄惨，"那个男人就是我要复仇的对象。"

"不管你们搞什么，我要离开，我要去报警。"杨莉紧紧握着手中的 SD 卡。

"随便你，我不会阻拦你，但是你就不想亲手为你哥哥报仇吗？你哥哥死得那么痛苦，甚至都没有人知道他被埋在哪里，你能够眼看着杀害他的人逍遥法外吗？"

这一连串的问题就像是钢针扎进杨莉的心里，她停下脚步。

女人慢慢走到杨莉身后，轻声细语地继续说道："那些罪有应得的人，应该接受惩罚。"

杨莉脑海里浮现出哥哥王子恩的笑容，眼泪再一次夺眶而出。

她还记得自己第一次见到王子恩的那一幕。

六年前，一个慵懒的下午，阳光灿烂，她骑着自行车从学校出来，去福利院看望院长。

熟悉的街道，两边的柳树迎风招展，自行车轮飞快地转动，犹如跳跃的精灵。

她迫不及待想要告诉院长妈妈，她考取了重点大学。

可当她骑到福利院门口的时候，一个冒冒失失的男青年却突然从一旁拦住了她，害得她差点摔倒。

"你就是杨莉吗？"男青年咧着嘴，皮肤黝黑，笑容憨厚，一口白牙令人印象深刻。

杨莉礼貌地点点头。

"妹妹真漂亮！"男青年忍不住夸口赞道。

杨莉也遇到过不少登徒浪子，但像眼前这个男青年这样肆无忌惮的还没见过。

"无聊！"杨莉翻了白眼，推着自行车就想离开。

青年却还是抓着车不放。

"我可报警了！"杨莉威胁道。

"你……别激动，误会了，我是你大哥，大哥！"男青年挺直了腰板，一副骄傲的样子。

"我是你姑奶奶，死变态，滚开！"杨莉尖叫起来，路上的行人无不扭头注视。

男青年尴尬无比，急得满头大汗。就在这个时候，福利院的院长苏丽雅走了过来。

"小莉，他真是你哥哥。"苏丽雅满头白发，说话声音不大，但是字字清晰。杨莉看着男青年，一时间只感觉天旋地转。

那一天，她从院长那里得知了自己的哥哥叫作王子恩，也正是因为他一直坚持不懈地寻找，才终于找到了她。

杨莉知道了自己的身世，她的父亲叫王小庆，母亲叫马慧芳。母亲生下她那年，村里遭了灾，那一年田里颗粒无收，母亲马慧芳也生了重病，本来就贫穷的家更是濒临绝境。无奈之下，王小庆瞒着马慧芳把一岁不到的女儿遗弃在市区一间大酒店的门口，希望有好心人能够收养孩子。

五岁的王子恩没了妹妹，哭个不停，他总会问爸爸妈妈，妹妹去了哪里，而王小庆和马慧芳只会摇摇头，然后沉默不语。如果他问多了，王小庆少不了还会揍他一顿。但是五岁的王子恩已经牢牢记住了他有一个妹妹，妹妹大大的眼睛、天使般的笑容、软白的小手……

等到王子恩成年的时候，父母才说出真相，但是十几年都过去了，物是人非，要找到妹妹又谈何容易。

王子恩却没有放弃，他一边在城里打工，一边四处打听妹妹的下落。功夫不负有心人，用了足足四年的时间，他终于打听到妹妹的下落，找到福利院来。

杨莉却从心理上接受不了这个突然出现的哥哥，她请求院长为她保守秘密，不要对人说起这件事。院长信守了承诺，但是杨莉却无法阻止王子恩。

从那以后，她会经常收到汇款，这些汇款或多或少，但却从没有中断。

"妹妹，等哥哥赚够了钱，买个大房子，接你回家！"王子恩看着杨莉，憨厚地笑道。

杨莉没有原谅父母，但是那一刻她确实原谅——哦，不，是接受了她的哥哥。

杨莉擦干眼泪，转过身，看着女人，说道："我要去见她，见那个杀了我哥哥的女人！"

女人递给杨莉一张字条，上面有一个地址。

"你去这里，就会见到赵露。记住，只能一个人去，不能告诉任何人，如果不遵守规则，你将永远没有机会为你哥哥报仇。"

杨莉接过字条，点了点头。

"去吧，时间不多了。"女人催促道。

"你呢？不和我一起去吗？"杨莉有些惊讶地问道。

"我要开始我的复仇了。"女人说着转身走出了房间，外面的厂房地面上赫然躺着昏迷倒地的郭建国……

第十一章

生死

　　赵暮云接到"狩猎直播"APP发布预告的消息后连夜召开了紧急会议，会议旨在最大限度地调度资源，尽快调查出直播平台下一步的计划，如果视频预告属实，那么警方必须跟幕后黑手争分夺秒才行。

　　在汇报此事的时候，局长向赵暮云传达了市委领导方面下的死命令，必须将犯罪团伙一网打尽。赵暮云也明白，对方这次有别于以往地选择了发布预告，就是公然和警方叫板。对方一定知道警方在追查他们的行踪，但是对方非但没有缩紧行动，反而宣称要策划一场史无前例的直播，这简直就是对警方的极度蔑视，赵暮云绝对不允许这样随意践踏法制、践踏人命的组织继续逍遥法外。

　　市刑侦大队、鉴证科、网络信息科在内的几个部门都参与了这次会议，会议决定抽调各个部门的精锐组建一支临时调查小队，队长由赵暮云担任，一切行动命令直接由赵暮云下达，不需要再次向上审批。所谓兵贵神速，这次给了赵暮云史无前例的权限，就是要求她一击即中，将对方的整个组织连根拔起。

　　"到目前为止，我们的调查一直被对方牵着鼻子走，因为对方的活动主要开展在所受监督较少的暗网之中，而且对方的计算机水平很高，所以我们很少能够在案发之前就掌握到相关线索。"赵暮云站在台前发表着行动前的动员演说，下面坐着的都是市局精锐，笔挺的警察制服衬得大家都干练非常，此时所有人表情严肃，如临大敌。

"但这次不一样，之前的成功让他们过于自大，选择了发布预告。我知道这意味着巨大的压力，三天这个倒计时压在肩上，无辜者的生命每时每刻都面临威胁。但我也认为这为我们带来了很大的优势，对方行动得越多，暴露的也就越多。在座的各位都是武口市最优秀的警察，如果连我们都不能将真凶抓住，整个武口市还有谁可以！还有两天半的时间，有没有信心抓到真凶！"

"有！"所有人被赵暮云的演说激起万丈雄心，势要将这个泯灭人性的直播平台一举捣毁。

在会议中信息科报告，根据目前掌握到的线索可以确认，"狩猎直播"APP的服务器在境外，但是影像数据是从国内传输到国外的服务器上。但是对方的反追踪技术十分高超，信息科表示短时间内无法破解对方的防火墙，具体位置无法确认。虽然如今范围已经缩小到本市，只是这样的范围对于确认嫌疑人毫无意义。武口市总面积八千平方公里，常住人口一千多万，如此庞大的都市圈，想要找到毫无线索的真凶，用大海捞针来形容再恰当不过。

面对这样的困境，会议上一时间鸦雀无声。就在这个时候，坐在后排的乔风歌举了举手。

"乔风歌，你有什么看法？"赵暮云一眼看到坐在角落里的乔风歌。

乔风歌手里拿着一个笔记本电脑，从中间位置挤出来，连连向坐着的同事道歉。同事们看着她窘迫的样子，不免失笑。

乔风歌有些尴尬地走到前台，对赵暮云说道："队长，那我开始说了啊。"

"好，你尽管说。其他人也是，有任何想法都可以说出来。"赵暮云鼓励道。

"根据我们目前掌握的证据和线索推断，胡秀芳失踪、李文建被杀、任波失踪、张晴晴被杀，到朱艳红杀害赵光全、郭建国和周揆被威胁参与直播，这桩桩件件都是来自'狩猎直播'幕后策划者的手笔。"乔风歌第一次面对这样的大场面，不免有些紧张，但还是将自己的看法大胆地说了出来。特别调查小组的成员都了解过以上案件的资料，因此大家都听得全神贯注。

乔风歌拿出一个透明的证物袋，里面放着她从胡秀芳办公室取回来的骷髅钥匙扣，并将自己之前去制作工坊调查到的信息讲了出来，证实了这个骷髅图案是胡秀芳亲自提供的。

"我怀疑胡秀芳的失踪从一开始就是她自导自演，目的是引自己的丈夫，也就是目前下落不明的郭建国入局。"乔风歌将自己的推测说了出来。

"之所以我们一直觉得目前发生的事件既多又杂乱，很难理出头绪，是因为我们找不到幕后作案者一脉相承的动机。但是如果我们将这些案子归类来看，其实不难看出这些案件的动因明显有很大的区别，我怀疑这个组织的幕后策划人其实是多人。其一就是胡秀芳，她的种种行为主要针对郭建国，无论是张晴晴的死，还是天贡山一案，虽然郭建国并没有生命之危，但却在很长一段时间内饱受折磨。

"另一个策划者的身份到目前为止还毫无线索，但可以看出来他对兰星化工厂以及赵家有着很深的了解，这很可能归功于他的计算机技术。无论是李文建还是朱艳红，和赵家都有着千丝万缕的联系。

"在这里我给出一个大胆的假设，我个人认为这个神秘的二号策划者才是这整个事件的幕后真凶，胡秀芳是被他利用，或者说被他招揽来制造更多直播现场的。一直令我们技术部门十分头疼的直播平台的隐蔽性的问题，这无疑需要强大的计算机技术，胡秀芳这种身份的普通人是绝对不可能轻易接触到的，以及能够绑架赵光全这样身份的人，所需要的资源也不是一般人能够获得的。

"所以，我们可以推断出'狩猎直播'APP的操控者，是一个拥有庞大资金和顶尖计算机技术做后盾的犯罪集团，而这个集团的首脑，就是谋划这一切案件的真凶，也是我们这次必须绳之以法的目标人物。"

赵暮云听着乔风歌的发言，她心中隐约有种感觉，乔风歌继续这般飞速成长下去，说不定会带领武口市刑侦大队走上一个新的台阶。

"在没有过多的线索能够锁定真凶的情况下，追查郭建国的下落是更加有效的手段，让警方可以夺取在这起案件当中的主动权。"乔风歌把电脑接上投影仪，参考了之前在咖啡厅严凯跟自己讲述的方式，将如何追踪到郭建国下落的过程，清晰明了地展现在了调查小队众人的面前。所用到的分析材料、录像和地图数据，都是她临走时从严凯那里拷贝过来的。

当众人还在惊讶乔风歌的调查进度如此惊人的时候，乔风歌丝毫没有停顿地继续将自己的推测说了下去，"郭建国在天贡山一案后神秘消失，我有理由相信他还受到'狩猎直播'平台的控制，郭建国在 4 号早晨由 G27 公路出城后就失去踪影到现在，他本人和他此前驾驶车辆的车牌号均没有被任何监控拍摄到，我认为我们接下来应该以 G27 公路出口为原点，在半径十公里的半圆区域内进行重点排查。"说完，乔风歌在地图上用红线标出这个半圆区域。"乔风歌对正在看着自己的赵暮云点了下头，示意自己讲完了。

赵暮云会意后即刻站起来说道："乔风歌同志的分析数据翔实，推断有据。各部门立刻抽调人手，开始对这个区域进行全面排查！"赵暮云指了指地图中被乔风歌画了圈的地方，语气坚定地说道。

命令一下，所有人立刻开始行动。

信息科的小王凑到乔风歌身前，好奇地问道："小乔，你这数据从哪里来的，厉害啊！"

乔风歌笑着回道："特殊渠道，保密！"

指挥中心巨大的液晶屏幕上分割出九个画面，中间画面正是直播平台的动向，其他八个画面则是各个搜索小队的搜索进展。

根据"狩猎直播"APP 的直播预告，直播将在 8 月 4 日凌晨四点十四分开始。

赵暮云看了看表，离直播时间还有五分钟。

乔风歌的手也在微微颤抖，她不由自主地心跳加速，有种强烈的不安感遍布全身。

时间一分一秒过去，指挥中心里每个人的心都提到了嗓子眼，"狩猎直播"APP 已经开始倒计时读秒。

10，9，8，7，6，5，4，3……

中间那块漆黑的屏幕突然亮起微光，光晕慢慢扩大，把整个屏幕照得一片苍白。

白光渐渐淡去，荧幕里终于出现清晰的画面，镜头是俯视角度，三把椅子上坐着三个人，他们都低着头，看不清面孔。

椅子摆放的方向呈品字形，地板是木地板，透着油光。

"立刻追踪直播位置！"赵暮云下令。

"数据正在破解，还需要时间。"信息科的技术员们正在紧张工作。

赵暮云虽然着急，但也无能为力，只能期望赶在直播结束前找到他们的所在位置。

而就在此时，直播画面里，一团团水花从天而降，淋在三个人的头上。

郭建国浑身一颤，他感觉有一盆水倒在了头上，忍不住打个激灵，从昏迷中醒过来。

他抬起头，发现自己在一个密封的房间里，除了头顶的灯，四周昏暗一片。他的身下是一把铁椅子，这把椅子牢牢固定在地面上，不能移动分毫。而他的手脚也都被铁链锁在椅子上，难以行动。

更让他惊惧的是，在他左右斜对面，还有两个人同样被锁在椅子上，一个人他认识，正是任波，另一个人则是个漂亮女人，但却不是杨莉。

他们也被水浇醒，看着一脸愕然的郭建国。

"任波，你怎么在这里？"郭建国急忙问道，"你是不是找到我老婆了？"

任波脸色苍白，浑身上下都在发抖，对于郭建国的问题置若罔闻。

"你……你们是什么人？龚丽丽，你个贱人，是你在搞鬼吗？"被锁住的女人正是赵露，她原本准备去机场坐飞机，半道上却被人弄晕了，醒来后就发现自己来到了这个地方。

"放开我，放开我！"赵露大喊大叫，试图挣脱锁链，但于事无补，反而弄痛了自己。

就在三个人都手足无措的时候，一个机械般的声音从黑暗中传来。

"你们有三十分钟的时间从这里逃出去，屋子里的氧气会在过程中逐渐被抽走，三十分钟后，如果你们逃不出去将会窒息而亡。"

话音一落，郭建国他们三人的手链脚链就自动脱落，房间里的灯光也逐渐亮起来。

这个时候他们才看清自己所处的房间大概有一个篮球场大小，四周散乱地摆放着许多杂物，但是却看不到门和窗户。

"救命啊，救命！"赵露大声喊叫，不断地拍打墙壁，恼羞成怒。

郭建国找到一把铁锤，拼命砸墙，但除了溅起一些石灰，根本没有任何作用。

任波却好像木头人，虽然脚链手链解开了，但是他还坐在椅子上，喃喃自语："跑不了，跑不了，没有一个跑得了……"

郭建国放下铁锤，跑到任波面前，抓住他的肩膀，使劲摇了摇。

"任波，振作点，究竟发生了什么？告诉我！"

"是我杀的，我杀人了，我认错，放了我，放了我……"任波突然跪倒在郭建国面前，不停磕头。

郭建国想不到任波会疯了，他的所作所为显然不像是一个神志正常的人。

"别管这个疯子了，我们快想办法出去！"这时赵露跑过来，心急如焚地说道。

"你是谁？怎么会被抓来的？"郭建国看着眼前这个陌生的女人，警惕地问道。

"我怎么知道他们为什么抓我，你们又是谁？会不会是有人恶作剧？"赵露反问道。

郭建国一愣，知道三言两语说不清楚，只能叹口气说道："先别管这些了，我们出去再说。"

郭建国想起自己昏迷前因为听到房间外面的声响出去查看，结果人影没看到一个，自己先莫名其妙地就晕过去了。可自己为什么会来到这里，莫非又是绑架胡秀芳的那些人干的？他摸了摸身上，口袋空空，手机、钱包和其他物件都被人拿走了。

"这里看起来就像是个密室……"赵露刚才已经在四周走了一圈，她冷静下来，开始观察四周的环境，忽然想起以前玩过的密室游戏。

郭建国闻言，也仔细查看四周的布置，虽然杂乱，却又有些说不出来的神秘感。古老的钟柜、大会议桌、白色的床、汽车模型……角落里甚至还有一个开放式卫生间的布局。

郭建国看到卫生间，心里忽然一颤，这个卫生间怎么看起来那么熟悉？

他走到卫生间前，仔仔细细打量，然后蹲下来，抬起头往上看，看到了卫生间顶的横梁，脑海里立刻闪现出李文建吊死的那一幕。

"这……这不就是你公寓里的卫生间吗？"郭建国说着把目光投向还在发疯的任波。

任波这时也抬起头看到了卫生间，一瞬间仿佛就像看到魔鬼一般，吓得直往后退，直到退到墙边，无路可走。

"这个疯子怎么看到个厕所就吓成这样？"赵露走到郭建国身旁，一脸不解地看着这个卫生间。

"这个卫生间的陈设布局和他公寓里的一模一样。"郭建国简单说道。

"那也不用这么夸张吧。"赵露用手拍了拍洗手台。

然而这个不经意的动作，却仿佛启动了什么机关，洗手台上的水龙头突然流出猩红的水。

赵露吓了一跳，急忙往后退。

郭建国尝试去关上水龙头，发现不管用后就想关掉水阀，但都无济于事。

水源源不断地流出，直到填满整个水池才停下。三人惊讶地发现池子里漂浮着一根小木管，这木管似乎是随着水从水龙头里流出来的。

郭建国用手指小心翼翼地从血池里夹起小木管。木管是空心的，两端各有个盖子，拧开后发现里面有个纸卷。

取出卷纸发现上面写着一句话：谁杀死了李文建？

"李文建是谁？"赵露也看到卷纸上的文字，问道。

"李文建早就死了……"郭建国答非所问，他把目光投向任波。

"这肯定是密室逃生的谜题，找到杀死李文建的人就能破解，这个李文建怎么死的？"赵露急忙问道。

"应该是自杀的……"郭建国并不知道警方已经断定李文建的死是他杀。

"自杀？"赵露自言自语道。

任波此时却目光闪躲，仿佛做错事的孩子。

郭建国上前再次抓住任波，盯着他的眼睛，问道："李文建究竟是怎么死的？"

"我不知道……我不知道……"任波低着头，不停摇摆着。

"你怎么变成这样了？"郭建国虽然只见过一次任波，但当时的他精明狡诈，哪里像现在这么神经质，"周揆跟我说，你找到我老婆了，还说秀芳要杀你，究竟是怎么回事？"

任波一愣，听到"秀芳"两个字，忽然整个人安静下来，他用力拍了拍自己的头，仿佛恢复了神志。

"李文建是我杀的。"

郭建国闻言一震，他想不出这是为什么。

"你杀的？为什么？"

"我拍了他老婆朱艳红的视频在网上卖，他来找我谈判，我怕他报警，下了迷药，然后把他勒死，伪造了自杀现场，我就跑了。"任波语气平静，仿佛是在讲别人的故事。

郭建国知道朱艳红从事什么职业，所以任波这么说也有可能，只是未免有些巧合。但如今任波亲口承认是自己杀人，他也没有理由去怀疑。

"就算知道是他杀的人，和我们离开这里有什么关系？"赵露急得直跺脚，她注意到房间里那座钟一直在倒着走，仿佛是在倒计时。

郭建国微微一沉吟，又问道："你用什么勒死他的？"

"鼠标……鼠标线……"任波的眼神又开始蒙眬起来。

"找一找，看这些杂物里有没有鼠标。"郭建国说着，就开始在房间里寻找。

赵露也加入搜索的行列，去郭建国的另一边找鼠标。

"这个疯子的话靠不靠谱？这鬼地方怎么可能……"赵露一边找，一边抱怨，可还没等她说完，她就发现在一堆废纸下面，真的有一个有线鼠标。

鼠标的线埋入地下，似乎连接着什么东西，赵露不敢随便拉，于是大声呼喊："那个谁，过来，在这里，找到了！"

郭建国闻声急忙跑过来，果然有个鼠标在一堆废纸中。

"线的一头好像连着什么东西，要不要拉一下？"赵露看着郭建国问道。

"或许是机关，让我来试试。"郭建国蹲下身子，慢慢拉动鼠标线。

鼠标线下面似乎有一个齿轮，拉动时发出"吱呀"的声音。

随着这个声音的响动，巨大的钟柜竟然开始缓缓移动，露出一扇铁门。这铁门酷似银行金库的大门，上面有一个转盘密码锁。

然而就在郭建国他们以为找到出口的时候，从墙壁里突然射出一支铁箭。铁箭不偏不倚，正中任波的咽喉。

事情发生得太过突然，郭建国看着倒地的任波，不由目瞪口呆，浑身僵硬，吓得不轻。

赵露发出尖叫，花容失色。

赵暮云和乔风歌在指挥中心里看到任波被杀，心中的震惊无以言表。

而恰在这时，搜索小组传来消息，在废弃钢厂发现了监控中郭建国的车辆，但钢厂内却并没有发现任何可疑人员，也没有找到疑似被绑架的杨莉。

乔风歌在看到郭建国出现在直播里的时候就确定警方还是晚了一步，郭建国已经不在严凯查到的区域范围之内了。但是杨莉的下落至今成谜，这让乔风歌迷惑不解。究竟绑架杨莉的人是不是郭建国，如果不是的话，那么自己的闺密到底去了哪里？如果是他绑架的，现在郭建国已经被幕后黑手绑来参加直播，那么杨莉此时岂不是更加危险。

任波的死，让郭建国和赵露都意识到，对方所说的话并不是玩笑，如果在剩下的二十分钟里，他们找不到出路，是真的都会死。

郭建国试着拉铁门，但铁门紧锁，如果没有正确的密码，根本打不开。他围着铁门转来转去，却想不出好法子。

赵露蹲在地上，抱作一团，浑身发抖，目光游离。

郭建国见赵露被任波的死吓得魂不守舍的样子，自觉想要在三十分钟之内离开唯有靠自己了，因此更加打起精神在周围搜索可能有用的线索。正在这时，他发现铁门的密码锁上面有一行小字，因为字体颜色和大小的关系，不认真看根本看不清写的是什么。

"蝼蚁的眼泪，盛开的玫瑰，为王子恩赎罪！"郭建国眯着眼睛，把那行小字读了出来。

赵露听到"王子恩"三个字，浑身一颤，坐倒在地上，额头冷汗直冒。

"立刻调查一个叫王子恩的人，应该是和赵露有关系的。"赵暮云眼睛盯着大屏幕，立刻下令道。

乔风歌听到"王子恩"这个名字浑身一震。

"王子恩……王子恩……"乔风歌嘴里念叨着这个名字。

一旁负责调取记录的警员这时正向赵暮云汇报道："赵队，全市叫作王子恩的人有一千七百三十五人，要一一核查，恐怕需要时间。"

赵暮云皱皱眉头，虽然透过直播视频不难看出这个王子恩和赵露有关联，但要一一核查怕是要耗费几天时间。

"赵队，我朋友的哥哥名字就叫王子恩，他前段时间失踪了。而且他们家就是红村的，如果说和赵露以及兰星集团有关，很有可能就是我说的这个王子恩。"乔风歌猜测道。

"嗯，红村里确实有个叫王子恩的。"负责调阅记录的警员在键盘上敲了几下，很快就证实了乔风歌所说的这个王子恩是存在的。

"好，马上安排人去调查。"赵暮云点点头。

与此同时，在"狩猎直播"里，郭建国和赵露似乎发生了争执。

众人不由把目光再次投向直播画面。

"我不知道！"赵露语气坚决。

"任波死了，我根本不认识王子恩，除了你，还能有谁？"郭建国质问道。

赵露沉默不语。

"我不感兴趣你对他做了什么，但是很明显这个谜题是和他有关的，如果找不出密码，我们都得死。"郭建国一边说，一边看钟柜上的时间，倒计时还有十五分钟。

赵露闻言终于坐不住了，她走到铁门前，摸着上面的字，揣摩着这句话的意思。很显然，把自己抓来这里的人知道是她命人杀了王子恩，所以才会设置这样的谜题。可是知道这件事的人除了帮自己料理后续麻烦事的大哥二哥，再没有其他人。大哥已经死了，二哥也绝不可能出卖自己，会是谁呢？

赵露叹口气，如今不是想这个问题的时候，现在关键是找出密码。

"蝼蚁的眼泪，盛开的玫瑰，为王子恩赎罪……"赵露咬着手指，冥思苦想。

时间一分一秒过去，郭建国虽然着急，却也不敢打搅赵露思索，只能在旁边干等着。

片刻后，赵露似乎想到了什么，把手伸向了密码锁，输入了王子恩的忌日，但是铁门还是没有反应。

"你输入的是什么？"郭建国忍不住问道。

"他的忌日。"赵露随口说道。

郭建国摸摸下巴，沉吟了片刻后说道："你再把今天的日期输进去。"

赵露瞟了一眼郭建国，心里一"咯噔"，明白他为什么要自己输入今天的日期，显然所谓赎罪的意思就是在今天。

她想到刚才鼠标线的机关一启动，那个疯子就死了，那自己启动密码锁会不会有危险？

"你来输……"赵露有些害怕，找了个死角，捡起一块木板挡在身前。

郭建国知道她是害怕，但眼下对自己而言，也别无选择。他走上前输入日期。

只听"咔"一声，锁应声解开，门"吱呀"一下打开，一个黑咕隆咚的通道出现在眼前。

郭建国探头看了看，虽然看不见什么，但是感觉有风从另一边吹进来，应该就是出口。

赵露确认没有什么危险后，也小心翼翼地靠近过来。

"应该是出口了，我们出去再说。"郭建国说着抹抹额头的汗。

赵露本想马上出去，但看了眼通道，不由退了两步，对郭建国说道："你……你走前面……"

谁也不知道通道里有什么，但必须有人钻进去。

郭建国本来也打算走前面，但是对于赵露如此直白的要求，也不免感受到一丝不快。

郭建国摸进通道，里面只能一个人蹲下爬行，也没有光亮，伸手不见五指。他缓缓爬行，赵露跟在他的身后，虽然他极不情愿，但是赵露还是因为害怕，用手拉着他的脚踝。

两个人就这样别扭地在通道中前进，不过好在通道并不长，没爬多久就到了尽头。

郭建国尽管小心翼翼，但是他的头还是被前面的墙撞了一下，发出"咚"的一声。

"好像没有路了……"郭建国看不见，但是他的手已经摸到前面是一堵墙。

"不可能，我这儿还能感觉到有风。"后面的赵露稍微抬起一点身，在四周摸索。

郭建国也能感觉到风，但是不是从面前，而是头顶。他伸出手，在头顶探索，果然在上面有个风口。

风口摸起来约莫有一个拳头大小，郭建国试着把手伸进去，里面有一个拉环。不过要不要拉下去，郭建国犹豫了。任波被铁箭射死的惨状还历历在目。

"你怎么不动了？"赵露催促道。

"有个铁环……"郭建国欲言又止。

"拉啊，不拉就要退回去，没的选！"赵露咬牙说道。

郭建国喘口气，既然赵露也同意拉，又没有别的选择，只能赌一赌了。

郭建国用力拉下铁环，只听"砰"的一声，他们进来时的铁门关上了，四周亮起了灯光，头顶的通风口源源不绝地灌进水来。

郭建国和赵露这时才发现他们已经没有任何出路，一旦水灌满管道，他们就是死路一条。

"快，快，快想办法啊！"赵露已经哭了起来，她怕死。

郭建国往回跑，想推开铁门，但是铁门已经锁死，无论他怎么撞击、推拉，都纹丝不动。

水位越来越高，以这样的速度，用不了几分钟，两个人就会被淹死。

赵露在水里惊恐慌乱，她不想死，更没有想到自己会以这种方式死，她把恐惧和不满都发泄到郭建国身上，用力踢打着郭建国。

"都怪你，都怪你……"

郭建国脑子里忽然一片空白，对于赵露的责怪完全置若罔闻，不断漫延上升的水，让他的记忆"哗"的一下回到三年前的那个傍晚。

他站在湖边，看着那辆车一点点沉入水中，车里那个年轻人不断挣扎，想要出来，就像眼前的赵露，可无论怎么尝试，终究无济于事。

年轻人透过前挡风玻璃看到了郭建国，顿时眼睛里燃起了希望和生的喜悦，他奋力拍打玻璃，向郭建国求救。

郭建国向前挪动了几步，可还是停下来，看着求救的年轻人，心里竟然生出一种快感，只希望他能沉得更快一点。

年轻人看到郭建国脸上的表情，眼睛里慢慢充满了绝望。

车终于完全被湖水淹没，年轻人那只拼命敲打车窗的手是留在郭建国脑海里最后的画面，也是他良心发现的那一刻。

郭建国的良知被那只手唤醒了，他脱下衣服跃入水中，然而一切已经晚了，虽然他尝试打开车窗，但巨大的水压以及昏暗的视线，让他无功而返。

郭建国游回岸边，大口喘着气，忍不住回头望去，天色已经是一片黑暗。

一切都是报应吗？郭建国此时也慢慢被水淹没，一点一点，通道里的灯渐渐熄灭，他沉入水中，仿佛又看见那个年轻人，这一次，绝望的人却是自己……

随着郭建国和赵露沉入水中，直播结束，信号瞬间中断。赵暮云气得把手里的茶杯摔到了地上，整个指挥中心在这"砰"的一声后，变得鸦雀无声。

所有人都被凶徒的残忍狡猾所震惊，众目睽睽之下，短短半个小时不到的时间，杀害了三条人命。除此之外，直播平台上的观看者大多幸灾乐祸，连连叫好，疯狂至极，令人不寒而栗。

就在这时，大屏幕上的"狩猎直播"APP再次接通，屏幕上打出一行字：猎人们不要走开，还有彩蛋，额外付费0.01比特币。

软件很快跳出了付款界面。

"接入进去！"赵暮云立刻下令。

付款后，画面闪动，屏幕上出现了一个人——杨莉。

乔风歌只感觉头皮发麻，杨莉一直失踪，没想到她真的出现在狩猎直播里。

"赵队，锁定直播的位置了，在滨江路7号水渠站。"技术科小王兴奋地站起来。

"滨江路附近的巡警请注意，立刻赶往7号水渠站救人！"赵暮云当即下令。

乔风歌一听到信息科的消息立刻飞奔而出，她要赶去见杨莉。

"赵……赵队，我还发现'狩猎直播'APP的服务器是在摩洛哥。"

"摩洛哥？"赵暮云一愣，摸摸头，咬牙说道，"立即向公安厅打报告，求助他们联系国际刑警，并向摩洛哥警方请求协助。"

杨莉按照字条上标注的地址，一路连跑带走，走了一夜才来到一个废弃的水渠站。

这里以前是一个管理城市污水管道的维修站，不过已经废弃多年。

水渠站靠近江边，巨大的排污管里已经没有污水排出，但依然散发出阵阵臭气，令人感到不安。

此时，天蒙蒙亮，杨莉有些紧张，她一路上想了很多，但大部分时间脑子里都是一片空白。她始终还有一丝希望，毕竟视频里并没有看到哥哥真的被埋，或许凶手只是吓吓哥哥，现在哥哥被囚禁了……各种念头混在一起，她真心祈求哥哥活着，她愿意用自己的命来换。

还有一件事让她十分不安，那就是那个告诉她这一切的女人，究竟是什么人？真的有一个所谓的"狩猎者"存在吗？如果真有，那么狩猎者的目的是什么？这里面实在有太多难以回答的问题。

她甚至连赵露长什么样子都不知道，一会儿见到她，又该说些什么？

杨莉想给乔风歌打个电话，可一来她没有手机，二来她害怕真如那女人所说，一旦联系别人，她就永远再见不到赵露，也就无法弄清楚真相。

左思右想，她还是决定先见见赵露，其他事以后再说。

水渠站的屋子有一扇铁门，铁门虚掩着，杨莉并没有直接推门，她谨慎地透过门缝往里看。

屋子里没有人，只有一把椅子和一张桌子，桌子上一台陈旧的电视机。

杨莉伸手推门，铁门发出"吱呀"的刺耳声，伴随着声响，桌上的电视忽然亮了起来。

她吓了一跳，环顾四周，却没有看见任何人。

正当她准备靠近电视看个究竟的时候，电视上出现了画面。

一个浑身湿漉漉的女人被铁链锁在一块石头上，她周围的环境看起来十分脏乱，地上还有老鼠在爬来爬去，仿佛是在某个洞穴里。

"赵露，你说出杀害王子恩的经过，我们就放了你。"一个嘶哑的声音在洞穴中回响。

"放了我，我没杀人，放了我，我给你们钱，放我一条生路。"赵露苦苦哀求。

"这些老鼠已经饿了很多天了，我们有耐心，可是我怕老鼠们已经急不可耐了。"

赵露发出惊叫声，已经有老鼠开始爬到她腿上，她拼命扭动身体，老鼠才掉下来。

"我说，我说，是我让人杀他的，我知错了，我去找警察自首，你们放了我，放了我啊！"赵露的精神几乎崩溃。

电视前的杨莉听到赵露承认了自己杀人，只感觉身体发凉，最后的希望破灭，她心中的悲伤和愤怒难以言喻。

就在这个时候，屋子里地板上打开了一扇暗门，一个地道出现在眼前。

杨莉听到了奇怪的声音，她立刻关掉电视，发现地道里传来女人的呼喊声，那声音分明就是刚才电视里赵露的声音。她来不及多想，立刻走下地道。

地道直通一个废弃的污水管道里，污水管道中有亮光，杨莉顺着亮光和声音传来的方向一路急奔。

她穿过几个岔口，看到一扇铁门，呼喊声正是从铁门后面传来。

杨莉扭开铁门上的锁扣，用力一推，她终于看到了赵露。

铁门一开，老鼠四散逃窜，如果是往常，杨莉会吓得惊叫，但是现在，她的目光里只有赵露，如果眼神能杀人，此刻赵露的身上已是千疮百孔。

屋子里有一张桌子，桌子上摆着一把锋利的匕首。

杨莉冲上去拿起桌上的匕首，一步步向赵露逼近。

隔着屏幕，乔风歌的心此时也提到了嗓子眼，她忍不住叫道："莉莉，不要，千万不要！"

赵露看到杨莉，以为一切都是她在搞鬼，看见她拿着刀向自己走过来，她急忙说道："你和王子恩什么关系？我赔钱，你要多少钱，我赔给你……"

杨莉抓住赵露的衣领，一字一句地说道："我是他的妹妹，你记住，我是他的妹妹……"

杨莉举起刀，她的手抖得厉害，整个人仿佛悬在空中的木偶，被愤怒拉扯着走向地狱。

这一刻所有人都屏住了呼吸。

杨莉一片空白的脑海里忽然出现了哥哥干净的笑容，王子恩摸着杨莉的头，说道："妹妹，以后无论你遇到什么事情，都要明白自己要选择正确的那条路，哪怕再不容易，也要坚持下去！"

"正确的路？"杨莉忽然浑身一个激灵，她手里的刀没有插进赵露的胸膛。

"你……"赵露也没想到杨莉竟然会放开自己。

"我杀了你，就和你没有任何区别！"杨莉擦干眼泪，"我现在救你，是不希望背后操控这一切的人得逞，我要把你绳之以法，让法律来制裁你的恶行！"

"啪"一声，直播画面被切断。此时，乔风歌泪流满面，并不是所有人都会被仇恨蒙蔽双眼，杨莉让人们相信人性中依旧有美好的一面，有值得期待的理由。

而就在大家以为这次的直播到此结束的时候，屏幕又一次意外亮起。

第十二章

夫妻

郭建国脑子里白茫茫一片，浑身冰冷，他觉得自己应该是死了。像自己这样犯下大罪的人死后一定是下了地狱的吧。地狱会是什么样子，他想睁开眼睛看一看，但是却感觉眼皮很重，身体很沉，哪怕只是睁开眼睛这样简单的事情，也做不到。

就在郭建国已经决定放弃挣扎永远睡过去之后，自己眼前却突然出现两个孩子的身影，他们闹着笑着，仿佛两个小天使围绕在自己身边。不行，我不能死，我不能让他们两个成为没有爸爸妈妈的小孩。

"泽羽、天逸！"郭建国叫着两个孩子的名字，从噩梦中惊醒，他没有看到地狱，但却要面对比地狱更可怕的场景。

胡秀芳，他朝思暮想的妻子，就亭亭玉立地站在他的面前。

而他自己，浑身湿漉漉的，被绑在一个犹如十字架的木桩上。

他还记得那天在废钢厂的仓库里，他听到响动出门去看，但还没等他看到任何人影，就觉得自己的脑袋越来越沉。在倒地之后，恍惚间他看到妻子款款向自己走来，但还没等他看清楚就彻底晕了过去，再一睁开眼就是在刚才那个房间里面。

而现在，自己在水中晕过去之后，醒来竟然又一次看到了妻子的身影，他怀疑自己在做梦，连忙向四周看去。这里是一个犹如监牢的房间，除了十字架，还有一张陈旧的木桌，桌子上放着一把寒光闪闪的匕首。

郭建国开始惊喜地喊道："秀芳，你没事？真是太好了，你不知道我找你找得多辛苦。"郭建国一开始兴奋不已，但当看到胡秀芳冰冷的眼神，他火热的心渐渐冷了下去。

"秀芳，你是怎么到这里的？"郭建国问道。

"你还不明白吗，都是我做的，从一开始的失踪，到张晴晴的死，以及天贡山和威胁你让你绑架杨莉都是我一手策划的。"胡秀芳声音平静，仿佛是在唠家常，但说出的内容却让郭建国震惊不已。

"不可能，不可能！"郭建国看着胡秀芳的眼睛，止不住地摇着头，他拒绝承认让自己这些天撑下去的支柱竟然就是这一切的策划者。自己和妻子这么多年的感情，还有两个可爱的儿子，胡秀芳没理由这么做的，没理由的。一瞬间，他眼前又回想起那个隔着车窗向自己求救的身影。"不，不会的……"

"你为什么要杀志伟？为什么不能放过我们?！"胡秀芳此时已经泪流满面，回想起逝去的爱人，已经透支了她全部的心力。

时光仿佛一下子回到了那个炎热的夜晚，忙了一天的郭建国回到家，他先进了孩子的卧室，看见郭泽羽已经熟睡，红彤彤的脸蛋，甜美得就像是秋天的苹果。他忍不住在孩子的脸上亲了一口，这才轻轻掩上门。

来到客厅才发现胡秀芳一个人坐在沙发上，他差点被吓了一跳。

"你怎么还没睡？"郭建国放下公文包，倒了一杯水喝。

"有件事，我想和你聊聊。"

"啥事？我老婆是不是又想买包了？"郭建国嬉皮笑脸地坐到胡秀芳身边，想去抱她，却被她推开。

"我们离婚吧。"胡秀芳冷冷地说道。

"离婚？"郭建国血气往上涌，"你是不是还在和那个小白脸来往？"

"跟别人没有关系，是我们之间的问题，你还不明白吗？"

"我们有什么问题？有问题的是你！"

"勉强过下去也不会幸福的……你成熟一点。"

"你有想过孩子吗？他还那么小，你不要太自私！"

"你总是拿孩子说事……"

"我累了，睡觉。"郭建国拒绝再继续聊下去，面对问题，他选择了暂时逃避。

郭建国把自己反锁进书房，他坐在椅子上，打开电脑，百度出有关丁志伟的资料。他看着这个英俊的年轻人，心里只有一个声音：杀了他！仇恨蒙蔽了他的心智和良知，他满脑子只有一个想法，只要丁志伟不在了，妻子就会放弃离婚，和自己好好过下去。

郭建国从那天开始借口出差跟踪丁志伟，了解对方的生活信息。终于有一天让郭建国找到机会，丁志伟开车去远郊别墅参加聚会，在聚会上还喝了一点点酒。聚会地点偏僻，丁志伟叫不到代驾，而且他喝得不多，根据以往的观察，以他的性格必然会自己开车。

郭建国趁机在丁志伟的刹车上做了手脚，而事情也都按照他所预想的发生了……

"我不能让他夺走你……"郭建国声音颤抖，他感觉到一把锋利的匕首抵住了自己的胸口，然而那握着匕首的手，却软弱无力。

"为什么不放我走？我爱的是他！"胡秀芳握着匕首的手臂因为气愤在男人的胸口乱划了几下，划破了郭建国的衣服。

"你走了，孩子怎么办？我不能让泽羽没有妈妈！"郭建国变得激动起来。

"孩子，孩子，你总是说孩子，他有他的人生，我们有我们的人生，为什么要用孩子来绑住我？我们分开了，我还是他的妈妈，永远不会变！"胡秀芳大声地嘶吼着。

"我错了，我知道错了……"

"太晚了。"

"就算你要为那个男人报仇，为什么要做这么多事，牵扯这么多人进来！"郭建国回想起这段时间有多少人因此受到了伤害，难道就只是为了给丁志伟报仇吗？

胡秀芳脸色苍白，身体忍不住发抖，不过片刻后，她还是语气冰冷地说："他们都和你一样，是等待审判的罪人。"

"秀芳！你疯了吗？什么罪人？你赶快醒醒！你这样做是在犯法，我杀了人我活该被惩罚，但是你不应该为此付出代价啊！想想我们的孩子，他们不能失去爸爸的同时还失去妈妈呀！"郭建国声嘶力竭地喊道。

"泽羽、天逸……"胡秀芳浑身颤抖，念着两个儿子的名字。

"秀芳，放手吧，我会去警察局自首，偿还我该偿还的罪孽。"郭建国自知自己罪有应得，却不想让胡秀芳沾染本不该她承受的罪责。

"太晚了，我已经杀过人了，哈哈哈哈，我已经杀过人了。我跟你一样，双手沾满了鲜血。"胡秀芳听到丈夫的劝解，非但没有冷静下来，反而更加疯癫。

"终极审判，郭建国，对你的审判已经开始了，一切都没有转圜的余地了。"胡秀芳抬头看了眼墙上的挂钟，指针刚好走过数字6，现在是清晨六点，屋外的太阳正缓缓升起，全新的一天即将到来。

胡秀芳出现在镜头前的时候，市局特别调查小组的成员不由得在心中给乔风歌鼓起了掌，一切竟然都如这个小小年纪的新人所说的，胡秀芳真的是幕后的策划者之一。

六点刚过，负责监视全网动态的信息科同事突然喊道："副队，有情况！"于德正作为被赵暮云指派的副队长，此刻就是调查小队的最高指挥。该名同事将自己的发现投屏到大屏幕上，众人看到全国各大门户网站和社交媒体的头版头条此时此刻都是同一条新闻，新闻标题赫然写道：原配怒杀男小三，妻子报仇为哪般？

点进链接，内容的主人公就是郭建国、胡秀芳和被杀害的丁志伟，文章的遣词造句都十分吸睛，可以说是时下最吸引人的网络热门文章的集大成者。这篇文章的热度迅速攀升，信息科的同事已经发现得足够迅速了，但等到大家回过神来，这篇文章以及故事中的主人公还是一下子就火遍全网。

网民的观点也多种多样，有一部分人认为小三就该死，郭建国没做错什么；有人觉得为了心爱的人报仇，胡秀芳的举动令人感动；但更多的人还是秉持着正直的三观，认为郭建国杀人害命应该受到法律的制裁，而胡秀芳也不应该执行私刑，应寻求警察的帮助。

在半路上的乔风歌也得知了这个消息，一时摸不清真正的幕后策划者的举动到底是为了什么。为了让郭建国被社会大众谴责吗？这自然是胡秀芳想要的结果，但是幕后策划者又能得到什么呢？对比了一下他需要付出的成本，这显然不是一个公平的交易，难道真的只是为了给胡秀芳报仇？

特别行动小组的大屏幕上正在实时直播着"终极审判"的最新情况，赵暮云突然注意到画面的左上角不知道什么时候出现了一根红色的动态立柱，没有任何文字说明，但是数值正在不断攀升，此时已经在78%的位置。赵暮云有一种感觉，虽然不能确定这个不断攀升的数字究竟是什么，但绝对要赶在它到达100%前赶到现场。

画面中，郭建国看着痛苦的妻子，不断地说着劝说对方的话，郭建国甚至觉得胡秀芳这么久也没有动手，就是因为自己的劝说有效了。但是胡秀芳虽然一直没有下一步动作，却也不像是已经放弃的样子，她只是不断地张望着挂钟，不知道是在等待着什么。

看着画面中的两个人，赵暮云突然搞懂了幕后真凶这么做的目的，当这个新闻热度达到最高的时候再将郭建国的死讯甚至死状用同样的方式传播出去，一定会瞬间引来更大的舆论爆炸。这个时候，就是为自己的直播平台做宣传以及传递他那扭曲的价值观最好的时机。

赵暮云震惊于对方的大胆，幕后真凶已经不再满足于只是在暗网中获利，他已经将触角伸向更加广阔的大众市场。他渴望被更多的人看到，渴望被大众认可甚至追逐，这几年在暗网上的绝对成功令他的自信心膨胀到了一定的地步，他觉得是时候迈出更大的一步了。

正是这种自大蒙蔽了他的双眼，让他觉得在暗网上无法无天的"狩猎直播"能够躲过阳光下的警方。这只原本生活在阴沟里的老鼠，以为在无人的下水管道里可以肆无忌惮，来到真实世界就真的没有"捕鼠人"的存在了。

赵暮云心想，自己一定要让对方为自己的狂妄付出代价。他行动得越多，露出的老鼠尾巴也就越明显。

乔风歌已经在路上，刚刚通知的先头部队已经离该地点只有十几分钟的路程，看着直播平台上已经到达了89%的热度条，赵暮云暗暗祈祷，希望一切都还来得及。

当先头部队赶到现场的时候，即使已经是白天，但是荒凉的景象还是让警员觉得冷飕飕的。7号水渠站早已废弃，直播中里面的设施应该是之后被幕后凶手改造而成的。

警察找到胡秀芳绑架郭建国的密室时，热度的进度条已经到了98%，也就是说只要再晚一步，胡秀芳很可能就会出手杀死郭建国。因为胡秀芳手中始终握着那柄匕首，闯进房间的警察都将枪口共同对着她。

胡秀芳此时也不管热度条到没到100%，拿着匕首对着郭建国的脖子，大喊道："都别过来，再过来我就杀了他。"

警员们只好一切以郭建国的生命安全为最高目标，不敢寸进。只是握着枪的手没有丝毫松懈。

"你们不要伤害秀芳，千万不要开枪啊！"郭建国即使现在生命正在遭受威胁，也还是没放弃胡秀芳，他始终不相信自己的妻子会真的杀害自己。

这个时候乔风歌赶到了现场，看到眼前的这个局面，一时间也不知道该怎么做，只能先用惯用的手段拖延时间，她说道："胡秀芳，我是一直负责你失踪案的负责人，我叫乔风歌。你有什么要求可以和我说，只要你不动手伤害郭建国。我已经看了网上的新闻，知道了发生在你身上的事，我很抱歉你爱的人被人谋害了。但是这并不代表着你应该使用私刑，请你相信国家，相信警察，一定可以将丁志伟的案件大白于天下，还他一个真相。"

"你说这些有什么意义？志伟已经死了！你们这些警察现在来假慈悲，不过是为了救这个狗东西的命！"胡秀芳大喊道，乔风歌可以看到她握着匕首的手在不住地颤抖。

"有意义！正是因为你的爱人已经死了，才更应该让全世界知道他真正的死因。我知道丁志伟是清北大学的高才生，他有着那么光明而美好的未来。你忍心看着他被世人冠上酒后驾驶意外死亡的名声吗？你知道外界是怎么评价他的死的对不对！那些人说他活该，酒后驾车没有害到别人已经算他幸运了。但是你知道丁志伟不是这样的人，他是被人谋害的，你不想让大众也知道真相吗？

"还有，如果你真的杀了郭建国，你真的觉得外界对丁志伟的评判会很好吗？他在舆论里不会再是一个无辜的受害者，而是郭建国的催命符。外界以后只会记得丁志伟是个小三，你愿意看到这样的结局吗？"

听到"小三"这个词的时候，胡秀芳的反应最大，她显然非常不愿意将这个带有明显贬义意味的词和丁志伟联系在一起。但是还不够，以上的那些话对她的触动还不够大，乔风歌心想，看来幕后黑手对于胡秀芳的洗脑已经到了十分严重的程度了。但是自己不能放弃，看到胡秀芳已经有所松动的神情，乔风歌仿佛看到胜利的希望。

"那个人跟你说过什么？他告诉你只是将郭建国送进监狱不足以偿还他犯下的罪，一定要将他百般折磨，还是他说只有大众舆论的谴责才能伤人最深，让全社会都知道郭建国是个杀人犯才是最好的办法？"虽然乔风歌不知道对方的名字，但是她知道胡秀芳一定听得懂。

"也许这个人给你画的饼很有诱惑力、很美好，你可以亲手为爱人报仇，但是那个人不了解丁志伟，难道你作为丁志伟最爱的人也不了解对方吗？你真的觉得丁志伟想要看到你为了他双手染上鲜血吗？"乔风歌早在得知现场情况的时候就已经将丁志伟的资料背得滚瓜烂熟，就是为了此刻。

"我也不算了解他，但是看你们如此相爱，他一定是一个很好的人，他那么爱你，一定不会愿看到你这么痛苦的模样。一个杀害丈夫的妻子，一个杀害孩子爸爸的妈妈，这对于任何人来说都是万分艰难的决定。"

"志伟他……我……可是我已经杀了人了，我杀了张晴晴，我已经没有退路了。"胡秀芳几近崩溃，她回忆着过去和丁志伟的美好，又想到自己早已堕入地狱的厉鬼模样。

"这不是你的错，是幕后真凶利用了你的脆弱和仇恨，这些事都不是出自你的本意。你原本只是一个痛失爱人的可怜人而已，是那个幕后真凶挑起了这一切。只要你现在回头，一切都不晚！帮助警方将幕后真凶找出来，我可以帮你向法官争取减刑，你还有两个儿子，不要轻易地就选择放弃。"

"我……我真的还可以回头吗？"胡秀芳抬起头，望向不远处的乔风歌，她的眼神里充溢着复杂的情感，有对丁志伟的思念，有对自己成为一个杀人者的痛恨，有对两个孩子的不舍，还有对郭建国的左右摇摆。

但乔风歌知道，所有选择困兽犹斗的人都是因为面前已经没有路可以走，而自己能做的，就是给她一条生路，给她一点希望。你能活下去，你会活下去，我保证！乔风歌将无声的承诺通过眼神传递给了还在挣扎的胡秀芳。

一瞬间，乔风歌明明已经从胡秀芳的眼神中看到了对方决定放弃。但是她看到胡秀芳在准备放下匕首的时候抬眼看了一眼房顶的监控摄像头，下一秒，胡秀芳的嘴角勾起一个自嘲的笑容，说："谢谢你刚才说的一切，但一切还是太晚了，我终究是回不去了。"说着拿着匕首的手臂再次高高举起。

在一旁从未放松过的小队成员以为胡秀芳的动作是为了杀害郭建国，为了保护他的生命安全冲胡秀芳开了枪。

"不要！"乔风歌大喊着跑上前，她知道那一刻的胡秀芳根本就不是为了杀害郭建国，而是想要自杀。

"秀芳！"郭建国此时还被绑在十字架上动弹不得，看到胡秀芳倒地不起的瞬间崩溃大喊。

乔风歌上前贴近已经奄奄一息的胡秀芳："策划这一切的究竟是谁？"

但胡秀芳此时已经眼神涣散，口中最后只轻轻地念出了一个名字："志伟……"她对丁志伟的思念和愧疚直到死亡逼近还是没有丝毫减弱。

在生命的最后一刹那，胡秀芳想起自己第一次见到丁志伟时的情景。

大海，蓝天，白云，细软的沙子。

胡秀芳在海边散着步，她都不记得自己那天为什么要去海边。不过她记得那是秋天，海边的风冷飕飕的。

他穿着一套白色的运动短裤和运动衫，球鞋是耀眼的绿色。他从她身边跑过，她看了他一眼，他也正巧看着她，微微一笑。他们的相遇本应像一阵清风拂过树林，枝叶摇动，风去则树静。

然而一件突发的事情，却让两个人有了交集。

一个在礁石上玩耍的孩子，忽然失足掉进海里，两个人不约而同地看到这一幕。

他毫不犹豫地跳进海里，把孩子带到岸上。

"让我看看她。"胡秀芳急忙上前，她学过急救，检查了孩子的情况后，立刻对她进行了心肺复苏。

"幸好有你。"孩子被救醒后，他们异口同声地说道。

那之后，她知道他叫丁志伟，他也知道她叫胡秀芳。

两个人起初只是互相加了微信，偶尔会互相问候一两句，或者是在对方的朋友圈下点个赞。不过随着时间的推移，他们发现他们之间有许多共同的话题和兴趣爱好，只要在一起就总有说不完的话，相处起来如沐春风。丁志伟虽然知道胡秀芳有家室，但还是难以克制地疯狂爱上了她。面对丁志伟的追求，胡秀芳最初的反应是吓坏了，她极力回避，甚至一度断绝了和他的联系。

即使如此，丁志伟也没有放弃，反而更加热烈地追求胡秀芳。他的年轻勇敢、风趣幽默、热情浪漫、远见卓识，乃至雄厚的经济实力，终于攻破了胡秀芳的一道道防线。

女人一旦变心，就好比烈火点燃了老房子，再没有什么能阻挡火势蔓延。

"我来陪你了。"胡秀芳感觉到鲜血不断地从身体中流失，体温不断降低，但心却仿佛又回到了那片海滩，看见丁志伟向她奔来。

郭建国此时已经被其他警员从十字架上救了下来，但看到妻子死在自己面前，他的双腿发软到根本无法自主站立。他半跪半爬地来到胡秀芳的尸体跟前，除了号啕大哭，什么都说不出来。

　　没人能准确说出郭建国的泪水中究竟流淌出了怎样的情感，只是过了一会儿后，郭建国仿佛一具再无感情的行尸走肉一般，走到乔风歌身边，默默地低下头，说道："我自首，是我杀了丁志伟。"

　　乔风歌看了一眼这个最近一段时间饱受折磨的男人，距离自己第一次见到他明明没有过多久，但是却明显感觉他苍老了很多。乔风歌没有对郭建国再说什么，他毕竟是杀人凶手，她转身对同事说："押走吧。"

　　此时，另外一队刚刚在建筑物中搜索杨莉和赵露的警员赶来报告，他们已经拘捕了赵露。

　　杨莉看着被带上警车的赵露，跑上前拉住她，问道："你把我哥哥埋在哪里了？"

　　赵露看着杨莉，她沉吟不语，她并不知道所发生的一切都被直播出去了，眼神闪烁之间，她冷酷地说道："我不明白你在说什么，你哥哥是谁？"

　　杨莉气得浑身发抖，一时间再也坚持不住，差点摔倒在地。

　　"我要见律师。"赵露对着巡警大喊大叫，"你们凭什么逮捕我，我是受害者……"

　　这个时候，乔风歌闻讯赶到室外。

　　杨莉看到向她奔来的乔风歌，再也坚持不住，倒在乔风歌的怀里晕了过去。

在证据面前，赵露终于承认了自己杀害王子恩的事实。

在外打工的王子恩每个月都会回红村看望父母，每次回去他都发现村里的环境越来越差，特别是水质。刚开始只是有异味，到后来变得浑黄恶臭，甚至是自家打的井水都难以下咽。

王子恩调查后发现是兰星化工厂非法排放的化工原料和有毒废物污染了红村的水源。

刚开始，王子恩组织村民去兰星化工厂维权。可兰星化工厂根本不理会他们，甚至还安排保安对村民们进行殴打驱逐。

王子恩知道找工厂是没用了，于是他开始收集兰星化工厂污染环境的证据，拍摄了大量的视频和图片，去环保局举报。

兰星化工厂的人收到消息，派人来威胁王子恩，要他息事宁人，否则就要弄死他。王子恩不惧威胁，继续举报。王子恩从县环保局一路投诉到省环保局，总算闹出点动静，兰星化工厂被环保局停产，责令整顿。

工厂被停产后，身为集团高管的赵露亲自来找他，想要用钱摆平王子恩这样的刺儿头，但王子恩根本就不是赵露以为的那种可以被金钱诱惑的人，他说除非工厂停止非法排污并公开道歉，对于受污染影响的红村村民进行合理的经济补偿和医疗救助。

赵露碰了一鼻子灰，而且看王子恩还要继续闹下去，自己亏空环保款项的行为很有可能被曝光，盛怒之下便找人将王子恩直接活埋杀害。

杨莉晕过去后，被送进了医院，乔风歌因为案件正在最紧要的关头，没有办法抽出时间照顾好友。杨莉在短时间内经历了被绑架、长途跋涉以及直面仇人的心理和身体的双重折磨，被医生诊断为过度劳累，建议静养。

于志伟接到电话后立刻赶到医院，并一直陪伴着杨莉。杨莉醒来后，看到于志伟在自己的身边，那一刻她不愿再因为什么前女友跟对方争吵，她太需要一个拥抱，一个港湾，一个家。

在两人温存片刻后，杨莉忽然想起一件事，问道："志伟，你看到我裤子口袋里的 SD 卡了吗？"

"没有，你的衣服我都整理了，没看见有 SD 卡，很重要吗？"于志伟问道。

"我也不知道，我想着那是破案的线索，拿给风歌或许有用，可能是我弄掉了吧……"杨莉皱了皱眉头，"都怪我太没用了。"

"算了，别想那么多了，你好好养身体。"

"我哥哥的事情怎么样了，赵露她……她……"杨莉眼泪打转，情绪变得激动起来。

"放心，她已经招供了，哥哥的遗体也找到了……后事我来料理，爸妈我都接到家里来住了。"于志伟叹口气。

"志伟……"杨莉握住于志伟的手，眼泪落了下来。

赵家也算是流年不利，赵光全刚死，赵露又被逮捕，就连媳妇龚丽丽也失踪了。

兰星公司向警方报案，董事长龚丽丽联系不上，下落不明。

警方随即展开搜索，终于在山崖下发现龚丽丽坠毁的车辆，除此之外，还有一辆皮卡车和两具男性尸体，但是并没有找到龚丽丽的尸体，所以警方把龚丽丽暂时列为失踪人员。

短短两个月，蒙蕙兰痛失爱子，爱女又被警方以谋杀罪拘捕，一时间悲痛欲绝，而此时，她把悲伤化作一腔怒火，倾泻在二子赵启星身上。

"你不是安排了人送你妹妹上飞机吗？她怎么会让人劫持的？究竟是谁这么狠心！"蒙蕙兰手里拿着一根拐杖，配合着激动的情绪，狠狠地敲打着地面。

"我确实疏忽了，三妹坚持自己去机场，下面的人也不敢拦……这件事完全超出预料，根据警方那边朋友传来的消息，大哥和三妹的事情都和一个叫作狩猎直播的暗网平台有关系，我正抓紧找人调查。"赵启星语气悲痛。

"不管花多少钱，我要这些人血债血偿！"蒙蕙兰咬牙切齿。

"妈，你别动气，身体为重，我一定会让这些人付出代价！"

蒙蕙兰闻言，深吸一口气，在赵启星的搀扶下，慢慢坐下来。

"会不会是龚丽丽在暗中搞鬼？你大哥和妹妹的事情，她是知道的……"蒙蕙兰忧心地猜测道。

"不管和她有没有关系，她都得死！"赵启星说得简单直白。

"那么高冲下去，听说死了两个人，怎么没见她？要尽快找到尸体，再怎么样也是赵家的媳妇，怎么也要让她入土为安。"蒙蕙兰一边说，一边搓着手。

"对，不能让大哥一个人在下面，太寂寞了。"赵启星眼露凶光。

乔风歌有些心力交瘁，从警局回到自己的公寓。她需要时间一个人冷静一下，然后把案件在脑海里重新整理，找出幕后策划这一切的到底是谁。

乔风歌在浴缸里放好热水，脱去衣服，把自己完全浸入水中，整个世界慢慢变得寂静通透，她的脑海里浮现出一件件案子和人物。

猎人至少策划煽动了三个人的复仇行动，她们分别是胡秀芳、朱艳红和杨莉。胡秀芳既然是为了情人丁志伟复仇，那么猎人必然手中握有郭建国谋杀丁志伟的证据，只有这样胡秀芳才会不惜一切；同样，朱艳红为孩子复仇杀了赵光全，那么换而言之，猎人手里有证据证明她的孩子正是因为赵光全而身患疾病；而杨莉则是为了哥哥王子恩复仇，那么按照推理，猎人手里也有王子恩被赵露杀害的证据。

赵光全和赵露是兄妹，那么猎人很有可能是熟悉赵家的人。但是郭建国和胡秀芳呢？他们和赵家并没有任何关系。

猎人究竟是根据什么来选取"猎物"？

随机吗？不可能！除了赵光全的工厂污染水源尽人皆知外，郭建国谋杀丁志伟和赵露谋杀王子恩这样的事，绝非随随便便就能查出来的，而且这两起案件都发生在好几年前，猎人究竟是通过什么途径知道这些事的？

除此之外，一系列命案当中，有三个人的死依旧充满很多的不确定性，按照死亡的先后顺序，他们分别是李文建、张晴晴和任波。

任波虽然在直播里承认是他杀了李文建，但从视频里可以看出他精神有些失常，即使他自己说出了杀李文建的动机，也多少显得有些牵强。这里面最大的问题就是任波在直播中嘴里一直嘟噜着"胡秀芳"的名字，而且他听到郭建国问胡秀芳的事情后，神情变化很大，如果是因为杀了李文建害怕遭到报复，那么他害怕的也应该是朱艳红，怎么会和胡秀芳扯上关系？这未免也太奇怪了。可惜现在胡秀芳和任波都死了，这件事暂时成为一个难以解开的谜题。

最后就是张晴晴的死，虽然胡秀芳已经在自己面前承认杀害了张晴晴，但就只是单纯为了嫁祸郭建国吗？那也嫁祸得太随便了，甚至可以说过于低估警方的能力。

而且最重要的是，这也并不符合胡秀芳原本的复仇计划，从现在发生的事情来看，胡秀芳是要让郭建国体验绝望、负疚和自责后，再以丁志伟死亡的方式杀死郭建国。只不过胡秀芳在最后关头，还是心软放走了郭建国。所以张晴晴的死一定另有原因，做些嫁祸郭建国的小伎俩只是为了迷惑警方！

第十三章

春风十里

于志伟最近常喝酒，杨莉的事情千头万绪，安顿、安慰她的亲生父母，都是颇为费心的事情。

他忍不住找出一瓶威士忌，倒了满满一杯，然后一饮而尽。

这一大杯酒犹如野火燎原般穿透身体，让他感觉舒畅。

这时候，于志伟的手机忽然响了起来，他拿起一看，是一个陌生号码。

"喂，哪位……"

"是我，志伟。"龚丽丽的声音从电话里传来。

"龚总！你在哪里？"于志伟想起集团内部都在说龚丽丽的车在山崖下被发现的消息，急忙问道。

"我需要你的帮助。"龚丽丽的声音很虚弱。

"你告诉我你在什么地方，我马上报警！"

"不能报警！"龚丽丽的声音提高了几分。

"为什么？"

"家丑不能外扬，你先答应我不报警，我才见你。"龚丽丽语气坚决。

于志伟犹豫了片刻，还是咬咬牙说道："好，我答应你。"

"你一个人到春风路，我在那儿等你。"

"春风路？具体位置在……"

于志伟话没说完，龚丽丽就挂断了。他有些迟疑，拿不定主意，究竟见不见龚丽丽？他终究还是决定去春风路看看。

春风路到了夜晚，霓虹闪烁，人来人往，这里是市区里赫赫有名的酒吧一条街。

各个酒吧门口都站着年轻的帅哥美女，用各种促销活动，拼命招揽着客人。

于志伟应酬朋友的时候，来过一两次，但他并不喜欢酒吧这种嘈杂的场合，所以自己一个人过来倒是头一回。他想不清楚龚丽丽为什么要让他来这样人山人海的地方，这里实在不是一个私密会面的好选择。不过来回走了两圈，他就想明白了龚丽丽为什么要挑在这里见面。正因为人多，才没有人会去关注陌生人做什么。

春风路至少有两公里长，龚丽丽没说具体位置，于志伟在路上晃悠了好几圈，满头大汗，依旧没见到龚丽丽的身影。

正当他打算先找个人少的地方喘口气，却突然被一个穿着奇装异服的酒吧女营销拉住了胳膊。

"我不喝酒，不喝酒……"

"是我。"女营销戴着化妆面具，但听声音正是龚丽丽无疑。

"你怎么……"于志伟吓了一跳。

"跟我走。"龚丽丽说着，就牵着于志伟的手走进一间叫作 OPS 的酒吧。

酒吧里的音乐震耳欲聋，于志伟想劝说龚丽丽去公安局，但根本没法开口。

好在龚丽丽并没有打算留在酒吧里面，她带着于志伟穿过拥挤不堪的酒吧大厅，走过一段长廊，推开一扇隐藏的小门，来到一个雅致的包厢里。

包厢里的隔音效果出乎意料，完全听不到外面的音乐声。

于志伟总算喘了一口气，反手抓住龚丽丽。

"龚总，不管你是怎么想的，今天我一定要带你去公安局！"于志伟正色说道。

龚丽丽揭开面具，"噗嗤"笑了，美艳动人。

"你是警察吗？"龚丽丽甩开于志伟的手。

于志伟看着明艳动人的龚丽丽，一时有些恍惚。

"不，当然不是……但是你遇到的事可不是儿戏，不管对方是什么人，你都必须去公安局，跟警察把事情说清楚，这样你的安全才能有保障。"于志伟早就想好了怎么劝说龚丽丽。

龚丽丽却满脸不在乎的样子，甚至感觉不到她刚才在电话里虚弱的声音。

"我知道你还关心我……"龚丽丽的情绪转换犹如大山里的天气，说变就变，她忧郁地坐到沙发上，"可是你依旧没有问我究竟发生了什么？"

"这……这还用问吗？"于志伟一时为之语塞，他是根据车祸以及龚丽丽不露面的情况，想当然地推断。

"有人想要我的命！"龚丽丽拿起桌面的红酒，倒了两杯。

"还好你没事，我听说车祸现场惨不忍睹。你……"于志伟看着龚丽丽，但一点看不出她有受过伤。

"我提前跳下了车，不然就和他们一起葬身悬崖了。"龚丽丽端起酒杯，喝了一口，然后拿起另一杯酒，递给于志伟。

于志伟礼貌地接过酒，但并没有喝。

"我这次车祸其实并不是意外，而是赵家的人不愿看我出任兰星的总裁，故意找人在回家路上除掉我，没想到我福大命大逃过一劫。"

"什么？他们这是在犯罪！我这就报警！"于志伟义愤填膺地说道。

"你先听我说完，"龚丽丽按下于志伟掏出手机的手，"其实我这几年，过得很不好……"龚丽丽低下了头，明明已经在话头儿上，却一个字也吐不出来。

"我给你讲个故事吧，关于一个女孩悲剧的前半生。"

像所有青春貌美的女孩一样，故事的主人公一开始对世界充满了期待，爱情、事业、生活……在她的眼里，没有一样不是闪闪发光，都是等待着她去发现的惊喜。

她有自己爱的人，有自己喜欢的演艺事业，还有许多喜欢她的人，女孩比起大多数人，幸运太多，而且她自信这种幸运和幸福会一直伴随着自己，直到有一天，她参加了一个酒局。

女孩那时已经小有名气，无论走到哪里都是众星拱月，犹如云端漫步。她事后回忆，可能也是这份飘飘然害了自己吧。

这个酒局上政商精英云集，大多是青年俊杰，衣冠楚楚，谈吐不凡。这些人对女孩大献殷勤，尤其是酒局的主持人青年企业家赵光全，更是对女孩赞不绝口。

在众人循序渐进的劝诱下，一向不喝酒的女孩被迫喝了一杯酒，然而仅仅这一杯酒便改变了女孩的人生。女孩迷迷糊糊地睡了过去，醒来的时候，发现自己全身赤裸地躺在床上，而赵光全则把她搂在怀里。

女孩大惊失色，哭喊，但无济于事，赵光全就像一只凶猛的野兽，而她，不过是待宰的羔羊，最终被撕成碎片。赵光全威胁她、利诱她，拍下她不堪入目的录像，控制她的自由，然后毁灭证据。

赵光全还说爱女孩，会负责任，会娶她，会给她想要的一切。女孩害怕、迷茫、自暴自弃……最后终于屈服。然而，当女孩嫁入赵家，才发现噩梦不过是刚刚开始。

赵光全把女孩当作玩具，对，根本没把她当作一个人。玩具是不需要尊严的，只是为了主人开心而存在。赵光全一时兴起，还会把这个玩具送给别人分享。当然，这个别人一定会为他带来丰厚的回报。

女孩一开始誓死不从，但女孩不明白，这个世界有比死更可怕的事情，那就是生不如死。赵光全折磨她、羞辱她，为了让她屈服，他不断地给她洗脑。

女孩质问赵光全：再怎么样，我是你的妻子，你为什么要这么对我？赵光全只是冷笑，不屑于回答这个问题。女孩最终还是自己找到了答案，赵光全根本就是个变态的疯子，而疯子做事根本不需要任何理由。

女孩想活下去，学会了隐忍，变得乖巧，任凭赵光全提出任何无理的要求，她都会乖乖去做。赵光全很开心，他觉得他彻底控制了女孩，也慢慢放松了警惕。女孩不甘心，她在等待机会，等待一个报复的机会。她毕竟是赵光全名义上的妻子，这为她提供了许多便利。

"你受了这么多苦……为什么不告诉我？"于志伟心痛地轻轻搂

住龚丽丽。

"再说这些，毫无意义，我现在唯一想做的事就是毁灭这个家族，让他们万劫不复！"龚丽丽收起忧伤，眼神里透出少有的坚毅。

"你如果有证据，应该交给警方，让他们接受法律的制裁。"于志伟试着劝阻龚丽丽，他的脸上满是关心和不安的神情。

龚丽丽笑着摇摇头："就算有又怎么样？他们大不了坐几年牢，可那些被他们害的人呢？要么被掩埋，要么痛苦终生，不，我要他们付出代价，痛苦和生命的代价！"

于志伟只感觉头皮发麻，"嗖"的一下站起来。龚丽丽看着于志伟，眼神里流露出复杂的情绪。

"我们终究是错过太多，我多想……"龚丽丽用充满柔情的目光看着于志伟，透过他的眼睛，她看到的是自己回不去的年少时光。

于志伟忽然感觉自己头晕目眩，有些站不稳，身体摇晃起来。

"酒……这酒有问题……"

龚丽丽站起来，温柔地抱住于志伟，轻声在他耳边说道："你先睡一觉，醒来一切就会结束了。"

"什么，周揆失踪了？"赵暮云收到消息之后立刻联系乔风歌，两个人听到这个消息的时候都十分惊讶。

周揆作为天贡山一案的亲身参与者，一直是警方最重要的证人之一，因此被送往医院后的行踪一直在警方的监控之下。因为周揆经历了被绑架、被迫徒步以及和郭建国的搏斗，送到医院后除了确诊有脑震荡之外，还有轻度的营养不良以及浑身大大小小的轻伤，这段时间一直在医院的病房里调养。

因为视频证实周揆是被幕后策划者强迫参与直播，本身并没有犯罪行为，所以警方对他的看管并不严密，同时也并没有限制他和外界的联系。如今发现周揆失踪，竟然一时之间无法确认他到底是什么时候离开的医院。

"负责周揆的警察今天下午三点进入病房时发现他没在，立即打了他的手机，但随后发现手机被周揆放在了抽屉里并没有带走。调取监控记录后发现周揆在进入三楼的男洗手间后，再也没有出来。"乔风歌向赵暮云汇报了医院方面传回来的消息，证人在这个关头突然失踪，二人此时都有一种不好的预感。

"你之前说一直在帮助警方的严凯，是不是周揆的侄子？"赵暮云突然严肃地问。

"是……但我不认为严凯和周揆的失踪有关，如果因为他们的亲戚关系而怀疑严凯……"乔风歌立刻辩解道。

"我倒不是怀疑他，而是如果周揆的失踪真的是如我们想象的那样，我觉得严凯身为他的侄子，可以为我们后续的案件侦破工作提供一些帮助。但我同时也担心如果请求严凯的帮助，他毕竟不是专业的警务人员……"赵暮云身为这次调查的总指挥，考虑的事情更加全面。严凯并没有受过专业的警察训练，在面对有自己亲人参与的案子的过程当中，会有什么意想不到的举动，谁都无法预料到。而这起案件本就危险，再将这枚定时炸弹放在身边，实在是令人担心。这个时候赵暮云就不得不考虑严凯所能提供的帮助是否足以让自己担下这份风险。

"队长，我虽然和严凯接触不深，但了解到的他是一个是非分明的人，我相信他对侦破这起案件一定能起到很大的作用。"乔风歌回忆起这段时间和这个大学生的接触，坚定地说道。

"好，我相信你的判断。"

严凯已经收拾好行李，打算坐今天下午的火车离开武口市，回学校报到。他提着行李箱，走到路边，好不容易拦下一辆出租车，刚上了车，手机就响了起来。

严凯掏出手机一看，竟然是乔风歌，立刻露出欣喜的笑容。

"乔警官，怎么想起来找我？我正在去火车站的路上呢。"

"我想你可能需要改签一下车票。"乔风歌一脸严肃。

严凯一愣，问道："又有案子要我帮忙吗？"

"算是吧。"乔风歌点点头。

严凯却摇摇头，说道："如果是找我帮忙，这口气可不对。"

"周揆在医院里神秘失踪，我们怀疑周揆和狩猎直播的案件有关，希望你能协助调查。"乔风歌干脆利落地将事情告诉了严凯，她不想隐瞒自己的怀疑。

严凯瞠目结舌，他很难把自己胖嘟嘟的舅舅和谋杀之类的刑事罪案联系在一起。

乔风歌并没有让严凯来公安局谈话，毕竟现在一切都尚无证据，她只是怀疑，但还需小心求证。两个人还是约在了他们上次来过的咖啡馆，这里安静舒适，是再好不过的谈话地点。

"你们怎么会怀疑我舅舅？"严凯的语气不是疑问，而是带着直截了当的否定。

乔风歌来之前拷走了医院的监控录像，就是为了给严凯看，严凯看后也是满脸不解，舅舅为什么会在卫生间消失，那可是三楼，想想舅舅的体形，如果没有人帮助，很难想象周揆是怎么离开的，而且他还将手机留在了病房。这种种行为都告诉严凯，舅舅的失踪是有目的有计划的，他开始有些动摇，想要认同乔风歌的观点。

"这也不能说明什么啊……"严凯嘴上还是不想承认，但乔风歌看着他的表情，知道他已经动摇了。

"警方现在也没有定周揆的罪，所以这不是来寻求你这个侄子的帮助吗？你可以用你的计算机技术来找到周揆的下落。"乔风歌终于说明了来历，她想要邀请严凯参与这次案件侦破的技术工作。

"好，我答应你。"

在严凯的记忆里，舅舅因为租房，住所一直不是很固定。而且严凯很少去舅舅家，大多数时候都是舅舅来他们家。外公外婆很早就去世了，舅舅那时大概才十二三岁，可以说一直以来都是严凯的妈妈，也就是周揆的姐姐把他拉扯大。周揆对姐姐也十分敬爱，即使是自己经济困难的时期，也还会拿钱给姐姐，逢年过节更是大包小包地上门。同样，周揆对姐姐唯一的孩子严凯更是宠爱有加。严凯记得小时候，爸爸妈妈常会责怪周揆，说自己都是这个舅舅给宠坏的。

如今严凯来暗中调查自己的舅舅，心里不免有些不安，但他说服自己，这也是为证明舅舅的清白。

严凯不知不觉就走到周揆的公寓门口，他敲了敲门。没有人应声。

严凯并不意外，他从口袋里掏出周揆一直放在自己家的备用钥匙。

"咔"一声，门顺利被打开。

严凯捏捏鼻子，公寓里的景象实在让人不敢恭维。

桌子上堆放着好几盒吃完但没有清理的方便面盒，散发出浓浓的异味。沙发上是七零八落的脏衣服，鞋子东一只西一只地散落在地板上。

严凯忍不住叹口气，舅舅都三十好几的人了，却还没找个对象，如果结婚了，有个女人照顾他，恐怕就不会过得如此狼藉。

严凯小心翼翼戴上鞋套和手套，他不想留下任何痕迹，如果让舅舅知道自己暗中调查他，那可真是少不了要挨顿揍。

他从客厅开始，然后是厨房、卫生间、卧室、阳台，各种衣柜、门柜、橱柜、杂物柜、床头柜……他都一一查遍。

关于舅舅犯罪的线索倒是没找到，但是舅舅的各种隐私却被他一览无余，这让他深感不安。

让他最为感触的是舅舅床头柜里的一张合影。照片上的舅舅那时还没现在这么胖，说不上玉树临风，但也仪表堂堂，在他身边的是柳青姐姐。严凯对柳青姐姐印象很深，她每次见到他都会挠他痒痒，会给他买糖果，带他去楼下的公园荡秋千……柳青姐姐很漂亮，严凯始终记得她那双眼睛，一眨一眨好像会说话。她的身上总有一股淡淡的栀子花香，严凯最喜欢被她抱在怀里。

严凯还记得自己从妈妈嘴里听到柳青姐姐出事了的消息有多惊讶，不过当时妈妈说得支支吾吾，只说是意外，究竟是什么样的意外，他就不得而知了。

他也问过舅舅，但舅舅少有地对他黑了脸，一言不发。

如果柳青姐姐现在还在，舅舅或许会过着完全不一样的生活吧。想到这里，他不由叹了口气。

严凯放下照片，关好抽屉。他此时越发觉得乔风歌的怀疑并不靠谱，自己这次应该是白忙活，他看看时间，舅舅说不定快回来了，现在离开正是时候。正当严凯准备出门，门口却传来声音。他吓了一跳，情急之下躲进了客厅的大柜子里。

严凯一进柜子就后悔了，如果在外面，就算撞上舅舅也还可以解释，现在躲在衣柜里算怎么一回事？舅舅如果打开柜子，发现自己怎么办？还有就是躲进柜子里，自己怎么出去，难道要等到舅舅睡着？他越想越觉得自己实在太过愚蠢，如今骑虎难下。实在不行，他也只能向舅舅坦白从宽。

严凯暗暗祈祷舅舅不会来开柜子，他透过缝隙往外看，却没看到舅舅，从门口进来的是一个女人。

女人戴着口罩和帽子，露出一双眼睛，从身形看应该是一个年轻女性。

严凯心里纳闷，难道舅舅有女朋友，自己不知道？不管怎么样，他希望这个女人不会在这里待太久。

女人似乎十分熟悉屋内的布局，径直走到卫生间，然后站上一个板凳，取下卫生间顶层的隔板。

严凯的位置刚好可以清楚看到女人在卫生间里的一举一动，他不由大吃一惊。

女人从隔板里取出一个牛皮文件袋，看了看，然后塞进包里。

严凯的距离有点远，看不清文件袋上写了什么，但那文件袋看起来是密封的，上面积了不少灰尘，应该放在隔板里有一段时间了。自己刚才检查过卫生间，但万万想不到吊顶的隔板里另有乾坤，实在是失算。文件袋里究竟是什么？为什么舅舅要把东西藏在这儿？这个女人又是谁？

严凯只觉得自己脑子发涨，一种不好的想法开始在脑海里蔓延——舅舅和狩猎直播的事情或许真有关系。

严凯有些犹豫，这个时候要不要冲出去，拦住这个女人，抢下文件，然后报警。但是万一他弄错了呢？那岂不是闹了大笑话，到时候怕是舅舅会和自己断绝关系。当然，他犹疑不决的根本原因，还是不愿意相信舅舅和直播案件有关联。

正当他举棋不定之时，女人已经出了门。

严凯这才从柜子里钻出来，跑到窗口，他看见女人走出了公寓楼，拦了一辆出租车。

严凯也匆匆出了公寓，拦了一辆车，跟上那个神秘女人。

女人在春风路下了车，严凯也下了车，从后面悄悄跟上女人。

白天的春风路空空荡荡，街面几乎没什么行人。

严凯不敢靠得太近，远远看见女人走进一间叫作"OPS"的酒吧。他在门口等了一会儿，不见女人出来，就走上前去瞧个清楚。

不过他走到酒吧门口，就被保安拦住。

"对不起，先生，我们还没开始营业。"

"我……问个路，那个……天街商场怎么走？"严凯一抬头看见那个女人竟然又出来了，连忙假装向保安问路。

不过女人似乎并没注意到他，看也没看一眼，径直走了出去。

严凯看到女人手上没有了文件袋，想她应该把文件放进酒吧里了。现在他有两个选择，要么继续跟踪女人，要么设法进酒吧里找出那个文件袋。

权衡片刻，他决定留下来设法找出那个文件袋。

严凯绕到春风路后面的巷子，这里污水横流，垃圾也被胡乱堆放着，看起来整条街所有酒吧的废弃物都是往这条小巷倾倒。

正街看起来富丽堂皇，然而背面竟是这般龌龊。严凯捏住鼻子，小心翼翼地走进巷子，摸索着来到 OPS 酒吧的后面。

OPS 酒吧后面有一扇铁门，铁门锁着，推不开。

严凯观察了一下，或许因为是大白天，店里还有员工，所以这锁只是挂上了，并没有反锁。

严凯先轻轻敲了敲门，没人回应，他确认门后应该没人。严凯在后巷找到一根铁丝，塞进铁门里，然后慢慢把挂锁挑开。

"咔"一声，门被打开了。

严凯露出欣喜之色，搓搓手，拉开铁门，钻了进去。

后门直通厨房，因为是休息时间，厨房里空荡荡的，灯都没开。

从厨房出来，就是酒吧大厅，大厅里有一个清洁工正在做卫生。严凯蹲下身子，环顾四周，心里琢磨着那女人会把文件袋放在哪儿呢？这酒吧说大不大，说小不小，万一她塞到哪个隐秘地方，那可不好找。想到这里，他又有些后悔了，自己是不是应该去跟踪那女人更好。

他正打退堂鼓的时候，清洁工却做完清洁，往外面走了。

"来都来了，试试呗。"严凯安慰自己。

大厅里肯定不可能，所以严凯直接溜到通往包厢的过道。这女人看起来像是酒吧的人，或许她把东西放进办公室了，他打算先找到这里的办公室。

严凯一路往前走，看了好几个包厢，终于在尽头发现了一个类似办公室的房间。他推门进去，然后反锁住门，开始翻箱倒柜。

办公室并不大，有三个半人高的储物柜、一张办公桌，储物柜和办公桌的抽屉都没有上锁，严凯翻看后，一无所获。

不过他在办公桌下面发现了一个保险柜，这可难住他了，如果那女人把文件袋放进了保险柜，那他可真是无计可施。

严凯敲敲保险柜，然后又推了推，确认这不是自己能解决的问题，他打算先撤退。

正当他准备走的时候，忽然传来"砰砰"的声音，他以为是有人来了，但听了一会儿，不像是敲门。他把门打开一条缝隙，往走廊里张望，也没看到有人。

关上门，他又仔细听，声音好像是从隔壁传过来的。他把耳朵贴到旁边的墙壁上，不但听到撞墙的声音，还隐约能听到"呜呜"声。

严凯大着胆子在墙上用手拍了三下，隔壁也以相同的节奏撞了三下墙。

"闹鬼呢！"严凯所在的这间办公室是走廊尽头最后一间房，怎么隔壁还会有一间房。

严凯咬了咬手指，不是闹鬼，那就是隔壁有隐藏的密室，看这情形，密室里还有人，这人似乎还出不来。

"隔壁的人听着啊，你是不是找人帮忙啊？是就撞两下，不是就撞三下！"

"砰……砰。"隔壁传来两声响。

"你是不是在密室里？"

隔壁又传来两声撞击。

严凯现在已经大致确定有人被关在旁边的密室里，估计是自己这边翻箱倒柜，惊动了里面的人，这才撞墙寻求帮助。

"你等一下，我看看怎么进去。"

严凯在办公室寻找暗门的开关。一番搜索，他在墙角壁灯下发现一个设计巧妙的开关，用力按下去后，原本固定在墙上的文件柜向两边滑开，一扇半人高的小门出现在办公室。

严凯弓着身子推门而入，看到一个男人被铁链锁在椅子上，嘴巴上还贴着胶布。

男人看到自己进来，急忙挪动身体，奋力发出"呜呜"的声音。

严凯连忙上前撕开男人嘴上的胶布。

"你是谁？怎么会被关在这里？"

"报警，马上报警！"男人急不可耐地叫道。

乔风歌让严凯帮自己去周揆家里搜查也是迫于无奈，自己手头没有证据，单单凭推测是拿不到搜查证的，无奈之下，她只能出此下策。不过她也没闲着，除了等待严凯的搜查结果，她也开始对周揆进行全面调查。

周揆，男，未婚，三十八岁，高中毕业后入伍，退伍后曾在天星物流公司任职，三年后辞职，后与好友郭建国成立海途星贸易公司至今。周揆父母已经亡故，有一个姐姐叫作周晶晶，也就是严凯的母亲，姐弟俩感情深厚。

乔风歌还查到周揆曾经有个十分要好的女友，叫作柳青，不过在他们准备结婚之前，柳青爬山失足跌落山崖，警方认定是死于意外。这件事对周揆的打击很大，一度让他酗酒成瘾，后经治疗才慢慢恢复。

进一步深入调查后，乔风歌还发现周揆曾经任职的天星物流公司隶属于兰星集团，其主要业务就是运送兰星化工厂的产品至全国各地。这一发现，让她精神为之一振。以前她一直找不到周揆与赵家有什么关联，但现在看起来周揆与赵家也并非毫无联系。

正当乔风歌为自己的调查取得进展而欢欣鼓舞之时，队长赵暮云打来电话，让她回局里参加紧急会议。

"队长，能问问是什么事吗？"

"狩猎直播APP的服务器再次启动，预告将在今晚八点十八分进行'终局'直播！"赵暮云说话时，肚子里仿佛憋着一股气。

"今晚？"乔风歌闻言一震，如今胡秀芳自杀，赵露被捕，却依旧没能阻止狩猎直播继续作恶。由此可见，他们的推测是对的，还有一个在背后操纵这一切的猎人。

原本以为还有时间的乔风歌，想不到直播会来得如此之快，由此可见，猎人也害怕身份暴露，所以加快了速度，打算最后一搏。

乔风歌捏捏耳朵，她能感觉到自己离猎人越来越近。

正当她准备回局里参加会议的时候，突然接到严凯的电话。

"乔……乔警官，出大事了，你快来……"

"什么？你在哪里？冷静点，别激动！"乔风歌听不清楚严凯那边说些什么，似乎他那边信号不好。

这时听筒里传来一些嘈杂的声音，严凯的手机似乎被另一个人拿到了手里。

"乔风歌吗？是我，于志伟！"

"于志伟！"乔风歌听清楚了话筒里的声音，她想不通于志伟怎么会和严凯在一起。

"龚丽丽有问题！"于志伟在电话里激动地叫道。

"乔警官，我们在OPS酒吧，你马上来这里。"严凯又抢回电话，急切地说道。

乔风歌挂掉电话，心里有无数疑问，但现在她必须先赶到 OPS 酒吧，当面问清楚于志伟和严凯，究竟发生了什么。她急忙又打电话给队长赵暮云，汇报了情况。

赵暮云知道事关重大，立刻安排最近的警力封锁 OPS 酒吧，所有酒吧员工都在第一时间被警方控制。

赵暮云因为要在市局统筹全局，不能赶到现场，让乔风歌了解情况后，再向她汇报情况。

乔风歌赶到的时候，于志伟和严凯已经被警方从密室里带出，坐在大厅里，有两个警员正在为他们做笔录。

于志伟和严凯看到乔风歌，他们立刻站起来，迎上去。

"别急，一个一个来，严凯，你先说。"乔风歌伸出手，让两个都急于说事的人冷静下来，她都有点惊诧于自己如今老练的处事手段，完全已经脱离初出茅庐时的惶恐。

严凯和于志伟两人先后把自己所经历的事情告诉了乔风歌，于志伟一口咬定龚丽丽有问题，她把自己下药迷晕，并且她现在很有可能去杀赵启星了。严凯则保守得多，他唯一确认的是有个女人从周揆家里拿走了一个文件袋，而这个女人戴着口罩和帽子，他甚至没有看到长相。

早在乔风歌来之前，根据严凯的口供，警方已经开始在酒吧内搜查这个文件袋，但暂时还没收获。

乔风歌听完他们俩的话，一时也难以确定谁才应该是警方关注的重点。龚丽丽固然值得怀疑，但是周揆他依旧有嫌疑。从周揆那里拿走一份文件袋的人应该就是龚丽丽，那么他们之间又是什么关系？

"你确定龚丽丽要杀赵启星吗？"乔风歌把目光投向于志伟。

于志伟把龚丽丽跟他讲的遭遇告诉了乔风歌。

乔风歌决定先确认此时赵启星的位置，警方一直有派人跟踪蒙蕙兰和赵启星，她与负责跟踪的警员取得联系。

"师兄，我是小乔，赵启星现在在什么位置？"

"他今天没出门，我们一直在屋子外监视……"

"能帮我先进去控制住赵启星吗？我马上赶过来。"

"好的，没问题。"

乔风歌交代严凯和于志伟继续做笔录，并与酒吧现场负责的警官沟通，希望他们尽快找到文件袋。

负责警官根据严凯的提示，正在找人和工具来打开保险箱。

乔风歌正准备离开，负责监视赵启星的警员就回了电话。

"小乔，赵启星不在屋子里，应该是发现我们在监视，溜了。"

乔风歌闻讯一惊，周揆、龚丽丽和赵启星几乎在同一时间消失，这不可能是偶然，周揆和龚丽丽暂且不说，警方虽然是监视赵启星，但实际也是一种暗中保护，而他却设法甩掉警方，说明他要做的事情很可能是见不得光的。

"终局直播"就在今晚八点十八分，在这之前，一定要找到周揆他们，乔风歌不由自主地捏了捏耳朵。她只是盯着手腕的表，时间是下午六点四十分，离直播预告的播出时间只有不到两个小时。

她现在要做出决定，是把调查的重心放在龚丽丽身上，还是周揆？按照于志伟的说法，猎人很大可能是龚丽丽，但是有一件事乔风歌想不明白。龚丽丽一不缺钱，二来伤害她最深的赵光全已经死了，她还有什么理由冒着如此大的危险，再来一次狩猎直播？为了谁？她不相信猎人进行狩猎直播的原因是出于罗宾汉似的正义感。

那么周揆呢？乔风歌闭上眼，周揆胖胖的身躯和圆圆的脸在她脑海里一点点模糊，渐渐变成那个有些清瘦的小伙子。

小伙子身边是一个美丽的姑娘，他牵着她，欢快地在一片绿色的草地上奔跑。

姑娘越跑越快，越跑越快，小伙子追不上了，他有些焦急地呼喊着。

姑娘回过头，看着小伙子，一脸的笑容，可就在这时，前面突然猝不及防出现悬崖。

小伙子尖叫。

姑娘犹如断线的风筝，坠入一片黑暗之中……

"乔警官，你……没事吧？"一旁的警员看见乔风歌闭着眼睛站在路旁，满头大汗，忍不住问道。

乔风歌浑身一激灵，擦擦额头的汗水，连忙说道："没事，没事……"

她仿佛突然间抓到了一个线头，再次拿起电话，让队里的同事帮她把当年柳青意外死亡的档案记录发过来。

乔风歌很快就收到了同事发来的档案。根据档案记录，当年警方进行了尸检和现场勘查。柳青的尸体是在死亡大约四十八个小时后才被发现的，第一个发现尸体的是一位登山者，他在第一时间报警。尸检显示死者死于头部撞击的致命伤，警方在山崖发现了沾有血迹的石头，与伤口吻合，推断是死者滚落山崖后撞击到石头而导致死亡。警方也在山上发现了滚落的痕迹，证实死者是从龟蛇山观星台处失足，滚落山崖。死者衣物除了滚落时的污渍和破损外，基本保持完好，生前并未受到性侵，财物也都在。

警方最终根据尸检和现场勘验，认定死者柳青死于意外。

乔风歌看完档案并没有发现什么明显的疑点，她现在也没时间去重新调查这件案子，但有一件事她很在意，就是当时警方没能找到柳青失足的原因。根据多人的口供，包括周揆在内，证实柳青事发前身体健康，精神正常，身体内也未检测到酒精和毒品。那几天武口市也是风和日丽，难得的好天气。

乔风歌去龟蛇山玩过，观星台宽阔平整，很难想象一个正常人会从这里失足跌落。正因为这样，警方也曾推测过柳青有可能是自杀，但是一般自杀会留下遗书，但警方并没找到任何柳青留下的书信，也没有发现她自杀的理由。

"假设柳青的死不是意外呢？"乔风歌自言自语地说道，她很清楚自己没有任何证据去支撑这个假设，但这个想法还是让她忍不住心头一颤。因为沿着这个思路，很容易就推断出周揆为了给柳青复仇而参与狩猎直播，而杀害柳青的人会不会是赵家的人呢？

如果这个假设成立，那么周揆就有了动机，他也很有可能是这一切的背后黑手。

正在这时，负责现场封锁的警察走过来。

"乔警官，文件袋找到了。"

乔风歌面露喜色，她还做不到喜怒不形于色，立即跟着负责的警察来到酒吧办公室。

保险柜门已经用特质工具切开，牛皮文件袋被放在桌面，有两位警员看护着。

乔风歌急不可待地打开文件袋，里面只有一张照片。

照片是夜晚拍的，里面一个女人趴在地上，痛苦地扭过头，脸上写满了悲伤。一个男人趴在女人身上，面目狰狞，笑容扭曲……

乔风歌一眼就认出图片中的女人正是柳青，而那个令人作呕的男人则是赵光全。

这张照片证实了柳青曾经遭到过赵光全的性侵！与此同时，当时应该还有第三人在场，所以才会拍下照片。

乔风歌同样身为女人，能够想象柳青当时的绝望和无助，而深爱她的周揆看过这张照片，恐怕就好像被刀捅破胸膛。

如果周揆就是猎人，那么"终局直播"会在哪里？乔风歌拿着照片的手渗出汗来，她觉得周揆最后的直播会在这张照片拍摄的地点，这不单单是直觉，这也是她在犯罪心理学中所学到的基本常识：报复性犯罪的嫌犯会把报复对象带回他曾经作恶的地方。

"可这是哪里？"乔风歌拿着照片自言自语，陷入沉思。

照片中的人是主体，所以背景有轻微程度的虚化，依稀看到木地板、书架、花架，可以推断这是类似书房或者办公室的地方。不过这种布局的书房和办公室恐怕在武口市有成千上万，要找到事发地并不容易。

"赵光全……"乔风歌的目光停留在照片上那个邪恶的笑脸，"这个地方会不会是在兰星化工厂？"

"麻烦帮我把在外面做笔录的于志伟带进来。"乔风歌对一旁的警员说道。

不一会儿，警员把于志伟和严凯带进办公室。

"乔警官，这个叫严凯的年轻人非要见你……"

"没事，让他留下吧。"乔风歌叹口气。

"乔……乔警官，文件袋里是什么东西，我舅舅他……"严凯有些焦急地看着乔风歌。

乔风歌让于志伟来，是因为于志伟在兰星化工厂工作过，或许见过照片上的这个地方，而对于严凯，既然自己找他帮忙，那么他应该有权知道究竟发生了什么。

"希望你能保持冷静。"乔风歌看着严凯说道。

严凯擦擦额头的汗，点点头。

乔风歌把照片递给了严凯。

严凯看到照片后的反应比乔风歌想象中还大，因为乔风歌并不清楚严凯对柳青的感情，他一直把她当作自己的姐姐。

严凯觉得自己根本无法呼吸，照片从他手里滑落，眼泪不断地从眼角滑落。

"严凯。"乔风歌轻轻扶住严凯的肩膀，想要安慰他，却又不知道怎么开口。

一旁的于志伟捡起地上的照片，他眉头紧锁，片刻后，开口说道："我见过这个地方……"

"这很重要，你想清楚。"乔风歌站起来，尽量让自己的语气平缓，不影响于志伟的思考。

"花架的款式和材质都很特别，是海南黄花梨，非常名贵，我第一次去董事长办公室的时候，就特别注意到这个花架。"于志伟指着照片上那个模糊的花架。

"你能确定吗？"事关重大，乔风歌不得不谨慎。

于志伟肯定地点点头。

乔风歌把照片交给负责的警员，然后交代于志伟和严凯做完笔录先回家，等警方消息。她交接完工作，便急忙离开酒吧，准备开车直奔兰星化工厂。

这时候，严凯却从酒吧里面追了出来。

"乔警官，能带上我吗？"严凯拉住乔风歌，满是恳求的目光。

"太危险了，你不能去！"乔风歌毫不犹豫地拒绝。

"如果策划这一切的真是我舅舅，我才更应该去，我能阻止他。"

乔风歌看着严凯，周揆确实非常疼爱他这个外甥，或许他能说服周揆，避免一场悲剧。

"上车吧，不过一切行动要听我指挥！"乔风歌打开车门。

兰星化工厂远离市区，开车过去也要一个多小时，他们时间紧迫。

第十四章

终局直播

两个小时前，赵启星别墅内。

正在书房看书的赵启星接到了一个电话。

"赵总，人控制住了。"电话里赵启星的手下汇报道。

"干得好，直接带到仓库。"赵启星语气里透着兴奋。

说完，赵启星走向书架，把手里的书放回原处，然后轻轻拉动书柜上一本蓝色封皮的书，整个书柜立刻一分为二，一个地下通道出现在书柜后。

这条地道通往别墅的另一边，完美避开别墅大门处的监控，可以神不知鬼不觉地离开家。

不知道走过多少遍的赵启星轻车熟路穿过地道，在地道的另一边，已经有一辆车等着他。

赵启星从容上车，让司机送他去仓库。

司机心领神会，开着车直奔仓库。

赵启星口中的"仓库"是他的"游乐场"，在那里，他做过的恶事，可谓罄竹难书。

"仓库"确实也是仓库，是用来存放赵启星公司货物的地方，不过在这个仓库下面还别有洞天。

赵启星花费巨资在这里建立了一个他自己的地下乐园，只是这个乐园里并没有旋转马车和摩天轮，但是有老虎凳、手术刀、拉肢架等各色各样的刑具。一个普通人来到这里，不免会想起电影里那些阴森恐怖的审讯室，不过除了令人胆寒的刑具，这里的环境看起来并不糟糕。

整个地下室以现代简约风格设计，充满艺术感的抽象画点缀其中，陈设看起来昂贵而有品位。在地下室的一角，还有一个宛如浴室大小的水池，看起来与整个装潢有点格格不入，不过可以把罪证由此处冲进下水道。

赵启星踏入地下室，一眼就看见被锁在刑具椅上的龚丽丽，不过他没看到自己的手下，可一想也对，这几个手下都是自己的心腹，知情识趣，自动回避了。

"大嫂，看见你安然无恙，我就放心了。"

龚丽丽面无惧色，抬起头，看着赵启星一步步靠近，淡淡地说道："我们终于又见面了，只是没想到会在这里。"

"你知道，我本来想给你留条生路……"赵启星伸出手，抬起龚丽丽美丽的脸庞。

"那你知道为什么我不把你们的犯罪证据交给警方吗？"龚丽丽面带笑容地看着赵启星。

赵启星轻蔑地一笑，说道："你还不是为了董事长的位置，为了钱……"

"当然不是！"龚丽丽的神色变得严肃起来，盯着赵启星一字一句说道，"因为我要你们全部都死！"

"贱人！我先割了你的舌头，拔光你每一颗牙，再来慢慢伺候你！"赵启星一脸狰狞的笑容，伸手去摸工具箱里的器具，然而当他摸到刀的时候，却忽然感觉有人从背后靠近。

赵启星挥刀转身，但是却慢了一步，他只感觉一股电流从腰部传来，整个人瞬间失去了防御能力，瘫倒在地上。

"你刚才告诉我的，我都会一一在你身上实验。"龚丽丽身上的锁扣这时全部打开，她站了起来。

赵启星趴在地上，不敢相信自己的眼睛。

"来人，来人啊！"

"没有人会来。"突然出现的男人狠狠一脚踩在赵启星的头上，然后用手里的电棒重重一击，把他打晕过去。

"终于等到这一天了。"龚丽丽看着瘫倒在地上的赵启星，眼里不由流出久违的泪水。

赵暮云坐镇指挥中心，巨大的屏幕墙是狩猎直播 APP 的画面，而此时，APP 已经进入倒计时。

就在信息科努力搜寻龚丽丽行踪的时候，她本人的社交媒体账号竟然更新了一篇长文，里面叙述了她这些年在赵家所受的种种屈辱和虐待，甚至上传了照片作为佐证。照片里的龚丽丽遍体鳞伤，哪还有半分当红女明星的样子，她宛如一只被折断了翅膀的黄莺，从树梢上坠落。

当年的龚丽丽在事业的巅峰期嫁入豪门，婚后出席活动和丈夫赵光全也是恩爱有加的样子，很多媒体报道说龚丽丽是人生赢家。但是现在再看龚丽丽微博中对于自己丈夫的控诉，字字泣血，闻者伤心。

这条长文一经发出，龚丽丽就登上了热搜榜的榜首，同时好几个媒体自拟的话题也上了榜单，并且继续向高位攀升。全网其他的平台也瞬间引爆，除龚丽丽本人之外，赵家的所有人，包括已经死去的赵光全和赵露全都被网民拉出来痛骂。而兰星集团内部因为赵家人全都失踪，一时间也不知道如何处理外界的舆论压力，甚至好多高层是一副看好戏的心态，想要借此将赵家人赶出公司，至于有没有趁机落井下石就不得而知了。

乔风歌瞬间明白，诸如胡秀芳那次利用社交媒体引发舆论风暴的手法又一次出现了。只不过出人意料的是，龚丽丽毕竟是个公众人物，竟然这么豁得出去，选择自己发博将遭遇公之于众。身为女人，看到龚丽丽的微博内容，乔风歌不免感到气愤，如果可以，她一定亲手把赵光全这样人面兽心的家伙送进监狱，但她却不愿意看到龚丽丽这样的受害者因为被教唆和蒙骗而手染鲜血。

就在龚丽丽和赵家处在舆论风口浪尖之时，一篇关于赵家两兄弟爆料性质的公众号文章在悄悄传播开来。如果在平时，这种没有过多佐证的爆料文章没有太高的可信度，但是正好赶上今天赵光全家暴的丑闻被曝光，连带着这篇爆料也令人觉得信服。

文章中说赵光全和赵启星两兄弟在过去数年时间里让手下收集年轻貌美的女性供他们玩乐，在过程当中性侵且杀害了多名无辜女性，这些案件全都被两兄弟利用自己的身份地位压下来了。爆料人还说，赵启星名下的公司仓库中，有一间就是两兄弟的犯罪场所，两个人变态的欲望都是在那个地方得到满足。

这篇文章虽然还没有引起过多的关注，但是已经被信息科的同事捕捉到了。乔风歌看完，觉得这篇文章发布时间未免过于巧合，十有八九也是幕后之人的手笔。

乔风歌和警队支援都还在去往兰星化工厂的路上，预计到达时间还需要十分钟左右。

指挥中心里所有人都捏了一把汗，一是担心乔风歌他们能不能及时赶到，二是担心乔风歌的推断是否准确。

赵暮云为了以防万一，还在武口市各个区准备了机动大队，万一乔风歌推断失误，那么就要依靠安全信息部门找到直播位置，机动大队在第一时间赶到现场，进行抓捕。

除此之外，这次省公安厅还调来最精英的网络信息技术人员，并联手国际刑警和摩洛哥警方进行同步监控，力求彻底摧毁这个网络犯罪团伙。

五分钟，所有人都感觉这五分钟仿佛滚烫的热油，一滴滴溅在人心上。

黑色大屏幕在一秒秒倒计时中闪烁，终于整个画面亮了起来，宛如大幕拉开。

房间的顶灯一盏盏亮起，灯管发出"嗡嗡"的声音，突然变化的光线刺激了赵启星的双眼，令他挣扎着从昏迷中醒来。

赵启星做了一个噩梦，说是噩梦也不准确，因为那不是虚幻的，梦中的景象就是他的亲身经历。

父亲在赵家大宅中有一个书房，他记得书房里有一张黑色的真皮沙发，那沙发就像黑色的泥潭，只要坐上去，仿佛整个人都会被吞噬。

他们三兄妹一犯错，就会被父亲叫到书房里，接受惩罚。父亲惩罚他们的时候，会拉上书房厚实的窗帘，反锁住门。父亲的额头滴着汗，眼睛里透着昏暗的光，或许还面带一丝笑容——他记不太清了。

他只记得自己总会趴在那深不见底的沙发上，父亲的皮带就好像是骇人的怪物，吞噬他的身体……

"爸爸，不要打了，我知道错了，爸爸……"刚开始，他会喊叫，但爸爸会捂住他的嘴，妈妈也不知道去了哪里。

"不准告诉任何人，包括妈妈！"爸爸每次惩罚完他们，都会严厉警告。

"妈妈知道吗？"赵启星在黑暗里总会看到母亲蒙蕙兰，但蒙蕙兰总是一副冷漠的表情，急匆匆往前走，无论他们三兄妹怎么追，也始终追不上。

"妈妈……妈妈……"赵启星感觉一阵电流再次穿过身体，从睡梦中惊醒过来。

赵启星发现自己在一个十分熟悉的环境里，书架、办公桌、沙发、花架……这里不是大哥赵光全的办公室吗？赵启星一时间头痛欲裂，想要站起来，却使不上一点力气。他又尝试着想喊人，却一张嘴就传来痛彻心扉的撕裂感。在他对面的办公桌上有一面镜子，他拼命挪动身体，往镜子望去。

镜子里的赵启星，嘴巴被人缝了起来，血淋淋地红肿着，看起来就像是个怪物。

赵启星看到镜中的自己，发出痛苦的呻吟，此时麻药已经开始渐渐失效，一阵又一阵的疼痛犹如成千上万只蚂蚁在撕咬他的嘴，让他求生不得，求死不能。

这般惨烈而令人触目惊心的画面，透过狩猎直播APP，传送到了数以千计的手机和电脑荧幕上。

"刺激，过瘾，不愧是终局！"

"想问问这线是怎么缝上的？哈哈哈哈！"

"开局就这么猛，后面怎么结尾？这钱花得值！"

…………

一瞬间，无数弹幕浮上荧屏，这是一场围观者的狂欢。

赵启星并不知道有这么多人在看着他的一举一动，即使知道，他也不会在意，因为他现在的惊恐和痛苦已经足以让他走向崩溃的边缘。不过一切才刚刚开始。

一个男人从黑暗中慢慢走出来，同时引人注意的还有他手里拿着的一根针管。

赵启星发现有人来，吓得想站起来跑，但是竭尽全力也不过是从椅子上摔下来。

来人走上前，把针管扎进赵启星的脖子，同时说道："这只是肾上腺素，会让你清醒一点。"

男子拿出一根绳子，把赵启星绑在椅子上，让他无法动弹。赵启星被注射肾上腺素后，身体渐渐有了气力，但与此同时，痛觉也完全恢复过来。

男子看赵启星逐渐恢复了精神，掏出准备好的剪刀，一刀剪断赵启星嘴角的线。

"我帮你把线扯出来啊。"男人说着就拧住线头的一端，开始缓缓拉动，不看画面只听语气还以为对方是在做什么对赵启星有益的事情。

赵启星随着那人的动作，感受到了钻心刻骨的疼痛，如果没有刚才那一针肾上腺素，此时他怕是早已痛晕过去。当线完全被扯出来后，赵启星已经泪流满面，不过此时他终于可以发出"呜呜"的哀号。

"放……放了我，你要多少钱我都给你……"赵启星嘟嘟囔囔地说道。

那人"呸"的吐了一口痰在赵启星脸上。

"你还记得她吗？"男人拿起办公桌上的遥控器，打开投影，对面的幕布上出现了柳青的照片。

这个男人正是此前失踪的周揆。直播画面里，赵启星抬头看了一眼，连忙低下头，跟着使劲地摇头。周揆抓住赵启星的头发，强行让他抬起头来。

"我会让你想起来的。"周揆恶狠狠地说道。

就在这时，龚丽丽推着一辆轮椅从后面走出来，轮椅上坐着的正是赵启星的母亲蒙蕙兰。

蒙蕙兰半歪着头，好像中风了一般。不过她依旧还有意识，看到惨不忍睹的赵启星，脸色"唰"的一下就白了，身体在轮椅上一阵颤抖。

"妈，妈……龚丽丽，她可是你婆婆！"赵启星扭动着身体，嘴巴竭尽全力地吐出一个个字。

"你再叫，我就用线再把你嘴巴缝上。"周揆顺手夹起那根血淋淋的线。

赵启星闻言立刻连呼吸都变得小心翼翼。

"老太太，这个女孩你还记得吧？小青，八年前，你雇用她作为你的私人护士。"龚丽丽停下来，轮椅上的蒙蕙兰和赵启星基本在同一条水平线上，"她把你照顾得无微不至，我甚至听你说，她就像你的第二个女儿。可你明明看到你那两个禽兽儿子把她绑走，却连出声阻止都没有。"

蒙蕙兰的眼角抽动了两下。周揆的身体也禁不住晃动，紧紧握着拳头。

"你们想要什么，我都可以补偿给你们。"蒙蕙兰语气里透着哀求。

"你们的痛苦，就是对我最大的补偿。"周揆一手抓住赵启星的头发，另一只手抽出刀，贴在他的喉管处，"我要你现在亲眼看着你的儿子死，就像当年看着无助的柳青……"

正当所有看到直播的警察紧张万分的时候，龚丽丽出言阻止了周揆："还没到时间呢，难道你不想看到他们被审判吗？"

周揆听罢，拿着刀的手慢慢放下，但胸口处升腾起的恨意无法排解，只得照着赵启星的下腹狠狠踹了两脚，乔风歌估摸着赵启星这辈子是生不了孩子了。

市局的众人此时注意到屏幕旁边的热度进度条，已经达到87%。

就在这时，赵暮云接到连线报告，乔风歌带队的前方小队已经到达了兰星化工厂，准备马上入室阻止这起直播。

乔风歌他们先于大部队赶到，闯进去的时候发现，仓库内并没有多余的布置，竟然真的只有龚丽丽他们四个人。

"救……救命……"赵启星看到警察，看到了生的希望，忍不住呼喊求救。

"舅舅！"在乔风歌的身后，严凯也冲了进来，看着手持凶器的周揆，忍不住喊道。

"凯凯，你……你怎么来了？"周揆并不畏惧乔风歌手中的枪，但他却不敢看侄子的眼睛。

"警方已经知道柳青姐的事情了，舅舅，你别做傻事，让法律来制裁他们。"严凯试着劝说周揆，希望他能放弃复仇。

"法律？"周揆笑了起来，"法律能怎么制裁他们？这些人有钱有势，就算坐牢，十年还是二十年？他们出来后一样逍遥快活！但是柳青呢？她还有机会吗？"

"不会的，我向你保证一定让赵启星这样的人得到公正的审判！"乔风歌举着枪，移动脚步，说话的同时，也留意着龚丽丽的举动，"周揆，你不需要这么做，你要相信警察，相信法律！"

"不要再废话了，柳青死的时候你这些保证在哪里！"周揆接近嘶吼地说道，"我当时不是没对你们这些警察说过柳青的死有疑点，你们又有谁在意过！"周揆手里的刀轻轻一抖，在赵启星的脖子上留下一条浅浅的血痕。

赵启星一瞬间裤子全湿了，发出"呜呜"的声音，一股骚味在房间里弥漫。

"周揆，别逼我开枪！"乔风歌再次警告。

"乔警官，你知道这是直播，有几千人看到我们的样子，你觉得我们有想过活着从这里出去吗？"龚丽丽此时已经站到蒙蕙兰的后面，她同样用一把刀抵住了蒙蕙兰的脖子。

"周揆、龚丽丽，你们都是受害者，不要被人利用，更没有必要同归于尽！"

"那又怎么样？只要能杀了这个畜生，无论让我付出什么代价都行！"周揆怒吼道。

乔风歌见周揆眼睛血红，知道他现在的情绪极度不稳定，随时都有可能把手中那把刀插进赵启星的脖子。此刻乔风歌知道自己应该要说些什么，让周揆冷静下来，但她却一时间不知道如何开口。

场面陷入僵局，乔风歌突然扣动扳机，向房间内不同位置连续射击。只听"砰砰砰"的声音，房间里隐藏在暗处的摄像头全部被乔风歌击中，冒出青烟。如果经验不够，那就用别的来弥补吧，乔风歌心想。

直播画面瞬间中断，狩猎直播APP里顿时骂声一片，许多观众强烈要求退钱。

正在周揆被枪声震蒙的时候，她再次扣动扳机，一枪击中周揆的左肩，周揆应声而倒，原本紧握在手中的刀也掉落在脚边。

严凯见周揆中枪，叫了一声，连忙冲上前。

与此同时，乔风歌向龚丽丽逼近，但是龚丽丽早有防备，整个人半蹲下来，躲在蒙蕙兰后面。

"乔警官，你同样的手段想要使两次，恐怕做不到。"说完，龚丽丽抛出一个点燃的火机到墙角。

原来房间四周早就撒满了易燃化学品，化学品瞬间被点燃，宛如一条火龙把所有人都围困在房间里。这一切发生在电光石火之间，令乔风歌措手不及。

"这个世界已经没有什么值得我留恋了，让这场火焚毁一切吧！乔警官，你们苦苦追寻的幕后真凶就是我！直播平台也是我一手建立起来的！希望你刚才说让恶人得到应有的惩罚不是一句空话。"说着，龚丽丽拉着蒙蕙兰冲进熊熊烈火之中。

蒙蕙兰在火焰中站立起来，发出经久不息的惨叫。

乔风歌想要救龚丽丽和蒙蕙兰，但为时已晚，火势迅猛，不过眨眼的工夫，两个人已经在火海中倒下。

乔风歌来不及多想，只能先冲到赵启星身边，切断他身上的绳子。而赵启星此时早已被吓得神志不清，动弹不得。乔风歌硬拽着，把他从椅子上扶起来。

"舅舅，站起来，我们出去再说。"严凯抱着周揆说道。

周揆肩头中了一枪，但并非致命伤，他咬着牙重新站起来。

四个人站在中间，大火犹如猛兽，正在吞噬一切，他们似乎已经无路可退。更糟糕的是不断弥漫的浓烟，几乎不等火烧过来，他们就可能都会被烟雾呛死。

迟来的大部队看到起火就已经呼叫了消防队，现在所有人都在焦急地等待着消防车的到来。

"凯凯，你是个好孩子，舅舅不会让你有事。"周揆伏在严凯的耳边说道。

严凯有些不明白，回过头来看周揆。

周揆本来匍匐的身子，突然站起来，他那庞大的身躯，宛如轰隆前行的战车，向着火焰翻腾的方向猛烈冲去。

严凯伸出手，想要拉住周揆，但却没有抓住。

周揆用身体撞开了燃烧的木头和后面整个窗户玻璃，而他自己轰然一声，坠下楼去。

"舅舅！"严凯大叫一声。

周揆用他自己的生命，为严凯撞出了一条生路。

乔风歌一手拖着赵启星，一手推着严凯，往窗口跑。

此时，警方的增援部队已经赶到，呼啸的警车、救护车和消防车，围在燃烧的楼前，闪出耀眼的灯光。

消防车升起云梯，漫天水花从天而降，落在乔风歌他们身上，远处血红的夕阳缓缓落下，大地仿佛都在烈火中蒸腾。

所有人心里都有一个疑问：结束了吗？

警方清理现场，封查了兰星化工厂。

龚丽丽和蒙蕙兰葬身大火，周揆死于坠楼，赵启星重伤，送往医院抢救。

龚丽丽在死前承认自己就是猎人，似乎为整个事件画上了句号。

警方还从周揆身上找到了一封信，信是写给严凯的。

小肉球：

舅舅还是喜欢你小时候的诨名，那时你肉嘟嘟的，捏起来手感真好。可惜时光难返，你现在竟然抽了条，变成个帅哥，而舅舅我却变成大胖子了。好吧，言归正传，你知道，我最讨厌写东西，如果你看到这封信，那舅舅我应该是挂了，所以这封信算是最后一次写。你无须为我伤心，因为我很欣慰，我终于报仇雪恨，死而无憾。

我相信你或许会从报纸、新闻又或者从公安那里听到一些事情的大致情况，但是我还是希望我能够亲自告诉你，也希望你能帮我告诉你妈，我这个弟弟怕是让她失望了。

不知道你还记不记得那个柳阿姨，我相信你应该记得，你小时候可喜欢她了，常常抱着她不肯放手，让我这个舅舅都嫉妒。对，你也应该知道我有多么爱她，胜过自己的生命。但是她却先我而去，刚开始，我真的以为她遭遇了意外，虽然难过，但还是慢慢接受了这个现实。直到有一天，有一个自称是猎人的人寄给我一张照片。照片里，柳青被两个男人强暴了。那两个男人一个是兰星化工厂董事长赵光全，另一个是他的弟弟赵启星。

我看到这张照片的时候，几乎疯了。但这还是开始，在猎人的帮助下，我查到当年柳青的死，并非意外，而是他们早有预谋，害怕所做的坏事暴露，杀人灭口。

为了复仇，我愿意付出一切，甚至生命，我要让那些恶人付出代价。

除了我之外，还有几个同样遭受不公的受害者，我们在猎人的帮助下，联合起来，展开报复。

你这时一定会说，这个猎人在利用我们，摆布我们，或者说我们就是他的木偶。不错，这些我们都知道，但是只要能毁灭那些我们想要毁灭的人，即使是和魔鬼做交易，那也没有什么关系。坦率地讲，我对这个世界再也没有留恋。

我很幸运，遇见了柳青，我的不幸，是我失去了她。

Bye，小肉球。

严凯看完信，跪倒在医院的病房里，泣不成声。

如果说龚丽丽就是这一切的幕后黑手的话，那么这起案子可以说是圆满结束了。但是乔风歌始终觉得龚丽丽并不是真正的猎人，她只是和胡秀芳一样被利用了的可怜人罢了。只有一点不同，就是她很可能在现实中认识猎人，而且不知道对方跟她说过什么，竟然能让龚丽丽自愿为其顶罪。

乔风歌满脑子疑惑但是却毫无线索，只好去队长赵暮云那里讨论一下自己的所思所想。赵暮云其实也对龚丽丽自曝身份有所怀疑，在和乔风歌讨论过之后，更是坚定了自己的想法。

"既然龚丽丽自愿为其顶罪，那么她和真正的猎人之间的关系应该十分亲密，不如从龚丽丽生前的人际关系入手，看看有没有可疑的人。"赵暮云此时也只能广撒网。

"对了，市局已经派人和摩洛哥的国际刑警方面取得联系，此次行动势必将境外的犯罪分子也一举抓获。"赵暮云向乔风歌说道。

"摩洛哥？"赵暮云前几次针对摩洛哥所下的调令，乔风歌都在外面执行任务而没有听到，这还是第一次听说"狩猎直播"的服务器架设在那里。突然，乔风歌感觉脑海中有一缕思绪闪过，但是十分飘忽，没有形成完整的思路。

"怎么，有线索？"

"暂时还没有，我先去查龚丽丽的人际关系，时间紧迫，我怕真凶得知后畏罪潜逃，那可就真的是纵虎归山了。"

"好，你办事我放心。"赵暮云此时的工作重心已经转移到刑侦大队手头上另一起严重的刑事案件了，于是决定将"狩猎直播"的相关事宜交给乔风歌来负责。

乔风歌回到自己座位上之后，先拜托信息科调查一下龚丽丽最近的通话记录和网络聊天记录，然后决定坐下来从头到尾分析一下这起案子。警方即使已经成功破坏了多起直播，但是并没有摧毁这个组织的真正核心。乔风歌有强烈的感觉，想要抓住这个狡猾的猎人，就要真正读懂他策划这些直播活动背后真正的目的。

乔风歌拿出一张白纸，从胡秀芳失踪开始将所有发生的事情一一罗列。警方已经对这个组织的运作流程有了一定的了解，首先由猎人寻找猎物，也就是如胡秀芳、朱艳红这样的有仇要报但是无从下手需要"帮助"的人。将这些人吸引过来之后让他们观摩直播间前人"报仇"的方式，并且进一步向他们洗脑这样做才是正确的。等到猎物被洗脑成功就可以正式展开复仇计划，如果本人思路明确且呈现效果足够劲爆，那么可以由猎物自行决定直播内容，比如胡秀芳。如果猎物没有自行策划活动的能力就交由猎人全权负责，而猎物则需要付出代价，也就是说，猎人动用自己手中的资源为猎物报仇不是无偿的，像朱艳红就是用自己的死满足观众的需求。

乔风歌不知道这样的代价是朱艳红自己想出来的还是猎人灌输给她的，她只知道自己绝对不会认同为了报仇而牺牲自己的生命。猎人的存在根本不是给这些无处申冤的人提供帮助，他只是将这些悲剧当作一个可以牟利的游戏，同时他从中蚀骨吸血，满足自己变态的欲望。他和赵家两兄弟一样，只不过赵光全和赵启星建了一个仓库，而猎人创建了一个 APP。

警方已经审问了郭建国，但郭建国对幕后策划者知之甚少，从头到尾他可以说是被耍得团团转。在了解到胡秀芳真的是这一切的策划者之一后，郭建国的身体肉眼可见地衰弱下去。警方询问关于当年丁志伟的事，郭建国也再无隐瞒地全部招认了出来。被问及有没有其他人知道他曾经对丁志伟的车做过手脚，郭建国显然是迷茫的，他自认为世界上除了自己，再无一个人知道这件事。

能得知郭建国对丁志伟的车做过手脚，也能得知赵家的种种罪恶，仅仅因为猎人有强大的计算机技术吗？还有，选择杨莉的原因到底是什么？

正在乔风歌想到自己这位闺密的时候，杨莉的电话就打来了，她拜托乔风歌来自己家里一趟，她有些话想对乔风歌说。

乔风歌想到杨莉出事后自己竟然还没有去看过对方，而现在的思路也遇到了瓶颈，那么不如去走一走，休息一下。

到了杨莉的公寓，乔风歌发现闺密这几天休息得还不错，比当时晕倒在自己怀里的时候看起来精神多了，悬着的心算是放下了一半，但杨莉急急忙忙找自己来一定是有什么事的。

"怎么了，我们的准新娘子怎么愁眉苦脸的？"

"风歌，你还记得你曾经问过我志伟以前有没有女朋友吗？"

"怎么了？他前女友找上门了？"

"不是！那个女人死了！"

"死了？怎么回事！"

"前段时间志伟老是夜不归宿，虽然他说是在忙工作，但是我还是不太放心。我正好想起之前打扫房间时，发现在衣柜最上面有个带锁的铁盒，觉得他是不是有事情瞒着我，我就……我就把锁撬开了。"

"莉莉，再怎么说你也不该撬锁啊。"乔风歌显然不认同闺密的做法。

"这不是重点，你先听我说。我在里面发现好多封他们两个给彼此写的信，甚至还有合照。"说着杨莉将那个铁盒捧到了乔风歌的面前。

"那个女人很漂亮，以前是个明星，结果我今天看新闻，发现新闻报道说她遭遇火灾死了。"

乔风歌越听越耳熟，连忙问道："志伟的前女友不会是龚丽丽吧？"

"对啊，你也认识她？"

乔风歌大脑突然嗡的一声，串起来了，都串起来了！

乔风歌立刻起身走到卧室的照片墙上，摘下上面挂着的于志伟和杨莉在卡萨布兰卡旅游的合照，她知道卡萨布兰卡就是摩洛哥的一座城市。

猎人，竟然是于志伟！

杨莉追着乔风歌走过来，惊讶地问道："风歌，你这是怎么了？"

"对不起莉莉，我现在有很重要的事必须要回局里，如果于志伟回来了，千万不要和他提我来过的事情，知道吗？不行，留你一个人在这里太危险了，莉莉，你马上收拾东西跟我回市局！"乔风歌快速说道。

杨莉满头疑问，但是出于对自己闺密的信任，还是跟着一起来到了市局。乔风歌不敢想杨莉得知自己的未婚夫是一个大型犯罪组织的首脑会是什么反应，只能让她先一个人待着。

"队长，我敢肯定猎人就是于志伟，怎么会有这么巧的事情，于志伟是丁志伟的大学同学，又是龚丽丽的初恋情人，而且多年前去过摩洛哥。这个人的过往经历完美符合我们对猎人的分析。虽然还没有实质性的证据，但我申请即刻将于志伟带回局里问话，以防他逃走。"乔风歌对赵暮云说道。

"好，一切交给你去安排。"

于志伟过了安检，来到候机区，还有三十分钟，他将登上飞往摩洛哥的航班。他对那边的人说他需要一个假期，最近实在发生了太多事情，让他心力交瘁。

于志伟信步走进头等舱候机室，美丽的服务人员为他端来红酒和糕点，他礼貌地说了声"谢谢"。他尝了一口红酒，然后便靠在柔软舒适的沙发上，闭上眼睛稍事休息。

忽然，有人从背后拍了拍他的肩膀，他以为是服务员喊他登机，连忙站起来。

"于志伟。"后面传来的是一个陌生的声音。

于志伟回过头，他看见三个穿制服的警察。

"你们……"于志伟一脸不解。

"警方怀疑你涉嫌多起谋杀和绑架案，现在请你回警局问询。"警员神情严肃地说道。

于志伟自知今天是走不了了，恨自己晚了一步，但是一想对方也说了只是怀疑，既然没有正式发布拘捕令，说明警方根本没有找到实质性的证据，心下稍安，便任由警员将自己带离了机场。

问询他的正是乔风歌和赵暮云，于志伟看到乔风歌坐在对面，先是温和地笑了笑说："小乔，是不是有什么误会啊，我怎么可能是什么犯罪分子呢？你们一定是抓错人了。"

"抓没抓错人你自己知道，于志伟你藏得够深的啊，做了那么多恶事，以为一走了之就万事大吉了？"说着，将从于志伟身上搜到的机票拍在了桌子上，"摩洛哥，卡萨布兰卡，你对那里很熟嘛。怎么，是不是有什么熟人在那里啊？"

"我只是最近工作太累了，想去旅旅游散散心罢了。至于我去哪里，乔警官，你们警察还管这个？"见乔风歌态度强硬，于志伟不自觉换了称呼。

"别废话，我问你，龚丽丽是不是你的前女友？"

"我和龚丽丽只是高中同学，也许当时有过好感吧，但是我们已经很多年没见过了。是最近她成了我的老板才又熟了起来。"

"当红女星自曝遭老公虐待，数小时后自焚身亡。"乔风歌念着手机上的新闻头条，龚丽丽的新闻自那天之后就几乎霸占了整个热搜榜单，全网都在讨论这个苦命的女人。因为警方决定在没有抓到真凶前隐藏有关"狩猎直播"的所有信息，对龚丽丽死亡真相的刻意遮掩下，外界只知道她是死于火灾。

"相信你不会没看到这条新闻吧，对于龚丽丽的死你有什么看法吗？"

"新闻不是说她是自杀吗？应该是不堪受辱所以选择的这条路吧。唉，她也是个可怜的女人。"于志伟一副惋惜的表情令对面的乔风歌阵阵作呕。

"龚丽丽死前向警方承认她参与了"狩猎直播"APP的犯罪活动，并且指认了你就是该集团的首脑！"乔风歌决定激于志伟一下，但是可惜于志伟并没有这么不冷静。

"算了吧，乔警官，你们要是真的有证据，哪怕是一个死人的口供，我现在就不会只坐在问询室里面了。说到底你们就是没有证据证明自己的推测，对吧？"于志伟对警方的查案流程异常熟悉，丝毫不慌。

"你真以为我们没有证据？世界上知道郭建国曾经对丁志伟的车做过手脚的应该只有你吧。"

"我不知道你在说什么，谁是郭建国？"

"那场在远郊别墅的聚会你也去了，你明知道郭建国对丁志伟的车动了手脚，竟然还灌丁志伟的酒，甚至在丁志伟喝多后，你还把他扶上车，让他自己开车先回去。你说要是胡秀芳知道你也参与了谋杀丁志伟的事，她会不会爬上来找你报仇呢？毕竟是你手把手将她变成一个手上沾满鲜血的人。"

于志伟听到这里终于变换了神色，不过也只有一瞬，马上他又变回了那个温文尔雅的青年。

"乔警官，我真的不知道你在说什么，对，那天我是在现场，莉莉也在啊，我们全程都在一起，你说的这些要是真的，那莉莉也应该看见了啊！"

"谢谢你提到杨莉，这下你反驳不了下面的证据了。"乔风歌将手中的照片拍在于志伟面前的桌子上，"杨莉那天去晚了，打电话让你去停车场接她，杨莉还用手机拍了一张照片，这张照片如今还在她的云盘账户上。"照片上有日期和时间，画面则是于志伟走向杨莉的一瞬间。

"这张照片也不能证明我看到了郭建国。"于志伟继续否认。

"杨莉站着的位置和丁志伟停车的位置平行，杨莉隔着车确实看不到郭建国，但你说你没看到郭建国，那就是胡说八道！"乔风歌提高了音量，"你竟然眼睁睁看着自己四年同窗好友的车被动手脚，于志伟你是人吗?!"

见证据确凿，于志伟不再掩饰，索性大方承认了自己确实意外得知有人在丁志伟的车子上动过手脚。

"那又怎么样，我只是知情不报，不至于因为这个把我定罪吧？"

"你就是利用这个信息引诱胡秀芳参与'狩猎直播'的对不对？"

"乔警官，我念在你是莉莉的朋友才一直这么好声好气地跟你说话，但从开始到现在，你问我的这些问题已经超出我的认知范围了，什么郭建国、胡秀芳的，还有什么直播，这都是什么东西，我完全没听说过。"

"那好，我们不说这个，我现在问你，你为什么可以眼睁睁看着丁志伟去死？"

"为什么？"于志伟倒是没想到乔风歌会问出这个问题，一瞬间不免有些呆愣，可下意识的表情骗不了人，乔风歌看得出来于志伟表面的平静下隐藏着怎样的愤怒和不甘。

"你应该问我为什么不！我为什么不看着他去死呢？他最错的一件事就是跟我叫同一个名字，甚至连姓氏也只是差一个笔画。其他舍友和同学说我们这是缘分，连丁志伟那个家伙也因此和我玩在一起，可是这些人都不知道我有多么恨他。"说到这里，于志伟的表情逐渐狰狞起来。

"他什么都比我好，长得比我帅，家境比我好，就连学习我都比不过他。有了他的存在，我这个志伟就只配当一个影子！他难道不该死吗？只有他死了，我才能成为独一无二的于志伟。你不知道我看到那个男人偷偷摸摸地改车我有多兴奋，那一晚我每给丁志伟倒一杯酒心里就暗爽一分，巴不得让他离死神再进一步。"于志伟终于将内心的阴暗公之于众，这一瞬间他仿佛一头骄傲的狮子，向世间展示他油亮的鬃毛。

乔风歌听到这席话不由得攥紧了拳头，以前丝毫没有看出来这个人竟然内心如此的阴暗，只不过因为名字一样就恨不得对方去死。

"你错了，你之所以觉得自己是个影子，是因为你不够优秀，而不是因为有个和你同名的人。没有人遮挡你的光芒，是你那幽暗的内心将自己埋葬了起来，否则就算有一百个丁志伟，你也一样能发光。"赵暮云从开始就没有说话，于志伟甚至一度忽略掉了房间里的另一个人。

"你放屁！不是这样的，都是丁志伟的错！都是他的错！"于志伟听到赵暮云的话，瞬间激动地从椅子上站了起来。

"你先别激动，聊完了丁志伟，我们再回头说说你那可怜的初恋龚丽丽。"看到于志伟激动的样子，乔风歌暗叹道队长不愧是队长，审犯人最不怕的就是对方情绪激动，只有这样，罪犯才会冲动，而冲动之下就会犯错，因此乔风歌立马乘势而上。

"龚丽丽是你的高中同学，你们在高中的时候是恋人，不过大学后，大家天各一方，虽然没有保持恋爱关系，但是一直保持联系。龚丽丽在赵家受到虐待，曾经向你写信，你还记得吧？"乔风歌问道。

"太久了，没什么印象。"于志伟也暗恨自己刚才太冲动了，现在刻意压制自己的愤怒，但是看着赵暮云的双眼还是恶狠狠的。

"我知道你会这么说，所以我找到了这封信。"信原本在杨莉和于志伟公寓的铁盒里，乔风歌回市局的时候直接带回来当作证物提交了上去。

信里的内容不多，龚丽丽也没有说出详细的情况，但整封信可以看出她的痛苦与不安。

于志伟瞟了一眼桌上的信，说道："你一说我就想起来了，是有这么回事，但是我当时自己的生活挺忙的就没去管，现在想来还真是觉得对不起龚丽丽。"

"不，你去调查了，还找到了赵光全，不过你不是为了帮龚丽丽，而是想敲诈一笔钱。"

"无稽之谈。"于志伟否认。

"赵启星还活着，当时他也在场，警方有他的笔录，能证实我刚才所说的话。"乔风歌在警方追查于志伟行踪的这半天时间里可没闲着，既然这条大鱼已经咬上了饵，乔风歌就绝不会放手。

"赵光全没有给你钱，还狠狠羞辱了你。"说到这里，乔风歌嘲笑地看了一眼于志伟，于志伟已经很久没有看到这样的目光了，他明知道乔风歌是在诈他，却还是无法抑制地感到愤怒。

"这些和你所说的案件有什么关联？"于志伟故作不解地问道。

"你现在认罪，还能算自首，我在给你最后的机会。"乔风歌说得真诚，她希望于志伟还存有一点人性和良知。

于志伟冷笑一声，向后靠了靠，双手抱胸，拒绝了乔风歌。

乔风歌叹口气，这一刻，她放弃了挽救于志伟人性的最后努力。

"赵光全和赵启星不会知道他们那一次对你的羞辱，会给他们带来什么。"乔风歌的声音低沉，"刚才我所说的应该算是前奏，现在让我们进入正题，一切的开始都源于一次旅行，而旅行的目的地就是摩洛哥的卡萨布兰卡。"

卡萨布兰卡位于摩洛哥西部大西洋沿岸，是摩洛哥最大的港口城市，被誉为"大西洋新娘"，这里也因为好莱坞的著名电影《卡萨布兰卡》而闻名于世。杨莉正是因为看了这部电影，所以对这座城市一直怀有向往，当于志伟向她询问想去哪里旅游的时候，杨莉毫不犹豫地选择了这里。但她没有想到，正是自己的这个决定，改变了那么多人的人生。

当于志伟和杨莉经过十几个小时的长途飞行，来到这个充满阿拉伯异域风情的北非城市，原本疲劳的身体瞬间因为新奇而变得兴奋。圣人区、哈桑二世清真寺、撒哈拉沙漠、穆罕默德五世广场……于志伟和杨莉几乎走遍了这个城市的每一个角落。

在返程的前一天，下午四点左右，他们两个从海边回到酒店，杨莉有点累，洗了澡就睡着了。于志伟看时间还早，觉得无聊，就带上相机，打算四处转转。

来了好几天，于志伟对酒店附近已经很熟悉，他不准备再去游人如织的景区，而是找了条自己未曾走过的僻静巷子，钻了进去。巷子里四通八达，没有外面那么多人，偶尔有几个本地居民路过，看到东方面孔的于志伟都会报以微笑。

于志伟醉心于这些白色房子之间，他饶有兴致地找到许多新奇的景致和充满生活气息的人，一一按下快门。刚开始，他还试着记一下路，但是时间一长，他就完全迷失在犹如迷宫般的建筑里。

于志伟记得酒店的大致方向在北边，于是朝着北走，这时他路过一个小集市，街道变得热闹起来。一个戴着白色帽子的黑人看到于志伟，主动凑上来，用蹩脚的英语招呼道："Boss，Boss，Do you want see a show？"

于志伟本能地摆摆手，出门在外，他还是十分警惕。黑人却还是笑嘻嘻拉住于志伟，继续努力推销。

"Fighting！Dead！Blood！Very cool！"黑人几乎把他所有会讲的英语单词，一口气说完了。

于志伟好奇地看了看，黑人身后有个地下通道，不少本地人和西方人买票走进去，个个脸上都笑容满面，眼神里透着兴奋。

"How much？"于志伟有些心动，问道。

"Fifty dollars."黑人伸出五根手指。

于志伟迟疑了片刻，终究还是被好奇心打败，从口袋里摸出五十美元，买了票。

到了入口处，两个白皮肤的法国人守在门前，他们戴着黑色墨镜，看起来凶神恶煞。于志伟拿出票想要进去，却被拦住。其中一个法国人指了指于志伟胸前的相机，示意不准带入场内。于志伟迟疑了一下，不过看见有其他人在存物处存放物品，他也就不再坚持，存放了相机。

于志伟推门而入，一股热浪扑面而来。一个巨大的地下空间出现在眼前，造型有点类似于罗马的角斗场，可以容纳数百人。里面人潮汹涌，但有手持武装的保安人员维持秩序，引导观众坐上观看台。

于志伟找了个高处坐下，这样可以清楚看到全场。看台下有一个圆形平台，平台四周有铁丝网围住。这种铁丝网和于志伟平常看到的铁丝网不同，网上布满倒刺，稍有不慎碰到铁丝网，恐怕就会被划伤。

圆形平台的四周有四台摄像机，摄像机下面有自动底座，可以任意调整摄像机的高度和方位。

于志伟所坐位置的正对面，有一个直播台，上面坐着两个主持人，他们一唱一和，情绪高昂，不过说的是法语，于志伟一句也听不懂。

在看台四周的高处还挂着巨大的液晶屏幕，屏幕上不时切换着场内各处的画面，界面看起来就像一个直播平台，甚至还能看到许多评论。

于志伟的注意力被液晶屏幕吸引，毕竟画面里有许多他能看懂的英文字幕。看了一会儿，于志伟大致明白这里叫作"狩猎场"，除了有现场观众，还通过"狩猎直播"APP向全球直播。他在国内从来没有见过这个直播软件，似乎在媒体和其他渠道也从未听说过。不过这里是非洲，有些奇奇怪怪的东西才算正常吧。

于志伟以为这里应该就是和以前在曼谷看打泰拳差不多的地方，感觉自己花了五十美元应该是被人坑了。他坐了十来分钟，也没看见有拳手上台表演，有些不耐烦了。

正当他准备起身，忽然听到刚才进来的大门"砰"的一声关上，原本喧哗的"狩猎场"顿时鸦雀无声，场内霓虹灯闪烁，节奏强劲的鼓点音乐由慢到快，激荡人心。

鼓槌"啪"一声重击，一束白色聚光灯停留在看台上一个健硕的黑人男子身上。黑人男子兴奋地站起来，撕裂自己的白色衬衣，发出怒吼。一刹那，看台上所有人都欢呼起来。于志伟却是一脸茫然，不知道是个什么意思。

黑人男子走下看台，在保安的护送下，走进了铁丝网。大屏幕上全是这个黑人男子的画面，字幕则显示这个黑人男子被选为本场的"猛兽"。

于志伟彻底蒙了，他做梦也想不到，"狩猎场"里竟然是在现场选取看台上的观众进行格斗。

不过还没等于志伟缓过神来，第二轮鼓声再次响起，这一次聚光灯停留在一个白人男子的身上。白人男子有些胆怯，不过他还是站起来，挥舞拳头。白人男子接着也被两名保安送进铁丝网内。

此时，大屏幕上闪现出获胜者将赢取一万美元的信息。全场不约而同喊着："Fighting！Fighting！"整个"狩猎场"的气氛进入高潮。

于志伟面带笑容，以为这不过是一个游戏或者格斗比赛，虽然方式有些奇特，但终归有个裁判，大家点到即止。不过接下来发生的事情，完全超出他的想象。黑人男子与白人男子完全是以命相搏，他们没有任何防具和护具，犹如野蛮斗殴，残忍血腥，用尽各种手段致对方于死地。

白人男子的体力渐渐不支，被黑人男子制服，躺倒在地上。于志伟以为已经结束，但看台上的人群发出"Kill"的呼喊，大屏幕上的弹幕，也不断刷屏"Kill"。

黑人男子抓住白人男子的头发，把他拖到铁丝网前，用铁丝网上的尖刺不断撞击白人男子的脸部，直到他血肉模糊，断气而亡。

于志伟胃里一阵翻腾，但是精神却觉得异常地愉悦和满足，仿佛内心有什么东西破茧成蝶。于志伟从未有过这种感觉，仿佛过去几十年的人生都白活了，只有这一刻，他才觉得寻找到了属于自己的伊甸园。

正当血腥味在于志伟的鼻腔四周渐渐散去的时候，鼓点声又一次停止，白色聚光灯落在了于志伟的身上。

乔风歌把于志伟一年前去卡萨布兰卡遇到的事情娓娓道来，犹如亲历其中。

问询室里，空调凉气十足，但是于志伟此时已浑身是汗。他此时心里只有一个想法：乔风歌怎么可能知道这件事？

"后面的事情是你坦白从宽，还是我继续往下说？"乔风歌看着慌张不安的于志伟问道。

"乔警官真会说故事。"于志伟有些不自然地擦擦汗，"这里有点热……"

"当你被聚光灯打中的时候，你有没有像现在这样流汗？"乔风歌冷笑，"后面的事情，其实也没什么好说的，像你这样的人自然是不敢亲身上去搏生死，你拒绝上台，于是被保安带到了黑屋。按照'狩猎场'的规矩，拒绝上台的人，会被带到这里秘密处决。不过你还算有些本事，竟然说服了场主与你达成一笔交易。在'场主'的资金和技术人员支持下，你把'狩猎直播'APP带来了中国，并以猎人的身份，利用暗网的隐蔽性，犯下一场又一场罪行！"

说到这里，乔风歌取出一份比特币信息账户对账单，递到于志伟面前。

"摩洛哥警方在你租的公寓里搜查到一个Keepkey硬件钱包，破解后，发现里面有517个比特币，价值两千多万美元，目前这批比特币已被国际刑警查封。"

不用乔风歌解释，于志伟已经从对账单上看到了被划拨的比特币，他整个人身体一软，但眼神告诉乔风歌他还在负隅顽抗。

"就算我有比特币又怎么样，这都是我过去投资所得，是我的私人财产！你们有什么证据证明我参与了这一切！"

"就在刚刚，国际刑警已经将摩洛哥当地的'狩猎直播'APP犯罪团伙一举击溃，于志伟，你再也没有强大的计算机技术做后盾帮你善后了。而且你知道吗，你当初和他们的交易，对方是全程录像的，以及你这么多年和对方的沟通记录，人家也全都备份了。"乔风歌终于甩出了最大的撒手锏。这份证据一出，于志伟知道完了，一切都完了。

其实就在乔风歌恳请赵暮云同意带于志伟回市局问话的时候，警方手上都还没有足够的证据将于志伟定罪。但也许是福至心灵，当前方的警员通知已经在机场拦截到即将登上飞机的于志伟的时候，国际刑警方面也传来消息，摩洛哥方面的犯罪团伙已经落网。更加令人激动的是，对方保留了和于志伟为代表的国内犯罪团伙合作的所有证据，这些证据足够于志伟这样的人渣领到一颗子弹了。

见大势已去，于志伟对于接下来的问询明显配合得多，当年他被带往黑屋后，立刻冷静下来占据了谈话的主动，他介绍了国内的市场和发展前景是多么广阔，并且提出希望对方可以给自己一定的启动资金和技术支持。

不过场主并没有轻易放过他，虽然没有杀他，但也让他签署了一份债务文件，如果于志伟兑现不了他所说的话，那么也将付出惨重代价。

回国后，于志伟在境外犯罪组织的人力和物力的资助下，建立了一个"狩猎人"的组织，并通过各种隐秘的渠道推广他们的"狩猎直播"APP。

早期为了发展会员，"狩猎直播"是免费提供给会员的。于志伟一开始摸不准国内观众的口味，第一起直播不过是花钱找来几个风月女孩，做了一期与情色擦边的内容。即使如此，这期节目依旧在国内吸引了不少新会员。不过背后的"场主"并不满意这期直播，因为全球其他地方的会员对这期直播的内容恶评如潮——实在是太小儿科。

第二期的"狩猎直播"，于志伟逐渐放开了手脚，正式开始自己的血腥直播之旅。他和几个骨干成员在街上绑架了两个流浪汉，把他们关在一个地下室里，欺骗他们，让他们互相残杀，活下的那个人不但可以离开，还能得到一笔巨大的财富。

流浪汉们信以为真，拼死搏斗，只是最后胜利的那个人也并没有活下去，而被困在地下室里活活饿死。整个过程，于志伟都采取了直播的形式，展现给会员们观看。这一次直播大获成功，让"狩猎直播"不仅仅在国内打开局面，也在其他国家受到会员们的热烈追捧。

于志伟不但保住了性命，还在海外账户收到了第一笔分红，价值十万美元的比特币，仅仅一次直播的分红已经是他上班七八年不吃不喝的收入。

从那天开始，于志伟的直播逐渐升级，他开始策划一次又一次玩弄人性、凶残暴虐、色情变态的直播节目。他邪恶的触手不但伸向陌生人，渐渐开始连身边的熟人和亲人也不放过……

暗网的黑暗来自人性中最黑暗的一面，当一个人被欲望所吞噬，失去灵魂和人性之后，就被这宛如黑洞的暗网所笼罩，堕入无尽深渊。

数年过去后，于志伟的黑暗帝国越发不满足于只龟缩在暗网的一角，他的自卑心理让他渴望着更多人的认可，而这么多起犯罪都没有得到相应的惩罚也令他的行事作风越来越大胆了起来。

他开始将自己当作审判世间万物的神，寻找到那些连警察都没有发觉的冤屈更是令他感到满足。他从龚丽丽那里得知了赵家兄弟的犯罪行为，于是让手下的计算机高手查找有关赵家的违法事实。这一查不要紧，他发现赵家简直就是个大贼窝，瞬间他内心的不平衡就被满足了。他决定好好策划一下如何将赵家彻底击溃。他找上了朱艳红，一个中年丧夫丧子的哑巴，这是他第一次寻找所谓的合作者，之前的游戏他从未让人接触过直播平台本身，大多数死去的人都不清楚自己到底是怎么死的。

于志伟总是在开辟新领域的时候选择做得小心一点，于是他选中了社会地位低而且有残疾的朱艳红。于志伟将赵光全和赵露贪污兰星化工厂环保款项的证据发给朱艳红，并且告诉她这两个人就是害死她儿子的真凶。朱艳红果然成功加入到了直播平台，并且表示只要能够成功报仇，她可以为此付出生命。

关于李文建的死，于志伟提到这个就来气。原本于志伟是没有打算杀他的，结果李文建有一次和朱艳红聊天，竟然多嘴提到了她患白血病而死的儿子，说如果不是有个病鬼儿子拖累，朱艳红可以过得比现在好。朱艳红当时已经浸淫直播平台良久，满脑子的血腥暴力无处发泄，赶巧李文建哪壶不开提哪壶，朱艳红一激动就错手勒死了李文建。事后不知道如何处理，就找上了于志伟。

于志伟让朱艳红将李文建伪造成自杀，选择任波的公寓也是刚巧，技术人员向他汇报有个黑客竟然通过胡秀芳的手机查到了直播平台的事情。手机留给郭建国原本是胡秀芳的计划之一，没想到郭建国竟然找了个黑客去破解手机，这点着实在于志伟的计划之外。

秉持着撞上树的兔子不吃白不吃的原则，于志伟自然是趁此机会将任波也锁定为直播间的"玩家"，正好将杀死李文建的事情推到任波身上。

而选择胡秀芳则更顺理成章。当时，胡秀芳刚刚从失去爱人的伤痛中走出来，面对悲伤不已的自己，郭建国竟出乎预料地耐心宽慰，丝毫没有以往提到丁志伟时的愤怒。

就在这样三分歉疚七分脆弱的时期，她和郭建国决定重修旧好，以后安安稳稳地过日子，还在不久后有了第二个孩子，胡秀芳甚至觉得是老天给了自己重新开始的机会。

但于志伟的一条短信改变了一切，知道真相的胡秀芳恨不得当时就将郭建国千刀万剐。但是短信那头的于志伟制止了她，并且问她："难道你不想让郭建国得到更大的惩罚吗？在经历家破人亡、兄弟反目等人间惨剧之后再被公开审判，让他用痛苦给丁志伟赎罪，不是更解恨？！"被愤怒冲昏头脑的胡秀芳就这么答应了对方的邀请，下载了"狩猎直播"APP，学习如何策划一场直播活动。

从头到尾，胡秀芳都没有见过于志伟的真人，甚至不知道他是男是女，到底是团伙还是一个人。在观摩了一段时间 APP 上的直播后，胡秀芳有过退缩，但是每当自己动摇的时候，于志伟就会找上她，给她阐述只有按照他的指示去做，才能告慰丁志伟的在天之灵。

所有跟郭建国有关的直播活动都是胡秀芳策划并执行的，于志伟在这件事上面给了她很大的权力。他似乎对于这对夫妻之间的种种故事非常感兴趣，甚至能够容忍郭建国几次三番打翻原定的计划。在天贡山时，郭建国没有听从手机指令杀死周揆，于志伟并没有在意，只是说再给他一次机会。

郭建国出现在朱艳红的杀人现场则完全是意外，胡秀芳原本打算等郭建国从看守所出来就通知对方去天贡山，但是严凯的出现让郭建国的行动偏离了胡秀芳的计划。但是也算是殊途同归，在郭建国捡到朱艳红的手机后，于志伟表示顺水推舟进行下去，将早已拍摄好的胡秀芳被"绑架"的视频发送到朱艳红的手机上让郭建国看到。

至于张晴晴，她原本是胡秀芳雇来勾引郭建国的。胡秀芳了解自己的丈夫，出轨后的郭建国一定会良心不安，尤其是在妻子还失踪的状况下。

原本张晴晴只需要和郭建国上床就好了，胡秀芳已经承诺了丰厚的报酬，但是对方却贪得无厌，得知自己和郭建国是夫妻关系后表示，如果不给她更多的钱就去告诉郭建国这一切，她迫不得已趁对方不备将张晴晴勒死。嫁祸给郭建国则是于志伟给她出的主意。

因为没有参与胡秀芳的直播设计，所以对于自己原本发展的复仇对象周揆成了胡秀芳游戏里的参与者这件事，于志伟一开始是有些意外的。而周揆一开始则并不知道胡秀芳的失踪跟"狩猎直播"APP有关，否则也不可能将自己的外甥扯进这一切之中。

当于志伟去医院照顾晕倒的杨莉时，在她的衣服口袋里发现了储存有赵露犯罪证据的SD卡，他担心杨莉用它去报警，为了不引火烧身所以已经偷偷销毁了。

关于龚丽丽，于志伟直到现在才知道她曾经试图为自己顶罪。乔风歌看见于志伟呆愣的表情，也不知道他以为玩弄于股掌之间的人竟然对自己如此情深义重会不会产生一点愧疚。

在于志伟的讲述中，龚丽丽自始至终都是他计划中"终极审判"的重要参与者，因为她明星的身份，无论她做出什么举动都可以让更多的人注意到，从而扩大自己组织的影响力。

但在乔风歌看来，龚丽丽选择加入于志伟的计划并不仅仅是因为于志伟承诺可以为其报仇。同是女性，乔风歌更能感受到龚丽丽对于志伟的爱是多么深，多么义无反顾。在杨莉公寓的铁盒里，那一封封的信件传递出的思念，即使在已经知道龚丽丽是杀人凶手之后，乔风歌依然会被打动。

乔风歌想，龚丽丽一定轻松地就将于志伟认了出来，不需要见面，只通过网络上的聊天记录，龚丽丽就可以从"猎人"的说话语气中将对方认出来，这也是为什么龚丽丽虽然没有真的见过"猎人"，却还是毅然选择为他承担罪责。但乔风歌不打算将自己的猜想告诉于志伟了，他配不上这份深情。

尾声

警方一举捣毁了国内运营"狩猎直播"的犯罪团伙，抓捕嫌犯七十三人，最终他们都被绳之以法。

郭建国故意杀人罪、绑架罪罪名成立，但法院鉴于其主动自首，并且受害人醉酒驾驶车辆应当承担部分责任，判处郭建国有期徒刑十五年。

郭建国没有上诉，他觉得这是应得的惩罚，唯一让他觉得抱歉的是他的两个孩子。郭茜茜每个月会带孩子去看他。

郭建国在监狱每周都会给两个孩子一人写一封信，虽然小儿子郭天逸连话都还不会说，但郭建国还是让妹妹收到信后读给郭天逸听。

郭泽羽没有给郭建国回过信，但他还是把父亲每一封写来的信读完，然后悄悄放进自己的铁盒，收藏起来。有时候，他受了委屈，就会把父亲写给他的信拿出来读一读。

乔风歌去看望郭建国，叮嘱他好好改造，早日减刑出来，与孩子们团聚。

赵启星出院后被检方以强奸、谋杀、绑架等多项罪名指控，但他的律师向法庭出示了赵启星的精神疾病诊断书。医院确诊赵启星患有严重的精神分裂，他的心理医生也出庭证实赵启星幼年遭受父亲虐待，患有心理疾病。

赵启星最终被送往精神病院，但赵家在被龚丽丽爆料之后就广受舆论攻击，经过董事会投票表决，赵启星不再担任兰星集团董事，而赵家的家产则被那些贪婪的远房亲戚以赵启星有精神疾病为由，以合理合法的方式抢夺、霸占。因为不再有资本享受良好的医疗，赵启星的精神分裂不断恶化，在精神病院的日子也就没有生活质量可言。

第二年的春天，于志伟被执行死刑。

在行刑前几天，杨莉曾经去探监，她看着于志伟，发现明明是那么熟悉的一张脸，如今却这么陌生。两个人隔着玻璃对望，没说一句话。杨莉没问对方为什么要选中自己参与这一切，如果自己当时没有清醒过来而是真的杀死了赵露，自己现在会怎样呢？

杨莉现在和自己的亲生父母住在一起。当年她父母之所以将她送走，是因为家中实在没有能力养育两个孩子，她的父母也是希望杨莉能够得到更好的生活。虽然杨莉不能接受这样的解释，但是她选择了原谅。与其花时间去怨恨和遗憾，不如趁着父母还在，感受从未拥有过的亲情。她知道哥哥在天上看到自己这么做也会欣慰的。

狩猎直播就这样悄然消失在茫茫人海中，仿佛从来就没有存在过，但很多人的手机上还留着这么一款APP，他们偶尔还会点开，期待着服务器重新连上的那一刻……

三年后，乔风歌已经是刑侦大队里的组长，独当一面，同事们甚至在背地里称呼她是"冰雪神探"——冷若冰霜，破案如神。

这几天，作为组长的乔风歌正在为一起谋杀案找不到线索而大伤脑筋，脾气暴躁，组里的同事知道她想案子的时候不喜欢人打搅，所以都躲得远远的。不过赵暮云还是打电话来，安排了一个新任务给乔风歌。

"小乔啊，我给你们组安排了一个新人，你好好带带他。"

"队长，我现在正忙得焦头烂额，哪有时间去带新人，而且我们组……"

"当组长才几天？你尾巴还翘上天了，服从命令！"赵暮云粗暴地打断了乔风歌，不耐烦地训斥道。

"是……"乔风歌唉声叹气地挂上电话。

正当她打算先出去"避一避"的时候，背后突然响起一个熟悉而嘹亮的声音。

"乔警官，有什么需要我帮忙的吗？"

乔风歌回过头，看到穿着一身新警服的严凯，挺拔帅气地站在自己身后。

"严凯？是你？"乔风歌又惊又喜。

"实习警员严凯，编号 PD 07521，向乔风歌组长报到！"严凯立正，敬礼，咧着嘴笑。

（全文完）